奇奇的世界

一位父亲与0~5岁儿子的『对话』

朱佳发 著

南方日报出版社
NANFANG DAILY PRESS
中国·广州

图书在版编目（CIP）数据

奇奇的世界 ：一位父亲与 0～5 岁儿子的“对话” /朱佳发著. — 广州 ：南方日报出版社，2015.9
ISBN 978-7-5491-1304-0

Ⅰ. ①奇… Ⅱ. ①朱… Ⅲ. ①纪实文学－中国－当代Ⅳ. ①I25

中国版本图书馆 CIP 数据核字(2015)第 186997 号

责任编辑： 阮清钰
书籍设计： 肖晓文
责任技编： 王　兰
责任校对： 阮昌汉

QIQI DE SHIJIE
奇奇的世界 —— 一位父亲与 0～5 岁儿子的“对话”

作　　者： 朱佳发
出版发行： 南方日报出版社
地　　址： 广州市广州大道中 289 号
经　　销： 全国新华书店
印　　刷： 广州市怡升印刷有限公司
开　　本： 889mm×1194mm　1/16
印　　张： 12.75
字　　数： 240 千字
版　　次： 2015 年 9 月第 1 版
印　　次： 2015 年 9 月第 1 次印刷
定　　价： 46.00 元

投稿热线：（020）87373998-8503　**读者热线：**（020）87373998-8502

网址： http://www.nanfangdaily.com.cn/press　http://www.southcn.com/ebook

目　录

引 子

写作《奇奇的世界》的想法不能说由来已久，也有一年时间，想想该动笔了。初拟《奇奇的世界》一名，乃是大型组诗之统领，即从我儿奇奇他妈刚怀上他开始，一直写到他出生之后，至于写到奇奇几岁，倒居其次。而诗歌版《奇奇的世界》尚未动手，四不像版《奇奇的世界》的构想先如约而至，以至决定先写四不像版。

诗歌版迟迟未动笔，足见我心性之懒惰和感觉之游移。先写纪实的版本，最大的原因在于，诗歌与其他文体是不能同日而语的，诗歌的功能不是纪实，诗歌是对人性底层的触摸和在灵魂深处的行走。因此，诗歌承担不了我记录儿子成长过程的责任，我必须要用最为平实甚至啰嗦的语言，与不足 1 岁的小儿进行“对话”，说着一些琐碎的事，讲着一些概念性的道理。况且，诗歌讲究顿悟，皆有感而发，成天被杂事所扰的我，尚不知何时能动笔。而纪实版本是不能拖的，时间会冲淡记忆。

四不像，是指本书——我可以毫不夸张地说，这是一本书的架构——我与小儿奇奇的对话录，既像初为人父的我没两三天就要给小孩照相一样，记录目前尚不足五个月大的小儿的成长经历，其间的一个个惊喜和担忧，亦是真实再现我伴随儿子成长的一个个心境，以及由此而展开的我必须让他知道的我的现状、我的成长、我的故乡、我在故乡的亲人、我的朋友等等。形式不拘一格：不是日记（非常遗憾，做不到每天记录小孩的变化，成长中的孩子真是一天一个样，天天有惊喜），不是回忆录，不是自传，不是训诫式家书，不是有着所谓主题的散文，更非天马行空的小说。

这就成了四不像。

但这却正是我想达到的：信手拈来，信马由缰，无拘无束，无时间限制，无文体困扰，无篇幅所囿。一句话：脚踩西瓜皮——滑到哪里算哪里。

中国素有严父慈母一说，或许中国式父母大抵如此吧。而历史的车轮滚到了21世纪时，严母慈父者日众。奇奇的父母该归哪一列呢？我只能说，到目前为止，奇奇他妈尚未有严母迹象，倒是我这个做父亲的，似乎有慈父的苗头，每天都抱着宝贝儿子说个不停，几近絮絮叨叨、喋喋不休；对待儿子的一言一行真个是“捧在手上怕摔了，含在嘴里怕化了”——这是我写《奇奇的世界》的事实依据；还有，我一直认为，从儿子还在娘胎开始，我与他就是有感应的（这点，接下来我会慢慢道来）——这是我写《奇奇的世界》的理论支撑。

我写作本书的目的，很显然是想送一份最为质朴却又最为昂贵的礼物给我的儿子奇奇。奇奇的出生，是他送给爸爸妈妈的一份最大的礼物。而他的健康、快乐成长，是我们父子之间、父母和儿子之间互赠的礼物，弥足珍贵。从父母这一方而言，儿子的健康、快乐成长是第一位的，应居我们送给他的所有礼物之首——与此相比，《奇奇的世界》应退至次席。

由此，写作本书的良苦用心也就昭然了。

时2008年12月1日，离奇奇五个月还有8天。

是为引子。

羊水突然破了

你的横空出世，可是搅出了些动静的，儿子。

奇奇，你的出生时间是：2008 年 7 月 9 日 15 时 44 分，农历戊子年六月初七（这时间你也要记住，你奶奶是记农历的），属鼠。

7 月 7 日上午 11 点多，酣睡的爸爸突然被妈妈惊恐的尖叫惊醒：“快！快！我的羊水破了！”迷迷糊糊的爸爸一个激灵跳起来，只见妈妈正从卫生间走向卧室，神色惶恐、面容惨白，弯着腰走向床边，随即躺下，做着深呼吸，对手足无措的爸爸说：“快点打电话，马上去医院！”

妈妈所说的打电话，就是打有车的朋友的电话。我马上拨通了石头叔叔的手机。之前爸爸跟他说过，在妈妈临产前的一两个月，他必须保持一级战备状态，爸爸要随时用他的车。但手机一直响，对方都没接。再拨，还是一样，又拨，依然如故。不行，必须马上下楼，打车去医院！爸爸妈妈想都没想，就胡乱抓起一些必带的手机啊，钥匙啊，妈妈的包啊什么的，慌乱地往门口走。

搀着妈妈下楼时，爸爸只是手忙脚乱、忐忑不安，而妈妈则一手由我搀着，一手抚着肚子。其间，妈妈一直在叫“不好，不好，羊水一直在流！”而既无经验也毫无思想准备的爸爸心里急、脑子乱，不知道该怎么办，连安慰的话都不会说一句，只觉下楼时腿脚不稳，两股战战。

我们俩就这样左摇右晃地总算从七楼下到了一楼。

下楼之后，往左，就是靠桂畔海的北门。爸爸妈妈的脚步加快了，当然只能是谨慎的小步。走到离大门半程时，我一手扶住妈妈，一手腾出来指向门口的保安，急促地连声叫道："快，快快！快帮我叫的士！"年轻的保安原本身板笔挺，凛然而立，听到我的喊叫，看到爸爸妈妈狼狈、慌张的样子，他倒比我们更蒙了，愣了几秒之后，似乎意识到了什么，双手乱动，双脚在转圈，但既没有走过来，也没有冲到马路边拦的士。我又一次大叫，紧张的保安还是不知该怎么办，亦步亦趋。

正当我们心急火燎时，两扇巨大的栅栏状褐色铁门间，走进来一位阿姨，一看到我们就说："要生孩子了！"立马小跑着迎上来，和爸爸一道，一左一右地搀着妈妈。阿姨一边安慰妈妈，一边问些情况。她说："不怕，不怕，羊水破了没事的，没这么快生的，不要急，慢慢走，小心点。"经过大门时，爸爸听到年轻保安带着歉意的嗫嚅："我只有一个人，我不能走开，我要看着大门……"

走到海琴湾小区与马路间小广场的绿化带时，阿姨和爸爸扶着已经有点瘫软的妈妈躺在花基上凹进去的座位上。阿姨叫妈妈别动，就这样平躺着，否则羊水会流出来。然后，她拿起手机，拨通了120，转身对我们说，好了，120的车马上就到了。

接着，她关切地询问起预产期。气息似乎有点微弱的妈妈小声而紧张地说是8月9日（妈妈自己算的是8月8日，医生根据B超确定是8月9日）。"提前一个月？没事的，我一个同事的小孩也是提前一个月出生，长得挺好的。"好心的阿姨一边宽慰着妈妈，一边不时扭头朝路边看，"羊水破了，还要一段时间才会生，不用担心。好好躺着，不要让羊水再流就行了，等医生来了就好了，医生是和120急救车一起来的。"阿姨说，她在医院工作，刚刚下班回来，也是住海琴湾。

有阿姨在身边，爸爸妈妈悬着的心慢慢地踏实了。

看着素昧平生却热情和善的好心阿姨，看着已经从惊慌中平静下来的妈妈，爸爸扭了扭脖颈，抬起头长舒了一口气。

其时已是正午，盛夏的阳光犹如一支支利箭射来，落满身体的每个部位。爸爸突然感到浑身刺痒，一摸额头，汗涔涔，油腻腻。爸爸撩起T恤抹了一把脸，胡子眉毛一把擦。右手随后下意识地从短裤右口兜里掏出一包烟，抖一抖，右手划一弧线，一支弹出的烟就衔在了爸爸口中，"咔嚓"一声未落，一股浓重的烟雾便从爸爸口鼻喷薄而出，在沉闷的空气中化整为零，袅袅飘散。下班高峰期已到，五六米开外的马路上车流如织，喇叭声此起彼伏，在蒸笼般的空间滚来滚去，犹如炒豆子。

车流、人流行色匆匆，似乎每个人都有急事要办。交通越来越乱，爸爸愈来愈热。回头，好心阿姨依然一直在和妈妈说话，爸爸眼眶一润，继而无语。多么温馨的一幕，上演在车来人往、冷漠嘈杂的闹市——儿子，这一幕爸爸妈妈永远都会记住，这位好心的阿姨爸爸妈妈永远都无法忘却。

约摸七八分钟之后，一路鸣笛的120救护车呼啸而至。

车一停稳，后门洞开，一位小伙子敏捷地跳下，抓住担架一头，挪出。少顷，另一位小伙子跳出车后门，两人一前一后抬着担架，飞快地向我们奔来。好心阿姨用白话向他们打招呼之后，一位穿白大褂的女医生飘然而至，冷静地指挥着两位小伙子。两位小年轻动作麻利、不慌不忙，将担架平移至妈妈身边，在阿姨和爸爸的协助下，将妈妈平躺着挪至担架上。然后，两位小年轻抬起担架，轻松几步就将妈妈抬到了车上。我向阿姨连说了几声谢谢之后，就紧跟着上了车。两位小年轻肃然而坐，面无表情，犹如训练有素的军人正在执行一项重大而秘密的任务。

车启动后，戴着眼镜，面容清瘦的女医生嫣然一笑，对爸爸妈妈说："放心吧，没事了。"略停片刻，她又笑着问："你们没去听过课吗？"妈妈回答说，只听过一次，没听过分娩前的内容。这时，医生不紧不慢地说，这是非常危险的，羊水破后，不能直立，必须就地平躺，打120，医院会有人到家里来的。

带着埋怨的话在医生说来波澜不惊，而这波澜不惊的话，到把爸爸吓出了一身冷汗，开始后怕起来。是啊，如果朋友有车过来，或者打的，都是危险的，我们必须等车，坐上车后说不定也不懂平躺，到医院后也不能马上躺下（问题的严重性在于，我们都不知道羊水破后必须平躺！），得等办完手续方可躺下，方有医生过来，而这得花多少时间啊，这些时间羊水都在流！啊，太可怕了，我都不敢想了。同时猛然想到了好心阿姨，如果不是有经验的她正好碰上，并热心帮忙，爸爸妈妈就这么傻愣愣地按平时去医院的程序走的话，那后果不堪设想。

我突然如大梦初醒，马上扭头看窗外。而车已经驶上了云良路中段，已远远地将海琴湾和好心阿姨抛在了后面，空留一路灰尘。爸爸怅然若失。爸爸真是糊涂，当时心慌意乱的，竟然忘了记下好心阿姨的姓名和电话——我们得好好感谢她啊！她是及时给我们帮助的贵人、奇奇你的恩人啊！这事爸爸每每想起都会后悔不止，歉意顿生。

儿子啊，这是你给爸爸妈妈的第一惊。想必是你在娘胎里捣乱所致的这一惊非同小可——尽管事后大可说有惊无险这类话，但当时的确是如履薄冰，如涉雷区。

这是我跟你的对话录，无需故弄玄虚，吸引眼球。倘若是小说，且以章回体写之，这一章或许可以冠以“小奇奇横空出世，早产儿有惊无险”一类的题目。

闲话打住，言归正传。

人们常说“十月怀胎，一朝分娩”，此话说得轻松，唯有真正经历此过程才知其中之甘苦，之煎熬。奇奇，你现在随着妈妈前往医院了，但离你的出生日期还差两天，也就是说，你对妈妈的折磨才刚刚开始。

爸爸手忙脚乱

尖厉呼叫的救护车一路畅通无阻，几分钟时间便到了人民医院。

车在门诊大楼前一停下，两位始终没说一句话的年轻护工依然冷静而有序地将担架移出车外，放在推车上，迅速地推着妈妈（当然还有你，你在妈妈肚子里）进入门诊楼大堂，右拐到达住院部，乘电梯直上二楼产科。一到二楼，便马上将妈妈推进胎监室。护士用胎监仪器触到妈妈的肚子上，一阵"嘭嘭嘭嘭"的响亮的胎心声有规律地响起。

调皮的小捣蛋啊，你把爸爸妈妈吓得够可以的了，直到这时，我们才暂且放心了。

接下来事就多了，你看，要照看妈妈，要办入院手续，还得回家拿你的衣服啊，大毛巾啊，小毛巾啊，纸尿裤啊，小被子啊，奶瓶啊，脸盆啊什么的，要出去取钱等，爸爸一人显然分身乏术。这时妈妈想起了在人民医院当护士的郑阿姨，叫我打电话问问她有没有上班。郑阿姨正好没上班，很快就赶过来了。妈妈有人看着，我就得回家拿东西、出去取钱办入院手续了。怎么办？自己打的回去显然不行，你的东西一个人怕是提不过来的。我又拨通了小苏叔叔的电话。此时已是中午1点钟了，他正在午休。我叫他马上开车过来，帮我办这些事。

小苏叔叔过来后，我们二话没说，到信用社取钱之后，直奔家里。一进家门，我也顾不上招呼小苏叔叔了，疾步冲进你的房间，打开衣橱，将妈妈事先一点一点给你买齐的用品全部装好。其实除了小被子和脸盆，基本上都已经装在塑料口袋里了，所以我很快就备好了，总共四大塑料袋。

这时我才感到我以前说给你买这些东西太早了是错的。真错了。人算不如天算，谁知道你这个小家伙这么早就想出来见爸爸妈妈，居然提前了一个月呢？如果这些东西不是妈妈一件一件慢慢添置，这时候必定来不及。做妈妈的心就是细。

把四大包东西提到客厅时，看到小苏叔叔一直站在门口，爸爸马上招呼他进来。让他坐是没时间的，我倒了一杯水递给他。与此同时，我也一口气牛饮了两大杯。爸爸真渴了。并且，爸爸十分清楚，满头大汗的我，此时必定邋邋遢遢，几近灰头土脸。

当马不停蹄地办完入院手续，安顿好你妈的病床，走到病房的阳台时，爸爸就感到又困又累又饿了。爸爸摸出一支烟，贪婪地吞云吐雾，并忙里偷闲地观察起病房四周的环境来。阳台花基上的三角梅尽管缺乏营养和水分，叶片略显枯黄，但依然有一枝独秀于花基外，傲然迎风而立，并且还努力地绽放出了两三片不显眼的花。孱弱而卑微的存在，让爸爸心里一动。楼下四方形的空地成了一个小花园，遍植各色花草，但长势并不好，显然是缺乏打理，任其生长。正中是一个小亭子，另一种广东人叫簕杜鹃的三角梅蓬勃生长，四方亭子的每一角都有一两株。它们就这样缠绕着整个亭子，爬上亭顶，一枝一枝竞相昂首，所开的大红花张扬地鲜艳着。

看看时间，已是下午 2 点多了，该去弄点吃的了。依妈妈的意思，吃福建沙县拌面和炖汤，比较简单。沙县小吃遍布全国各地，几乎可以说有阳光的地方就有沙县小吃。原本我们家楼下沿街铺面有一家，但很快就消失了。爸爸骑着电动自行车去找别的地方。但老天往往会与人作对，不吃沙县小吃的时候，到处都能看到，真想吃、要买时，却要费好大功夫。爸爸直扑东康路，那里有一家我印象很深的沙县小吃店，但居然又不见了。就这样，鬼使神差的，爸爸在东康路一带转悠了老半天才寻着。等爸爸打包回医院时，已过去了一个多小时。

爸爸狼吞虎咽地顷刻将属于我的拌面和鹧鸪汤风卷残云。妈妈则一点食欲都没有，只用饮料吸管喝了小半碗汤，扭过头（她得一直躺着，头都不能支起）吃了几筷子拌面。

因为，从这时候开始，妈妈的腹痛就隐隐地发作了。

直击产妇"伟大"

那是怎样一种痛啊，爸爸无法描述，谁都不能准确说出，只有生过孩子的产妇本人才能体会。隔壁床一位女孩一样的年轻产妇率先开始了痛苦的哭泣，"我不要啦，我不要啦——"的叫声和听来饱含无尽委屈和无法忍受的剧痛的嘤嘤抽泣不绝于耳，使人心烦，让人心碎，令人恐惧，叫人同情。四五个亲人围在年纪不大的邻床孕妇前，或抓住她的手，或摸她的额头，或七嘴八舌地安慰，对这位柔弱的孕妇极尽关爱和呵护之能事。三个床位的待产病房的空气顿时紧张起来了。

小产妇的哭声尽管揪心，却是温柔而内敛的，其他产妇则是百态千相，各有千秋。有火爆型的：妈妈所在病房的斜对面，一位产妇的哭简直就是号叫，是典型的号啕大哭，经久不绝，让人心颤。爸爸经过那间病房时看到，产妇坐在床上，披头散发，坐卧不安，双手乱抓，头晃脚蹬，床沿两边分别站着几个亲人，有人抓住她肩膀，有人握住她的手，诚惶诚恐，手足无措。有隐忍型的：在走廊的病房上，一位显然已经快到忍受极限的产妇，一手扶着床沿，一手抚着鼓胀的肚子，蹒跚踱步，全身颤抖，泪流不止，偶尔发出的哭声仿佛来自天外，忽远忽近，飘浮不定。音调不高，却撕心裂肺，肝肠寸断，令所有目击者都会生出替她分担痛苦的恻隐之心。有夸张型的：声调悠长多变，"嘻——呀——啊——喔——呃——嘘——吁——"声交替发出，令人恍若置身练歌房，等等，等等，形态各异，不一而足。

小奇奇啊，这就是母亲的伟大之处，爸爸常常武断地说，只有母亲才能冠以"伟大"一词，天下的母亲都是伟大的。

下午三四点开始，妈妈开始"伟大"了。

产妇的腹痛是一阵一阵的，随着时间的推移，间隔时间越来越短，越来越有规律。待有规律地一分钟痛一次，且痛感达到忍受极限时，离胎儿出生也就快了。也就是说，下午三四点钟时候的痛，对于妈妈来说，仅仅是热身，尽管痛起来已经是够受的了。应该说妈妈还是很坚强的，痛感袭来时，她只是大口大口地吸气、呼气，实在痛得不行时，才哼哼两声。

取名浑然天成

这样吧，奇儿，反正离你出生还早，为了舒缓一下紧张气氛，咱们还是先跳出病房，说点轻松的吧，一是调节调节，再就是爸爸的叙述因为总怕漏掉什么细节，定有啰嗦之嫌，你出生的事一时半刻还说不完呢。

说什么呢？我看先把你名字的由来说给你听听吧。

说到取名，很多人要等到小孩出生之后，视孩子的性别而取。信五行一说的人，等生辰八字让先生掐算之后，依金、木、水、火、土五行所缺而取。缺水则名字中必要有与水相关的字，以至江、湖、河、海以及三点水或两点水旁与水相关的字眼上名率极高；缺火则炎、焱一类有“火”字旁的字大为受宠。当然，也有同时缺两三行的，都得顾及。五行是中国古代的一种物质观和哲学观，认为大自然的这五种要素不但影响人的命运，也使宇宙万物循环往复，生生不息，故而有五行相生相克一说，且一直沿用至今——相生：金生水，水生木，木生火，火生土，土生金；相克：金克木，木克土，土克水，水克火，火克金。

中国人取名是比较讲究的，从古至今都认为一个人的名字，在他的一生中会起着神秘的作用，甚至有着决定性的力量，在冥冥之中左右着人的一生，使人或命运多舛，或坦途一片。除了字面的吉祥之外，还对姓名的总笔画十分在乎。因此，众多父母给小孩取名时煞费苦心，有的是请人代劳，有的是自己翻字典，如大海捞针般在词海中寻觅，常常得花上三两个月才找出两三个父母双方满意其他亲人也认可的字眼，与姓组合在一起，方才完成取名大事。当然，随着时代的演变，现代社会里越来越多的人不再在意五行和笔画说，只要叫着顺，且有一定含义就行，毕竟名字就是一个符号。爸爸就是其中一位。

爸爸的观点是，心诚则灵，信则有，不信则无。爸爸认为，取名主要体现父母的意愿和期望，或者就是有纪念意义即可。这么一来，爸爸给你取名就完全凭着自己的期待而行，不落窠臼。爸爸的总体原则是，有个性，散发文化味。

与大多数人不同的是，爸爸妈妈在妈妈刚怀上你时，就着手斟酌你的名字了。

爸爸首先想到的是“砚”字，觉得此字甚妙。

“砚”，“石”字旁，妈妈姓石，“砚”字一出，爸爸妈妈的姓都在你名字里了；再者，作为“笔、墨、纸、砚”文房四宝之一，我对此情有独钟。“砚”字既是硬质的，更是中国的一种文化符号；第三，爸爸是诗人，打小对书画等艺术就颇有感觉（读书时理科当然是一塌糊涂），属于形象思维较为活跃、逻辑思维相对萎缩型的。从遗传基因角度看，你在艺术方面必定不弱，不管你走不走这条路。当然，爸爸不希望你当作家、诗人。真正意义上的作家和诗人太苦了，远非耐得住寂寞这么简单，要始终雄踞灵魂高地，在喧嚣、浮躁、道德沦丧、价值失衡之年代，不单高处不胜寒，更是残酷的。从父亲的私心来说，爸爸宁可你平平淡淡、快快乐乐地生活。

如果真要走艺术之路的话，爸爸希望你当书画家，尽管书画家也须具备特立独行的品质。这是爸爸青睐“砚”字的真正用意。

“砚”字妈妈也大为认可。但单名重复率太高，单名方案遂被否决。

倒是你的小名奇奇先行敲定。

应该是怀你两个月左右的时候吧，一天晚上，妈妈突然说，不管是男是女，小名就叫奇奇。理由有二：爸爸和妈妈的结合是一奇，你的突然到来又是一奇。这两“奇”我会在下面专门细说，先按下不表。我当即赞成，并暗自称奇——此想法正中爸爸下怀——你本来就是朱神奇啊。此为又一奇。

为何叫朱神奇？这比较简单，我就先告诉你吧。

这是我和你在龙岩的老张叔叔的口头约定，或者说是酒后笑谈，但我们都记住并当真了。

当时，爸爸还在龙岩电视台，与老张叔叔几个铁哥们，三天两头就会聚在一起，吆五喝六地推杯换盏，大吼小叫地狂展歌喉。其间，来自九寨沟的藏族歌手容中尔甲的《神奇的九寨》风行一时，老张叔叔那时几乎每去歌厅必唱此歌，且演绎得相当有水准，配合着 MTV 上的九寨沟画面，真个撩得人对九寨沟心驰神往。一次在体重 200 多斤的阿弟叔叔所开的排档喝酒时，老张叔叔披露了一个重大信息，说他老婆有了，是他们在西南旅游时播下的种。爸爸当即大叫：“好，在云贵高原孕育的生命，就叫张云贵！如果是双胞胎，一个叫张云，一个叫张贵！”在座的兄弟连连举杯叫好，老张叔叔则淡淡地笑了一笑，说这名字纪念意义是有了，但总觉不够特别。突然，他冒出一句：“那你老朱的儿子叫朱神奇！”又一阵弟兄们的叫好碰杯声。我不假思索地脱口而出：“行，就这么定了！”

之后，老张叔叔给女儿取名子昀。他认真地对爸爸说：“老朱，也有一个昀（云）啊。”爸爸老朱我频频点头，表示他没有食言，同时摇头晃脑了一番：“好，好，好，昀者，纪大烟袋纪昀之昀也。唯与当红影星章子怡略有谐音，为一小憾也。”

因此，妈妈给你取小名奇奇，就是对“朱神奇”的暗合。在你刚刚出生，我向老张叔叔报喜时，第一句就说：“朱神奇出生啦！”至此，你该明白了，“朱神奇”是我和老张叔叔对你的约定俗成的称呼，不知你长大后会不会喜欢。

你小名取好后没几天，爸爸的脑子里自然而然地形成了“棋”字，对此，我认为是神来之笔：与“笔墨纸砚”的“砚”相对应，棋乃“琴棋书画”之棋也，有书卷气，有文化味，此其一。

其二，朱砚棋三个字连着念很顺，分别为第一声、第四声和第二声，抑扬顿挫，朗朗上口，不像爸爸的名字朱佳发，都是第一声，太平。这是被称为魔方的中国方块字的魅力和韵味所在，让人着迷。

其三，是爸爸寄予你期望的良苦用心。正如前面所说的，你遗传爸爸文科较好是自然的，也没什么不好，但，这还不够，上学时偏科，在“现代科举制度”下是要吃大亏的，爸爸不希望你这样，你要青出于蓝而胜于蓝。而棋类是需缜密的逻辑思维不可的，属理科范畴（我至今反对把棋类比赛这种脑力劳动列入体育赛事之列，且一直没有听到能说服我的理由）。对理科毫无办法的爸爸希望你文理皆精。

其四，棋与奇同音，叫棋棋也可。况按广东叫法，叫你棋仔或阿棋，与奇仔和阿奇是一样的；按客家话的叫法，叫你棋古和奇古也一样。并且，朱砚棋三字，客家话和粤语都不会有产生歧义的谐音。

凭这四点——不，应该是四条半，还有半条就是，朱砚棋是个中性的名字，即便你是个女孩也可用——爸爸有足够的理由自鸣得意。

但我没有立即告诉妈妈，又过了些日子，就是你在娘胎里已经三个月大，妈妈在做完第三个月的孕检之后，我用电动车载着妈妈回家的路上，行至文秀路到钟楼公园的红绿灯路口，在等红灯时，爸爸才说出来的。不用说，妈妈当即赞同。你的大名就这样敲定了，浑然天成。

待产一波三折

好了，现在我们可以回到待产病房，进入等待你出生的焦灼中了。

安顿好妈妈的病床后不久，爸爸就和郑阿姨一道，在护士的引导下，推着妈妈到一楼做B超。B超结果很快就出来了。爸爸拿着结果单，在护士长的引见下，听产科一位女副主任的讲解。这位主任十分认真，先从怀孕期、预产期说起，其间不断从电脑里调出一些权威资料，耐心而详细地尽可能让一个外行之人听得懂。爸爸频频点头称是。其实，在妈妈怀上你之后，我就从妈妈口中得知（她会上网和买书恶补些妊娠知识），怀孕的月份与通常的30天一月是不同概念的，按周算，每四周为一月，也就是说，所谓“十月怀胎”，其实就是40周。当然，也不一定非得满40周，37周也就算足月，可以安全分娩了。

女副主任说，妈妈的怀孕时间是35周四，离37周差一周多一点。理论上讲，34周以后的早产胎儿，以目前的医疗技术，应该没有什么风险，这方面的技术已经很成熟了。少于33周，危险系数就大了，得十二分小心。女副主任的话十分客观而严谨，没有丝毫主观色彩，听着反而让爸爸放心——这就是业内人士的可让人放心的观点。同时，女副主任还指着B超片说，但在胎儿的脖颈上发现阴影，疑为脐带缠绕。此话让爸爸心生忐忑。脐带缠绕脖颈一般都会选择剖宫产，顺产有危险，脐带会阻碍胎儿呼吸。

靠门的邻床产妇闹腾了一个多小时后，就被推进产房了。又过了一个多小时后，她的几个亲人已经有说有笑地回来整理东西了。她生了一个女儿，顺产，要从这待产病房转移到产妇病房。整个下午，病房安静了许多。

7日整个下午和晚上，妈妈的腹痛都在持续，但断断续续。护士根据妈妈的描述，觉得离分娩为时尚早。而我们倒始终绷着一根紧张的弦，一会儿叫护士监听胎心，一会儿又询问些什么。其时，妈妈的肚子已经瘪下去大半，如一只泄了气的篮球，不再趾高气扬。而羊水还在流。爸爸为此诚惶诚恐地反反复复缠着护士，一遍又一遍不厌其烦地向护士报告这个情况，总怕羊水会流完。戴着眼镜、始终保持微笑和温柔声音的梁姓护士更不厌其烦，每次都微笑着回答我的问题，一次次地解开我抛出的一个个莫名其妙的疑团。她也来得很勤，一进病房就接上仪器监听胎心，并每次都会摸胎位，看羊水情况。她宽慰我说，放心吧，没事的，一切正常，这样躺着羊水不会流完的，并且，羊水一直很清。我又不解了，怎么知道肚子里的羊水是清是浊呢？梁护士笑了笑，拉起围帘，将沾着羊水的护垫给我看。有一次，她还指着靠窗的病床说，她生BB时就在那一床，才33周呢。爸爸妈妈的心暂时释然了。

靠窗的邻床孕妇一点也不紧张，她选择的是剖宫产，时间已经定好，是7月8日下午2点。因为是足月剖宫产，她不必经过腹痛的阶段。顺便说一下，7月8日是农历六月初六，是壮族等一些少数民族的重大节日。这是晚上过来的壮族的石头叔叔说的。他说，他那边六月六是一年中最为隆重的节日，甚至胜过春节。这一天开始，每家每户都大宴宾客三天，全村人一家一家吃喝过去，谁家到的人多，谁家就有面子。广东不是，但六六大顺啊，每个临产孕妇都想宝宝在这一天出生。

妈妈是一直想顺产的，怀着你的时候就很注意锻炼，怀孕期间也一切正常。但你这小家伙不想在娘胎里待了，想早点出来见爸爸妈妈，局势一下就变得微妙了。而妈妈还在坚持，她要忍住痛，争取顺产。产科郭主任和责任医生的意见也雷打不动，早产儿本身较小，应尽量顺产，顺产对婴儿好。

傍晚六七点钟时，几个月嫂月婆看到妈妈在痛苦地呻吟，关切地问起具体痛感。她们说，等到痛时有要大便的感觉，并越来越痛，间隔时间越来越短时，离生产就近了。她们是当地人，不会说普通话，与她们的交流只能通过邻床孕妇翻译。妈妈想了想，居然说正有此感觉。我似乎也高兴起来了，说小家伙还真会选时间，依此类推，再痛上五六个小时（因为尽管痛感相似，但间隔时间还太长，痛的程度也不够），就六六大顺了。

如果这样，那就太顺了。你朱神奇是有个性的，得按自己的方式出来。从下午直至整个晚上，你硬是稳居娘胎正中，丝毫没有下移之迹象，都一天过去了，妈妈的宫口还只是开了一点点。哈哈，奇奇啊，这时你倒又不想早出来了，真拿你没办法。痛得实在不行时，妈妈就会摸着肚子，嗔怪道：“朱砚棋啊，你快点下去吧，你把妈妈折磨得差不多了呀！”此举显然毫不奏效，你我行我素、依然如故。

大姑叔叔来了

7日下午，我分别打了奶奶、耀古叔叔和大姑的电话，要把大姑叫过来帮忙了。大姑说，那要马上过来，问问耀古叔叔，是否连夜赶过来。耀古叔叔说第二天一早再过来。爸爸和你奶奶的通话最为简单，因为她知道你早产一个月，心里急，我就只能说一两句让她放心之类的话。奶奶说鸡已经准备好了。她养了8只，还准备再买2只家鸡，叫耀古叔叔带过来。

大姑和耀古叔叔是第二天傍晚6点左右到的，乘的是我们老家武平到新会的大巴，在乐从下车，之后打的到大良。本来我们都说好了的，大姑过来时，由耀古叔叔借一部车，雯芳姐和春芳姐也一起过来玩。当然会在你出生前10天左右过来。但随着你的早产，计划就打乱了。耀古叔叔决定和大姑坐大巴，来回都很方便。而你两个姐姐就不能这时候过来了——时候不对呀，她们这时候过来，可就没人陪她们玩了。你耀古叔叔的决定是对的。

他们到达大良时，爸爸刚刚在家休息了一个多小时。熬了一个通宵之后，爸爸实在顶不住了，就叫郭阿姨过来替我看护妈妈。但郭阿姨上午没空，下午快3点了才过来。等我回家躺下休息时，已经是4点多了。刚刚睡着一会，耀古叔叔的电话就来了，说他们到了，在等的士，但很久都没看到的士。爸爸问了他的所在位置后，叫他耐心等，那边到大良的出租车很多的。吵醒之后，再续的睡眠就没有质量了。

的士就停在我们家所在的海琴湾的北门。车一到，爸爸傻眼了，满车的东西。耀古叔叔坐在前排驾驶室，后排的大姑和一个大鸡笼在一起。翘起车盖的后箱里，有一个大鸡笼、两个大包、两个小包。耀古叔叔是老出门的了，精神挺好。大姑第一次出这么远的门、坐这么长时间的车，满脸倦容，一下车，就连叫太远了，说想不到比广州还远，广州过了还要坐这么久的车。她的概念里广州已经是够远的了，尽管她没去过广州。我和耀古叔叔站着抽烟时，大姑就给大姑丈和她的儿子、在福州的你的明古表哥报平安了。她跟姑丈说的第一句话是：“我到啦，我没吐。”我接过电话对大姑丈说，这段时间照顾好自己，一个月很快就过去了。姑丈只是近乎唯唯诺诺地说着好好好。爸爸打电话给奶奶时，她老人家已经急得不行，在家里上蹿下跳了一个下午，听到大姑和耀古叔叔平安抵达后，才舒了一口气，接着唠唠叨叨地交代起所带来的东西要怎么吃呀，叫我们要注意什么呀，说个不停。已经很困的我马上制止了她的话——这时候哪有闲工夫听呀——说放心吧，我们知道的。

大姑提着自己的一个大包和一个小包，耀古叔叔拎着两个大鸡笼。鸡笼肯定是新买的，非常扎实，比一般的鸡笼重。两个鸡笼里分别装着 5 只鸡。高而瘦的耀古叔叔力气大，要是爸爸就搞不定了——要提上七楼啊。但爸爸当时也表现神勇，左右双肩各挎一个沉重的大包，手拎一个小包。大姑还叫耀古叔叔多提点，说我的太重了，我又没休息好。她的意思已经很明显了，耀古叔叔力气大，也能吃苦。当然不行，耀古叔叔的已经很重了。我们边走边歇地爬到家里时，爸爸已经气喘吁吁满头大汗了。耀古叔叔好像一点也不累，马上将两个鸡笼提到阳台，从家里带来的一袋谷子中抓了一把，喂起鸡来了。叫大姑落座后，我找了两个碗，盛上水，交给耀古叔叔，分别放进两个鸡笼里。10 个多小时没进食的鸡们咯咯叫着，贪婪地挤来挤去抢食谷子和水。

你奶奶就是这样，恨不得什么都带过来：家鸡（其中两只鸡是去年过年时都没舍得杀，专门留下来的），一瓶红曲（依我们老家习惯，这是产妇坐月子必备的，和姜一起炖鸡），一瓶白糖（你看，白糖到处能买嘛）；一纸箱老姜，一包切得细小的不知是萝卜干还是菜心干（这是奶奶特意给爸爸的，爸爸喜欢吃这一类东西），一袋足够 10 只鸡吃两个月的谷子，还有给你准备的一些围裙衣服呀什么的。爸爸后来才知道，奶奶在给你的衣服里面放着一个有观音菩萨像的挂坠，是她老人家烧香并花钱求得的，说要给你挂上，保平安的。后来因为是铁皮镀金的，怕划伤你的皮肤，就没给你挂上，夹在你的出生证里。

爸爸必须马上赶到医院替换郭阿姨了，就叫小区的小卖部送了一箱啤酒，让你耀古叔叔晚上自己喝，并叫他明天再住一天，但他说明天一早就要回去。耀古叔叔是县运输公司的驾驶员，从 2007 年开始成为该公司的正式员工，纪律比较严，他是和其他驾驶员换班后才能过来的。这我理解，但总是过意不去，他这样匆匆来匆匆去的太累了。

喂完鸡后，我和耀古叔叔刚刚抽完两根烟，他又去杀鸡了。依奶奶的嘱咐，当晚先宰一只母鸡，让你妈补一补。其实奶奶不说我也会叫他杀的，大姑和耀古叔叔晚上要吃饭啊，而家里的冰箱已经空空如也。但第二天我才发现，他们只吃了一点点，大部分都留着。还有一部分是我第二天傍晚回去吃掉的。当时我心里有一种说不出的感觉，只觉鼻子酸酸的。他们认为奶奶养了快一年的这些鸡是专门给你妈坐月子时吃的，舍不得吃。而啤酒，你嗜酒的耀古叔叔也只喝了一瓶。耀古叔叔是第一次来顺德，如果不是因为你出生的大事，咱们哥俩肯定得好好喝上一通的。

爸爸没时间在家陪他们吃饭，得去医院了。怎么走？又得用车，因为要先找个地方买爸爸妈妈和郭阿姨吃的饭，送到医院后得回家拿鸡汤，如此来回要有车才方便。这次我叫的是马老师。大姑一直说她要跟我去医院看妈妈，并且说晚上由她照顾妈妈。我当然是不同意的，不会坐车的她已经坐了 10 个多小时的车，太累了，晚上肯定得在家里好好休息，第二天才有精力替我。

等爸爸将打包的晚饭送到医院时，已经 8 点多了，爸爸妈妈都对一直在忙的郭阿姨心有歉意。

怒骂石头叔叔

爸爸之所以把郭阿姨从容桂叫过来，出于两点考虑：一是实在没办法。照顾待产妇女除了丈夫外，必须得女的才方便。郑阿姨要上班，王阿姨旅游在外，谢阿姨正忙于找工作，马老师在幼儿园上班的老婆方阿姨还在上着暑期班。无论脑子如何反复搜索，爸爸都找不出第二个人了。二是郭阿姨是石头叔叔的前妻，听石头叔叔说似有复合的可能，当天他们就在一起吃饭，和儿子一道。我叫郭阿姨过来，希望能给他们提供更多在一起的机会（后来还是没戏）。

当时，我们两家关系融洽，他们的儿子小磊哥哥我还让他叫我朱老师呢。那是我在看完刚上一年级的小磊哥哥的周记之后的当晚决定的。小磊哥哥的字写得漂亮，特别是周记写得好，是棵好苗子。爸爸并不算好为人师者，能出此策，实为爱才之举。道理很简单，如果仅仅是叫我老朱叔叔，显然没有叫朱老师那么权威。我给予他作文方面的指导至少得他上初中之后，而老师称谓要从小时候开始叫起。

我们两家偶尔聚在一起，不多。在有限的几次聚会里，妈妈和郭阿姨一见如故，甚是投缘。2005 年圣诞夜，我们四公婆（小磊哥哥放假了，回他外婆家了）在一起吃饭时，双方频频举杯，还各自喝着交杯酒，并都照了相、留了影。如今，爸爸每每看到爸爸妈妈喝交杯酒的相片时，当晚的情景便如在眼前，而今却时过境迁，物是人非矣，不免微叹一声。当晚，妈妈不听我的劝阻，与郭阿姨推杯换盏，以致当场喝醉。郭阿姨开车把我们送回去（当时我们还住在金榜出租屋）之后，妈妈的肚子还在翻江倒海，足足闹腾了一个晚上。直至次日，你妈还如大病初愈，神情恍惚，面容憔悴。

石头叔叔是爸爸的酒友。在他们离异之前，说起他们夫妻之间出现裂缝时，爸爸当场义愤填膺。那时爸爸单身一人住在金榜出租屋。一天晚上，就在金榜的一个小吃店里，我们俩都喝得有点高了，一听此事，爸爸火冒三丈，拍着桌子说："石头，你给我搞清楚，你不要以为你才是我的同事、朋友，你老婆孩子也是我的朋友！你如果傻不愣登地散了，你也不是我的朋友了！"老爸义正词严，几近咆哮、劈头盖脸的一顿痛骂，骂得石头叔叔眯着醉眼低头无语，幡然醒悟状地频频点头。

朋友的老婆孩子也是朋友这一说，爸爸很是得意，认为是真正交心的交友观。

可惜石头叔叔没有做到，突然就离了。事隔一周才告诉我，令我哑然失语，欲怒无门。

爸爸之所以反对有了小孩之后的夫妻离婚，主要是从孩子的角度考虑。大人之间的恩恩怨怨由小孩子来埋单，是十分残酷和不负责的。单亲家庭成长的孩子，心理总会有阴影，极易走极端。坏的极端不说，即便是好的极端，就是人们俗常意义上的成才了，出人头地了，说不定也会有性格孤僻和心理扭曲的一面，只是有些人不易觉察而已。单亲孩子或多或少会有较强的自我保护意识，与自我保护意识相伴随的，往往就是自我封闭、不容易相信他人或敌视他人，这就是性格的不健康之处。人是处于一个社会大群体中的，谁都无法做到离群索居。说近的，就小磊哥哥而言，他的父母离了，爸爸与他肯定没什么机会在一起，我这个朱老师也就名存实亡了。感情的维系是需要时间的。

事实也的确如此。之后的一年时间里，我只是见过小磊哥哥一两次。这对于喜欢小孩的爸爸来说，显然是不够的。

有一次，在妈妈怀你七八个月的时候，石头叔叔带我们到杏坛右滩河边去玩，主要是让妈妈到外面空气好的地方透透气。在路边一酒家停下方便时，妈妈牵着小磊哥哥的手，迈着孕妇特有的螃蟹步，昂首走进酒家大堂，穿过横竖两条长长的走廊——作为准妈妈的妈妈已经有了母性的柔情，渐渐进入角色了。

那天我们玩得很高兴，先到了当地一个已经修葺一新的状元府走了走。状元府其实是黄氏大宗祠，是明末状元黄士俊所属黄氏族人的祠堂。顺德文化名片清晖园的前身，就是黄士俊所建的花园，内有黄家祠、天章阁和灵阿之阁，园林建筑风格为岭南建筑之代表，是“广东四大名园”之一。顺德这个只有806平方公里的县级区域，历史上曾出过4个状元（其中一个是武状元），而整个广东才出过9个状元。因之，顺德的祠堂在岭南文化中很有代表性，素有“顺德祠堂南海庙”一说。

妈妈特意在状元府前留了个影，说要让你沾沾状元的才气和喜气。

但据爸爸观察，小磊哥哥与石头叔叔之间似乎不够亲。那天我们先到容桂接小磊哥哥，他在他爸爸妈妈的一个朋友家里。小磊哥哥一进车里，就叫我们：“朱老师好！阿姨好！”十分有礼貌的一句话，在爸爸听来有点礼节性、程式化。本来我和小磊哥哥一见面，那是十分亲热和自然的。当然，我已经看出来了，主要是那天他心情不好，话很少，也不愿意照相，爸爸想与他照张合影的提议都被他否决了。那天石头叔叔的意思是晚饭就在河边吃，但因为正好有一位爸爸龙岩的医生朋友过顺德来了，只好作罢。爸爸的朋友陈伯伯在广州进修，专程赶来会老朋友的。

爸爸十分喜欢小孩。在龙岩两位关系最好的小孩，一个是陈伯伯的敬古哥哥，一个是林伯伯的好好姐姐，他们都是以客家话叫我佳古叔叔的（在武平和龙岩，凡与老爸过从甚密的武平人，都以老家叫法叫我佳古）。这很有意思，他们是说普通话的，单佳古叔叔这称谓用老家的土话，爸爸听来亲切非常，他们却不知道这比普通话念起来拗口的称呼是什么意思。有一次，好好姐姐（她当时上小学三四年级，现在初二了）说我长得丑时——当时我开玩笑，说她爸爸长得丑，她就说我长得困难——说“难怪长那么难看，连名字都那么难听，叫佳古叔叔”，让爸爸大笑不止。

其实，他们长大一点就知道了，好好姐姐叫他的叔叔便叫辉定叔叔，而敬古哥哥他爸陈伯伯打小就时不时叫他敬古。

古（其实可能应该写作“牯”，但因为有个“牛”字旁，属动物之列，用作人的称谓太扎眼，我更喜欢写作“古”，取其音）和定（或许写作“腚”更妥，但意思不对，腚乃臀也，而“定”义为男性生殖器，意在性别。亦取其音）是客家话对男人的叫法，除了什么古、什么定外，还有什么头、什么古子、什么古佬、什么古头、什么北、什么根、什么佬、什么鬼等等，而对女人的称呼，则什么嫲、什么子、什么北、什么妹、什么芝（女性生殖器义，亦意在性别。取其音）等等。客家人认为小孩叫得越贱越好带，因此，大凡农村出生的小孩，基本上都有一个烂贱（客家语）的小名：石头佬、桥北、叫化、叫化古、叫化头、屎缸（取其音，茅厕之义）、屎缸头、屎缸妹（在此，妹亦可放在男孩身上）、石桥妹（与屎缸妹同例）、狗牯、小狗子、牛牯、铁背等等。也有往吉利叫的，如太什么生（此“太”乃观音太太或妈祖太太之“太”）、观音生等等。

哎哟，爸爸扯远了，我们回到小磊哥哥那边吧。

我们是晚上 7 点多才到我们家桂畔海对面的属于伦教永丰地界的一家饭店的。他们（有两家也在顺德的老乡）已经坐了满满一桌，我们到后也就拼在一起。在我和陈伯伯唾沫横飞叙旧、吆五喝六碰杯之余，我发现，小磊哥哥经常紧蹙眉头，有一次还端着饭碗走在桌边，在没有菜的情况下快速地往嘴里扒饭，似在赌气。

之后，我将我的感觉对石头叔叔正色相告，叫他不能太粗枝大叶，要多花时间陪陪小磊哥哥。最近一段时间，他们父子俩在一起的时间多了，小磊哥哥常在周末时到石头叔叔在金榜的出租房里住上一晚，并说很想回广西老家看他爷爷。这是一大飞跃。之前每次回老家，小磊哥哥都不习惯，农村苍蝇、蚊子多，一到晚上又黑灯瞎火的，让他常常感到害怕。

但，到了 12 月份时，石头叔叔又跑到东莞上班了。此事石头叔叔刚有想法时就与爸爸商量，爸爸还是一贯的观点，对他个人而言，在更高的平台磨炼磨炼绝对是好事，从小孩角度，我又不十分赞同。从我的角度，爸爸当然也会感觉在顺德少了一个兄弟——但这点不充分，像我当初离开龙岩时，爸爸的兄弟们也是十分舍不得，毕竟都是 10 年的兄弟了，但谁也不会阻拦，只有支持。小磊哥哥得知后，问的一句“能不能不离开顺德？”曾让石头叔叔犹豫了一下。

“甜蜜痛苦”两天

奇奇，说到这儿，你可能有点急了：“怎么绕了半天，还没讲我是怎样出来的呢？”

别急，儿子，一个生命的降临是十分艰辛而庄严的过程。古人早就说过：“天将降大任于斯人也，必将苦其心志，劳其筋骨，饿其体肤，空乏其身，行拂乱其所为。”当然，此话并不针对你，用在妈妈身上才恰当。妈妈生下你的过程，就是“天降大任”之时，她必须要经过一番常人无法体会的炼狱般的折磨——当然，这种折磨是每一位母亲心甘情愿的，是甜蜜的痛苦。

妈妈“甜蜜的痛苦”的高潮出现在8日下半夜，也就是你出生的那天9日的凌晨。

8日那天正是大姑和耀古叔叔过来的日子。安顿好他们（其实，前面说过，爸爸根本无暇顾及他们，更谈不上安顿了），我与照顾妈妈的郭阿姨完成了看护交接之后，爸爸已经困顿异常，眼皮沉重。但，这时候是最要保持清醒的时候，爸爸不敢有半点懈怠。随着时间的推移，情势也越来越危急，因为你在娘胎里一直不肯往下，头部的位置还在正中，而妈妈的宫口也只是开了一个小口，还远远没有达到顺产的条件。但妈妈不敢一直耗下去，生怕对腹中的你不利——羊水一直在慢慢地流，妈妈的腹痛已经快到忍耐极限。

妈妈左右病房的待产妇都完成了生产任务，分别换了人。

进入9日凌晨，妈妈的意志已经快崩溃了。护士好心而严肃地提醒，不要喊叫，手也不要用力去抓什么，必须保存体力，分娩时才有足够力气。妈妈听进了劝告，试图不动声色，但谈何容易，不是每个人都能做到关公一样，在华佗为其刮骨疗伤时，还能气定神闲地与马良对弈的呀。

必须叫医生采取措施！医生做出两步走的方案：先注射催产剂，倘若不行，再实施剖宫产。就这样，在9日凌晨三四点间，爸爸提着已经收拾好的奇奇你出生时要用的衣物，与护士一道，将妈妈再一次推进了产房。回到病房后，发现爸爸叫石头叔叔买的用于分娩时补充体力的巧克力和红牛忘带了，又马上提到产房，报上妈妈的名字后交给护士。

此时，最为煎熬人的产房外的漫长而无助的等待开始了。

终于决定剖产

2008 年 7 月 9 日凌晨那四五个小时的焦急等待，让爸爸仿佛尝遍了一生的酸甜苦辣。

在产房门外坐着等候的，有做父亲的，有当爷爷奶奶外公外婆的，也有其他亲人，少则两三个，多达五六人，只有爸爸是单独一个。

因为你的情况最为特殊，奇奇，爸爸基本上处于大气都不敢出的低迷状态。

这已经是爸爸的第二个通宵了，困意一阵又一阵地明攻暗袭，让爸爸的眼皮如眼里揉进了沙子般上下打架不止，脑袋如鸡啄米。好几次上下眼皮一合，头一磕，又猛然睁眼、抬头。为了缓解困意，爸爸便不时跑到走廊中段的洗手间抽烟，用纸巾不断擦着脸和额头，借以驱赶睡意。一个小时过去了，两个小时过去了，三个小时过去了……实在抬不起眼皮时，我也曾闭了几次眼。此时倦意如被困太久的洪水找到了豁口，决堤般汹涌而至，立即将我淹没。但理智总是居于上风，打上几分钟盹之后，爸爸又会强制将自己拉回。

在外等候的亲人，有的在打盹，有的在聊天说笑，既有普通话也有白话。爸爸没有心情与他们交流。间隔一个小时半个小时，就会听到有婴儿的啼哭从产房溢出，让所有在外等候的人神经一激灵。每次婴儿啼哭过了 40 分钟或一个小时左右，产房沉重的程控门便会张开，继而传出护士叫产妇名字的声音，继而有人答应着疾步上前，继而护士就会将初生婴儿放在称婴儿体重的托盘上，继而掀开婴儿的纸尿裤让父亲看性别，继而让父亲再看婴儿的体重，继而将婴儿放回产妇床与元气大伤的母亲躺在一起，继而亲人们就七手八脚地配合护士推着产妇和婴儿离开……

妈妈已经进去了一个小时，两个小时，三个小时，四个小时了，依然一点消息都没有。爸爸心里七上八下，忽如百爪挠心，忽如心肺俱空。

其间，爸爸第一次真正近距离目睹了初生婴儿的形象：丑陋，简直可以用“丑陋”一词形容。婴儿普遍头发湿漉漉的，眼睛紧闭，皮肤黝黑，用毛巾捆成一团，一动不动，犹如一只沉睡的小老鼠。一位在等妯娌分娩的女士与一位马上要当父亲的医生交谈，问他为何没花500块钱进去看生产过程时，医生说，他看多了，初生婴儿太丑。

奇奇你也一样，到时我会说的，但此时你还倔强地在娘胎里与妈妈和医生对峙。

早上7点多钟时，一位在产房陪产的小伙拖着疲惫的双脚走了出来，说要到食堂买些吃的给产妇。高大帅气的男子满脸倦容，话音低弱，气若游丝地说，她太娇弱了，没有一点力气。待他买好馒头、稀饭、鸡蛋回来时，小孩已经呱呱坠地了。他并没有表现出什么兴奋、激动，只是平静地与他母亲和岳母一道，将产妇和婴儿推走。我的理解是他太困了，根本没有精力兴奋。真实情形正是如此，等待的煎熬是沉默的，煎熬之后的释放也是含蓄的，现实生活中少有影视剧里表现的张扬的惊喜甚至夸张的狂喜。

奇奇，在你刚刚出生时，爸爸的反应也正如此，平静而泰然。但不是现在。朱砚棋啊，你对爸妈的折磨正进入白热化阶段，现在。

已是早上8点了，几缕阳光探进产房门前的等候区。爸爸正好坐在临窗的位置，在清晨暖暖的阳光抚摸下，爸爸终于困倦地睡了过去。但也只是那么10分钟左右，紧绷的神经并未完全松弛。爸爸一睁开眼，就看到郑阿姨站在身边，朝爸爸笑。爸爸揉了揉眼，将妈妈的情况告诉了郑阿姨。

有郑阿姨一起，爸爸的无助感消弭了许多。

我们有一搭没一搭地说着些什么，其实心里都很不安。

少顷，爸爸忽地站起，快步走到走廊尽头无人处，拨通了一位医生的电话，她是我同事的亲戚。我紧张地有点结巴地对她说，妈妈已经进产房那么久了，一点消息都没有，爸爸十分担心。医生说，别担心，她马上会过去看。合上手机，爸爸抚了抚怦怦直跳的胸口，合上眼，在心里对你说，朱砚棋啊，你一定要挺住，你是朱神奇！你一定能挺住的，你是朱神奇啊！

自 7 日中午羊水破后开始，每当在阳台或洗手间抽烟喘息的间隙，爸爸都会与你交流，为你鼓劲，叫你挺住，有时心里默念，有时喃喃出声。这是自打妈妈怀上你起，爸爸养成的与你说话的习惯。爸爸称之为感应。真的，爸爸一直觉得我们之间是有感应的，并多次得到应验，下面我会一件一件细细道来。

回到产房门前落座后，爸爸看到几位女医生进进出出，但没能看清她们的胸卡，不知哪一位是爸爸打电话求助的医生。

在爸爸的心乱如麻中，产房一夜之间已经迎来送往了六七个产妇，进去时产妇一人，出来时母子（母女）两人。在这七八个婴儿中，只有一个是女孩。等候的人群中有人说，生孩子都是一拨一拨的，要么这个时间段全是男孩，要么那个时间段全是女孩，似乎有点道理。

可朱砚棋啊，爸爸现在考虑的根本不是男女问题了，而是你和妈妈的安危。

终于，爸爸听到了一声犹如来自天边的声音。随着产房门的挪移，医生叫着妈妈的名字。爸爸和郑阿姨赶忙跑上去，只见妈妈有气无力地躺在床上，身边没有婴儿。

又是一惊，一场虚惊。

奇奇啊，你这时候还不肯出来！

回到待产病房后，妈妈说，就在要注射催产剂的一刹那，她突然改变主意。经过几个小时的观察，宫口依然小开，而经过近两天的折磨，妈妈的体力已消耗殆尽，再也没有力气生产了；何况，医生曾说过你脖颈上可能有脐带缠绕，如果不能马上生出，后果堪忧，她不敢冒这个险。

妈妈已经放弃顺产计划，决定剖宫产了。

早产儿出生了

9 点多医生查房时，郭主任还是认为顺产好，实在要剖宫产，可以马上安排。但早产儿要在儿科保温箱待上一周左右。妈妈决心已定。郭主任说排在上午也行，妈妈觉得应该缓一口劲，排在下午。实施剖宫手术的时间就这么定下来了：9 日下午 3 点。

就妈妈的情况而言，剖宫产我更为放心。此时妈妈不单体力耗尽，连自信都没了，这是顺产之大忌。

上午 10 点左右，一位大嗓门的女医生风风火火地冲进来，在门口就嚷嚷道："谁说才 35 周就要剖宫产？胎儿那么小怎么要剖宫产？"站在病床前的爸爸马上让开。女医生一脸严肃，充满关切，亦显焦虑。她二话不说，就在妈妈肚子上做专业摸索。此前根据 B 超判断，医生说胎儿在 5 斤左右，作为早产儿，不算太小。女医生摸清了胎儿大小后，一句话也没说，就转身出去了，空留满脸狐疑的爸爸妈妈底气不足地愣着。缓过神后，我们判断，经过摸胎位，女医生可能认为胎儿不会太小，也就不再反对了。临窗的那位后来进来的待产妇说，这位医生是个非常好的人，什么事都当她自己的事一样，替人着急。

剖宫产比较简单，3 点之前只须做一些简单的准备。在做准备的当儿，一位高挑清秀的护士对在一旁无所事事的爸爸说，只有一个人是不够的，孩子出生后至少得两人，一个照顾产妇，一个跟着小孩（孩子的父亲）。

问题又来了。你大姑虽然已经在我们家里，但这时突然叫她过来肯定不行。极少出门的她说不定连怎么打的都不清楚，何况还要找手术房——形势十分紧急，必须有人马上过来。郑阿姨正在上班，要 5 点半才下班。她说争取 5 点能过来。不行，剖宫手术是 3 点开始，整个手术只需半小时左右。情急之下，爸爸又想到了郭阿姨。

将妈妈推进手术室后，爸爸就在狭长的走廊上等郭阿姨。其时外面正下着细雨，空气迷蒙而清新。闷热的天气凉爽了下来，使爸爸纷乱的心得以片刻放松。放眼望去，扎堆在高楼大厦之间的低矮民房积木般胡乱排列，湿淋淋的天台愈显脏黑，偶有人匆匆出现，又匆匆消失在稀稀疏疏的葡萄架下。积水泛着光。整个居民区与周边形成围剿之势的趾高气扬的现代建筑极不协调。

半个小时过后，郭阿姨冒雨赶了过来。爸爸没说什么非常感谢一类的客套话，我们就在走廊上没啥心思地说着一些话。

庄严的时刻到了，那是 2008 年 7 月 9 日下午 3 时 55 分左右，沉重的手术室大门终于开了，两位小护士一左一右推着一个方形的四周封闭的初生婴儿专用车缓缓而出。行至走廊，便用白话叫孩子母亲就是你妈妈的名字。我们迎上去后，护士继续用白话说着。我听清了“仔”这个关键词，知道你是个男孩。但我并没有表现得过于兴奋，只是为你们母子平安长舒了一气——有惊无险！压在心头两天多的石头终于落地了。郭阿姨马上用普通话翻译给我听，说，老朱，你生了一个儿子！而爸爸还是十分平静，恍若旁观者，根本没有小说和影视剧表现的那种欣喜若狂之状，令郭阿姨有些不解。

事后，每提起此事，爸爸都用四个字概括：毫无悬念。

郭阿姨留下来等妈妈，爸爸尾随两位护士，穿过狭长的走廊，右转，乘电梯直达住院部六楼儿科的新生儿区。

一进新生儿区的玻璃门，护士便小心翼翼地从婴儿推车上抱出了你，放在称婴儿体重的台秤托盘上。爸爸马上盯着你看。爸爸看你第一眼的反应是什么？不是惊喜，不是心狂跳不止，而是失望和可怜。失望，如前所述，你与所有新生儿一样，黑、丑、皴。说可怜呢，奇奇啊，此时的你真是让爸爸看着心疼。你双眼紧闭，细小的双手在空中无助地乱抓，双脚蹬个不停。爸爸真想叫你一声“朱砚棋！”，真想上前一把搂紧你，好让你知道爸爸就在身边，别害怕。但，我不敢叫，没有经验的爸爸怕惊动你。况且，此时的爸爸犹如木偶，在医生护士的牵引下做着机械的动作，在医生护士都细声细语，轻手轻脚的当儿，哪敢造次！

确定婴儿与父亲的身份是非常严肃而谨慎的大事。三四个护士“围攻”着我，递给我一张张表，让我看后填好。我哪有心思看内容，每个婴儿都如此，绝对是必要的，也定然错不了。爸爸就像被挟持的、虎落平阳的大亨，一张一张签着瓜分他财产的所谓协议，根本无须看内容。爸爸在护士的指点下一口气签了五六份，填了两三次身份证号码，用食指和中指蘸着印泥摁了五六次指纹。

奇奇，你也得经过如此这般的程序，但不是摁指纹，是留下脚掌印痕。在护士抓着你一直不安分的小脚丫时，爸爸看到了你丑陋的脚掌，大惊失色、惶恐不安。你的皮肤是红褐色，而脚掌竟然呈紫褐色，或者说简直是青紫色，比裸露在冰天雪地里太长时间的肌肤的青紫还青紫，比被打伤的肌肤的青紫还青紫——泛着亮光的青紫！爸爸大气都不敢出，只是紧张地瞅了几眼，忙得根本没有时间问为什么会这样，是不是被冻着了。始终弯着腰完成一系列神圣的手续后，爸爸已汗流浃背，腰酸背痛了。

棋古啊，你的资料上庄严地记录着——姓名：朱佳发之子，出生时间：2008年7月9日15：44，体重：2430克，身高46厘米，出生孕周：35周四。还有年龄，当时只有几十分钟，不到一个小时，爸爸忘了。

你的大名朱砚棋早就取好，但因为还没有办出生证，爸爸就和大多数父母一样，只写上父亲的名字。护士姐姐和护士阿姨将写有“朱佳发之子”字样的绿色胶带，分别缠在你左手和右脚上，以便识别。

护士阿姨们将你推进病房后，爸爸的心里突然掠过一阵五味杂陈的感觉，略带感伤和歉意，也有些许失落。这与三天之后，妈妈第一次从新生儿科病房看着躺在保温箱里的你时的感觉完全一样，妈妈说，看着你可怜的样子，抱又不能抱，鼻子酸酸的，眼泪差一点就出来了。你要在保温箱里待上一周，在这一周里，爸爸每天只能在上午10：45至11：00在窗外看你15分钟。作为早产儿，你一出生就得与爸爸妈妈分离，在犹如娘胎的保温箱里独处，爸爸妈妈心里极不是滋味，总觉得对不起你……

为何毫无悬念

为什么对于你的到来，爸爸说是毫无悬念呢?

爸爸所指的毫无悬念，是针对你的性别。

在此之前的三次 B 超，医生都不能告诉父母胎儿的性别，这项规定十分严格，事关医生的饭碗。在重男轻女的国度，此举被视为非法：非医学需要通过 B 超鉴定性别和选择性终止妊娠行为。在你胎龄 6 个月时，妈妈孕检时做了清楚的彩超，妈妈当时试图套出医生的话，医生的口始终密不透风。就是在 7 月 7 日下午，羊水已破即将分娩前的 B 超，医生还是讳莫如深，不敢越雷池半步。

也就是说，在你出生前是根本不知你的性别的。

中国人历来重男轻女，现在城市人已无此陋习和落后观念，农村也有所改观，但重男思想依然根深蒂固，所不同的是，普遍重男不轻女。

在越来越恶劣的都市生存环境下，越来越多的年轻夫妇有生育障碍，能顺利怀上并生出健康的小孩已属万幸，一般不敢奢望要男要女，一切顺其自然。但作为客家人（客家人普遍重男轻女）的爸爸，骨子里头还是倾向于生个儿子的。爸爸本身无所谓，对于奶奶来说，给她生个孙子那就意义重大了。奶奶总共生了七个子女，之前的五个全是女儿（有两个遭遇不测，你现在是三个姑姑），好不容易才生下了爸爸和耀古叔叔两个儿子。而耀古叔叔又是生下雯芳姐姐和春芳姐姐两个女儿，传宗接代思想已入骨髓的 70 多岁的老奶奶，必定将此重担压在爸爸身上，尽管她老人家从来没向爸爸提过此事。在刚怀上你时，爸爸即对妈妈说，如果给你奶奶生个孙子，一直身体健康的她一定能活到 100 岁。你外公外婆这头应该也是这种心理，他们生了两个女儿（妈妈和大姨），生个外孙定然更为满意。

之前，也就是妈妈怀上你之前，爸爸始终认为会像耀古叔叔一样生个女儿，这是遗传基因决定的，概率如此，无可更改。比如，奶奶和舅公那头，是一女五男（只有奶奶一个女的，其余是五个舅公），你五个舅公所生的子女是这么分布的：除了二舅公四个儿子外，其余舅公都是一女三男，男性概率居高。而奶奶所生，刚才说了，女性概率为主。接下来，你三个姑姑生的全是儿子。

妈妈怀上你之后，我的想法就变了，自然而然。爸爸从心里认定你就是个男孩。很重要的依据也是从遗传基因概率而来。奶奶生下爸爸时是 37 岁（虚岁），生下耀古叔叔时是 39 岁。而爸爸今年 38 岁，正在生男孩概率之中。爸爸对医学方面的知识是贫乏的，一厢情愿地得出此结论，无意自欺欺人，全凭感觉，爸爸认为感觉最重要。

奶奶也是基于此感觉，忐忑地认定她会得个孙子。生下你之后，奶奶得意地说："肯定是状元郎的噢，我 39 岁时生下耀古，你今年就是 39！"依虚岁，爸爸是 39 岁。当然，爸爸十分清楚，这方面她是不太坚定的，她最重要的心理支撑来自不断的烧香和求得上上签。

奶奶不是佛教徒，是属于心诚则灵的那种，每逢节日必烧香，烧香时必念念有词，祈求菩萨保佑全家平安。但她求的不光是菩萨，更有祖先——爸爸认为，奶奶烧香，更大程度是祈求祖先的在天之灵庇佑，离得最近的是你去世多年的祖父和曾祖母。奶奶她们那一代的人坚信，先人的在天之灵永远与后代在一起。但在她会得个孙子还是孙女这方面，奶奶信的还是代表神灵意志的上上签：祖先可以保佑平安，但没有左右生男生女的力量，唯有神灵能做到。奶奶说，自打妈妈怀孕之后，她基本上每天都在烧香祈祷，一遍又一遍地对神灵说："我那么信（虔诚），你们总得送个状元郎给我吧！"因此，奶奶一直将得了孙子的功劳归于神灵和菩萨，坚信是自己的虔诚感动了上苍，而你奇奇是天生子，就是上天赐予的——如果你生在农村，奶奶说不定会给你取个天生子这样的小名。

爸爸是赞同心诚则灵的，奶奶的举动与中国曾经流行过一阵的"迷信"一说无关。因此，在向奶奶报喜时，爸爸对她说："你烧香很灵啊！"原本就乐颠颠的老人家自豪得不得了，香烧得更勤了。

爸爸的第二感觉来自你 6 个月胎龄的彩超相片。这是你光辉形象的首度曝光，后来被医院收回资料堆里了，妈妈为此十分后悔。作为胎儿的你眼睛紧闭，而鼻子和嘴巴简直就是爸爸的。看过彩超的人无不称奇："太像你老朱了！"并基本断定是男孩形象。能与爸爸像一个模子刻出的你，必定是儿子，爸爸对此确信无疑。

第三，就是与我们同住海琴湾的小黄叔叔的爸爸黄爷爷不容置疑的判断。

2007 年黄爷爷和蓝奶奶是在顺德过的年，因为小黄叔叔刚搬新家。其间，爸爸妈妈经常会到他们家吃饭。黄爷爷豁达、勤快，每天都掌勺挥铲，弄得满桌大鱼大肉，令我们大快朵颐。过年前，我们一起去过花市，买了些花和福字、老鼠形象的挂贴画。2008 年的大年初二，我们两家还去了宝林寺烧香、顺峰山公园游玩。黄爷爷第一次看到挺着大肚子的妈妈，就以不容辩驳的语气对爸爸说："佳发，你肯定生个儿子，百分之一百！"小黄叔叔也在李景叔叔搬新家请客时对爸爸如是说，语气同样坚决。小黄叔叔说，到他已祖传五代。

黄爷爷父子俩的坚决判断，坚定了爸爸的感觉。7 月 9 日下午，爸爸给奶奶报喜之后，特意打了个电话给黄爷爷，说："黄叔，真是百分之一百！"12 月中旬黄爷爷和蓝奶奶又从龙岩过来了，黄爷爷说，他们单位这几年有五六个生孩子的，他无一错断。

按理说，大凡中国人，生儿子总会比生女儿高兴一些，特别是在出生那一阵。但爸爸在得知你是个男孩那一刻没有惊喜，因为爸爸自认为底气十足——这就是我所说的毫无悬念。

早产似有迹象

爸爸初为人父的激动和喜悦感，是在无头苍蝇般在一楼、二楼和六楼之间一阵乱窜，忙完了你和妈妈两人的住院手续之后袭上来的。

当时忙得真是不可开交。其间，交完你们母子俩的预交手术费后，钱包空了的爸爸连出去取钱的时间都没有，而又急着要给你买纸尿裤和湿纸巾送到六楼新生儿区。外面一直下着雨，尽管清凉了许多，但马不停蹄的老爸还是满头大汗。坐在一楼过道的座位上，爸爸打电话叫同事梁伯伯立即送些钱过来，趁机也抽根烟缓口气。梁伯伯患重感冒，正在家休息。10 多分钟之后，他冒雨赶到，给了我 1000 块钱。爸爸接过钱，只是拍了一下梁伯伯的肩膀，就转身汇入杂乱的人群，又开始陀螺一样地转起来了。

爸爸初为人父的幸福感是在办完所有手续，跑到走廊的吸烟区抽抽烟、透透气、缓缓劲时涌上来的。幸福感涌上心头之后，爸爸便掏出手机，跟奶奶、外婆、耀古叔叔、黄爷爷、大姑、三姑、五姑、老张叔叔、锦兴头叔叔等一个个亲朋好友报喜，欣喜之情方溢于言表。奶奶已经等得不耐烦了，一抓起电话就急迫地问："是不是状元郎啊？"一听得了个孙子之后，马上将准备好的一千响的鞭炮点着了。放完鞭炮之后又开始烧香。

妈妈由郭阿姨在照看着，爸爸便回家接大姑。今晚一定要大姑接替爸爸了，爸爸必须好好地睡上一晚。

在家胡乱扒了几口饭后，爸爸舒舒服服地冲了一个凉（广东话管洗澡叫冲凉，爸爸这时真是冲凉了），然后带上大姑去乘公交车。我让大姑带上业主卡（进大门和一楼玻璃门时要刷的），从西门出去，走到对面的云路公园等直达人民医院的10路公交车（后改为310）。从家里穿过小区走到云路公园要花上10分钟，而我们那天等车又花了20分钟左右，明显没有此经历的大姑等得有点烦了，连说走路都走到了。她还是武平县城的概念，30分钟几乎可以从这头走到那头。爸爸跟大姑说，从这边过去是直达医院，从医院回来只要坐上两三回，记住这边下车的地点即可，很简单的。但大姑一直说，要是坐过头了怎么办，让爸爸不知该说什么。到人民医院下车后，大姑又连说不会坐车，头晕。我知道，她肯定是怕如此这般坐公交车，就不再说什么，决定每趟由爸爸接送。那时，咱家的电动自行车可帮了大忙。

每趟都要由爸爸接送，大姑在家就做不了什么事了，何况她又说不会杀鸡。爸爸马上启动第二套方案，着手调兵遣将，于第二天，也就是7月10日上午，将在南海黄岐的萍凤表姑叫过来帮忙，她主内，负责杀鸡、炖汤、做饭。萍凤表姑中午1点就到了，带着3岁多的小煜哥哥。

有两个人帮忙，一直运转正常。我和大姑轮流着照看妈妈，表姑在家喂鸡、杀鸡、做饭，然后由我和大姑送到医院。你出生之后的第二天，爸爸也上班了。爸爸是编辑，下午和晚上上班，但不会耽搁，轮到爸爸守夜时，下班之后便将大姑送回去，我再赶到医院。

表姑是第二次到我们家，之前来过一次，在7月6日，妈妈羊水破的前一天。这事说来又是一奇。

妈妈坐月子期间来照顾的人，原来说好了是大姑，但爸爸跟她通电话时，她顾虑重重。爸爸经过一番冥思苦想，把所有的亲人搜索一遍之后锁定了萍凤表姑。她离顺德近，且有生过两个孩子的经验，又会说白话。表姑十分愿意，说带着小煜哥哥也不影响。7月6日那天，她就是提前过来熟悉环境，顺便也认识一下妈妈，看看妈妈对她满意不满意。

表姑母子俩12点多就到了顺德客运总站，爸爸骑着速度很慢的电动车去接他们，到我们家里时已经快下午2点了。其间妈妈一直在家忙着，包饺子、做菜。事后妈妈说，羊水早破的原因，可能跟那天太累了有关。

表姑很能干，绝对是最好的人选。但从那天的情况看，正处于好动阶段的小煜哥哥让人不放心，他要有人随时看着，不然就一会儿爬上阳台护栏，让人捏一把汗，一会儿动这动那，把东西搞得很乱。不行，一是表姑被缠着，腾不出时间做事；二是小煜哥哥好动的习性，对你肯定不安全。因此，在妈妈羊水破后，爸爸又决定叫大姑过来。

表姑与妈妈是第一次见面，爸爸也好几年没见表姑了。那天下午，我们相谈甚欢。谈起胎儿的情况，妈妈还一直说非常正常。就在爸爸去车站接表姑母子时，妈妈与在广州当医生的陈阿姨通了一个多小时的电话，也是自信地说，一切都好，没有异常。

但在爸爸将表姑和小煜哥哥送到新滘路口乘车，爸爸到报社上班时，异常就发生了。

当时妈妈突然一个电话过来，惊慌地说肚子出现了从未有过的下坠感（后来妈妈说，当时她就有要生了的预感），把她吓得六神无主、惴惴不安，马上躺到床上，不敢再动。爸爸傍晚回家吃饭时，跟妈妈说，不可大意，马上将此情况跟谢医生谢阿姨说说，咨询咨询。因为只是电话描述，谢医生只能听个大概，说没事，怀孕过程中总会有不同的感觉的，让妈妈注意休息，不要累着了。

就在晚上 12 点多，爸爸做完版面后，和同事梁伯伯、余伯伯在报社旁的小卖部吃宵夜，喝着啤酒时，妈妈发了个短信过来，说没事了，应该是当时太累了所致，休息休息之后感觉就好了，奇奇很乖。当时我是这么回的：“那是，奇奇是谁呀，是朱神奇！”

大话一出，意外紧随。你这小家伙不知是高兴还是不高兴，第二天就一脚把羊水踢破了。

神奇父子感应

从你待在新生儿区保温箱的第二天也就是7月10日起，爸爸便每天上午10：45—11：00间，准时在窗外看你15分钟。

7月10日那天，爸爸是怀着急切和不安的心情从二楼走上六楼的。当时等电梯的人太多，爸爸等不及，就拔腿走向楼梯口，快速拾级而上，上至六楼时，已小有气喘。

这是爸爸第一次看到在保温箱里熟睡的你，也是位置最好、看得最为清楚的一次。你的保温箱正好排在尽头位置，只有这个位置没有纱窗遮挡。其时，作为初生婴儿的你，正安详地闭眼睡着，双手呈45度八字分开，双脚弯曲。爸爸怜爱地盯着你，贪婪得目不转睛。看着看着，爸爸不由自主地轻轻叫了一声："朱砚棋。"真是奇了，你居然抿嘴露出了笑容——稍纵即逝的一笑，令爸爸心跳加剧并暗自称奇，以至在你旁边的护士姐姐说的话，我过了几秒才反应过来。这一刻，爸爸仿佛觉得地球都停止了转动，而整个地球上只有爸爸和你两人。爸爸陶醉在两人世界里，浑然不觉身边有与爸爸一样充满期待和怜爱地看婴儿的人群，以及他们交谈的声音，当然也包括护士姐姐的话。奇奇啊，爸爸被你神奇的一笑击晕了。

等爸爸回过神来，才知护士姐姐是问爸爸："名字取好了？"似乎有点奇怪，因为大部分人都是BB、宝宝、贝贝地叫着，唯有爸爸一开始就直呼你的大名。但奇怪的还是你的笑。爸爸看到，护士姐姐微笑着盯了你许久，神情诧异。

这就是你和爸爸的感应。你和妈妈也是一样，在第四天时，已能下床走路的妈妈到六楼窗口看你时，也有同样感应。妈妈轻轻地叫："奇奇，朱砚棋。"声音细小而略有颤抖，不要说隔窗的你，就是旁边的人也难以听见，非感应不可——你感应了，也不易觉察地抿嘴笑了笑，令妈妈一阵惊喜，继而掠过一丝歉意，鼻子一酸。

感应是你的神奇之处，奇奇。做父母的都有一个通病，总是认为自己的小孩是最聪明、最漂亮的，爸爸也未能免俗。但爸爸所指的感应，尽管也一厢情愿，却真有其合理之处，以至常常弄得自己都惊讶。爸爸始终相信，世间万事万物，既是客观的存在，亦是神秘的存在，有着太多目前科学还无法解释的玄秘力量，在冥冥之中释放着能量，使人世间和人本身充斥着诸多可能和不可能。这正是世界和生命的精彩、残酷和不可理解之处。

从胎教角度看，是胎教的神奇之处。

现今的父母越来越重视胎教，有每天定期听音乐的，有每天给胎儿念古诗、《三字经》《论语》的，有念故事给胎儿听的，各有高招，并安排得很严密，就像给学生排课一样，严格执行。

爸爸妈妈不这样，我们没有刻意地对你施行所谓科学的胎教，只是不断地与你说话，抚摸你，偶尔放些音乐给你听。

我们认为，说话和抚摸最为重要，既可让胎儿产生安全感，也能让胎儿熟悉父母的声音。妈妈时刻都在与你说话，每做一件事，都会抚摸着你说，朱砚棋，我们去做什么什么啦；偶尔弄出大的声响时，妈妈怕吓到你，都会抚摸着你说着抚慰的话。爸爸也一样，雷打不动，即便喝完酒回来，也要喷着酒气与你说话。开始是说，后来还创造性地发展成了唱，以儿歌《小燕子》那句“小燕子，穿花衣，年年春天来这里”的旋律，唱道：“朱砚棋，小砚棋，你是我的好朋友”。后来更有发展，竟然只是第一句“小燕子”的旋律，重复着：“朱砚棋，小砚棋，小奇奇，奇奇奇”。在爸爸摸着妈妈隆起的肚子，与你说话、向你问好、为你唱歌时，你几乎每次都有反应，如此互动，让老爸其乐融融，乐此不疲。

爸爸对音乐的选择是，必须是高雅音乐，如理查德·克莱德曼的钢琴曲《献给爱丽丝》《秋日的丝语》《水边的阿狄丽娜》《命运》《星空》《蓝色协奏曲》等，凯丽金（也译作肯尼·基）的《回家》《茉莉花》《春风》等萨克斯名曲，中国著名的小提琴协奏曲《梁祝》等。爸爸放音乐给作为胎儿的你听，并非增加你的音乐素养，而是让在经典名曲中气定神闲，也就是通常说的陶冶，为你提供一个良好的感知世界，让你在娘胎里感觉安全而愉悦。

现代医学证明，胎儿具有惊人的感知和反应能力。但胎教其实很简单，就是给胎儿创造一个舒适、恬静的发育环境，使胎儿的神经系统发育得更加完善。给根本没有思维和记忆能力的胎儿灌输知识性的东西，是对胎教的误解：胎教不同于婴幼儿时期的智力开发。

胎教为你与爸爸妈妈的感应奠定了情感和科学的基础。

你在保温箱里待着时，真是可爱而可怜。因初生婴儿（早产儿尤甚）普遍存在的黄疸，医生便用蓝光为你治疗。在医学蓝光照射下的你，左侧着脑袋，双眼紧闭，眉头微蹙，表情安静。不照蓝光时，爸爸就会把相机递进去，叫护士姐姐或护士阿姨给你照相。一次照蓝光时，你光着上身，脑门上打着吊针，针口处贴着胶布，双手做投降状举放，像极了一位日本武士，逗得爸爸心里一乐。而你的睡姿基本上是这样的：头或正仰或左偏，两手齐肩平展，气定神闲而霸气十足。你这种睡姿一直保持到了现在，即你快 6 个月大的时候。有时，护士姐姐为了让爸爸看得清楚，会将你的头托起。这时，你更逗了，护士姐姐的手一触到你，你条件反射似的马上舞动双手，猛踢双脚，眉头紧皱，满脸愠怒，引得爸爸和护士姐姐都笑了。护士姐姐轻轻地说，初生婴儿都会有不安全感。

奇奇啊，你著名的拳打脚踢在你呱呱坠地的那一刻，便爆发出了威力。据妈妈所述，医生剖开妈妈的肚腹，将你从娘胎里捧出的一刹那，你就怒目圆瞪，惊讶地打量着围在身边的医生护士，与此同时，伴随哇哇大哭的，是一阵拳打脚踢。医生护士都笑了，模仿你的口气说：“我在里面睡得好好的，你们怎么把我弄醒啦！”

这也可列入你的“奇”之处。一般初生婴儿都是闭着眼的，你却睁大眼睛，给陌生的世界一个怒目；大多初生婴儿离开母体后，最初的啼哭是在医生往婴儿屁股上一拍之后，而你，小奇奇，不待医生动手，自己就哇哇大哭起来，让在场神经紧绷的医生护士忍俊不禁。为此两“奇”，医生护士都对你印象深刻。推你出手术室的两位漂亮的护士姐姐，在走廊上碰到爸爸，都会笑着讲你的表现，说太可爱了。当然，她们也会不无遗憾和怜惜地说上一句：“唉，就是太小了。”奇奇，之前爸爸已经告诉你了，你出生时才 4 斤 8 两 (即 2430 克)，爸爸觉得太小了，不好意思，有人问起你的体重时，总会说是 4 斤 8 两 6。爸爸虚荣的根据是，加上 6 后，依四舍五入法，就可进入 4 斤 9 两行列，而 4 斤 9 两也就相当于 5 斤了。

著名“无声长笑”

除了著名的“拳打脚踢”外，你还有更为著名的“无声的长笑”，奇奇。

那是在 2008 年 7 月 17 日，你在保温箱里待的第八天，爸爸接你出院时，发生在新生儿区的一幕，让爸爸始料未及。

妈妈已在头一天出院了，爸爸是动用同事张伯伯的车接妈妈回去的。爸爸认为这是很庄重的事，不应该自己打的或坐公交车的。我们到了海琴湾北门时，大姑、表姑和小煜哥哥已在烈日下等候多时，车一停下，他们就蜂拥而上，关切地向妈妈嘘寒问暖，七手八脚地从车里提出东西，簇拥着妈妈欢欢喜喜地上楼回家。

接你回去的车是石头叔叔的。我们下午 2 点前就到了医院。2 点一到，爸爸就去给你办出院手续，将相关发票给护士后，便在六楼新生儿区的走廊上等候。当时正是盛夏最酷热之时，我们均满头闷汗，胸背湿黏，在走廊的窗口奢侈地享受偶尔飘进的一阵阵浸着热气的小风。石头叔叔把玩着他新买的傻瓜数码相机，时不时对着外面拍下两张，递给我看看，同时认真地研究起连拍功能的使用。爸爸可没那么轻松，表情严肃、紧张而神圣，眼睛不时瞟向新生儿区的玻璃门。爸爸的确是在虔诚地执行着初次接你回家的神圣任务的，那天特意穿上了牛仔裤和皮鞋，以示庄重。其结果就是，把老爸热得不得了，加上等待的焦灼，又不能抽烟缓解，真有点像热锅上的蚂蚁。

好不容易熬到玻璃门吱的一声响和护士阿姨传唤爸爸的声音，爸爸迫不及待地疾步闪进——不待玻璃门完全打开就侧身趋入，有点鬼鬼祟祟。石头叔叔只能在玻璃门外。

一进门，爸爸看到，你依然躺在你刚进新生儿区躺的托盘上，双眼紧闭，手脚轻轻地在空中划动。最小号的婴儿衣服穿在你身上，就像一件空洞的长袍，你太小了。接你回家的程序与把你送进来的程序几乎完全一样，只是多了几张提示纸和一本保健卡，告诉父母什么时候要给小孩打防疫针、什么时候该定期到医院儿保科检查等等，十分详尽。最先开始的，是爸爸掏出身份证登记。之后，我们也都得经过摁手印、脚模这道严格的程序。

经历过一回的爸爸不再紧张，在填第一张表的当儿，就抬头看着你，轻轻地叫了一声："朱砚棋——"这一叫非同小可，叫出了爸爸颇感意外的你的灿烂的一笑——这一笑，如一股蜜流直入爸爸五脏六腑，让老爸的心里顿时醉醺醺的、软酥酥的；这一笑，成就了你朱砚棋神奇而著名的"无声的长笑"。爸爸有点手足无措，拿笔的手僵硬地悬着，双腿微软。但还是没敢过去抱你或摸一下你恣意绽放的小脸。护士阿姨看我停下填表，也扭头朝你看过去，她也当即蒙了，这位看起来应该有20年工作经验的护士阿姨啧啧称奇。朱神奇啊，这一笑，必将镌刻在爸爸心头，融入爸爸的血液和骨髓。

让爸爸来描摹一下你那著名的一笑：一朵黝黑而硕大的恍若来自仙境的花，开在完全舒展的你的小脸上，两个酒窝一左一右点缀，犹如两朵空灵而芬芳的花中花。然而，更让老爸和护士阿姨始料未及的是，在爸爸填完两张表后，你依然在笑，且眼睛睁着，足足持续了五六分钟之久，是到目前为止，即你快6个月大时最长的一次笑，无声的笑。爸爸不由自主地在心里连声唤道："朱砚棋，朱神奇，奇奇奇！"同时，爸爸也看到，在玻璃门外的石头叔叔也惊讶地瞪大双眼，手举相机蠢蠢欲动。爸爸知道，他极想冲进来，用相机将这一神奇的笑定格。但，他不能进来，爸爸也不敢向护士阿姨请示，外人不得进入新生儿区是一项严厉的制度，无法破例。如果不是接送你，作为父亲的爸爸也不能进来的，每次送奶时，就在外面按铃，报上你的保温箱号，即3号，由护士阿姨在奶瓶上写上"3"字即可。之后，爸爸和石头叔叔谈起这事时，都遗憾非常。

护士阿姨似乎比我还入迷，几乎就愣在一边了。爸爸抑制住内心的狂喜（初为人父的狂喜在这时涌现了），以尽量平静却又满溢自豪的语气对护士阿姨说："我们在怀孕 3 个月时就给他取好了名，一直叫着，他对我的声音非常熟悉。”

一般情况下，婴儿有意识的笑不可能出现得那么早，但我将你这次笑定为有意识的笑，因为你整个过程都睁着眼，而无意识的笑是在婴儿睡眠状态下的，比如之前你在保温箱里的笑，爸爸将其作为感应之功效的笑，当属无意识的笑。

奇奇，之后，笑便成了你的品牌，你的有意识的笑的确出现得很早，早得让很多人不敢相信。谢医生在你尚未满月时过我们家看你时，看到你在爸爸妈妈跟你说话时自然而灿烂的微笑后，身为医生的她都称奇不止。

抱着奇儿回家

有着你的笑所带来的自豪和甜蜜，爸爸在抱你回家的整个神圣过程中愈显柔情。

办完手续，护士阿姨将你用毛巾包好，交代爸爸：先用左手将你的头托起，然后右手从脑后绕过去，待右臂膀枕着你的脑袋，右手抓住你的右肩后，左手托住 BB 的屁股，这样，双手便呈环绕之势将你抱好了。护士阿姨先示范了一遍，并一再交代一定要让婴儿的脑袋靠着，因为婴儿的脖颈是软的，之后，才在她的监视下，由爸爸做一遍。合格。护士阿姨点了点头。爸爸抱起不足 5 斤的、轻飘飘的你，我的小小的奇奇；石头叔叔提着给你住院期间用的一袋东西和一个脸盆，我们三人踏上了打道回府之路。

在从六楼下一楼的电梯上，一位年轻的阿姨看着在爸爸怀里熟睡的你，十分不忍心地说：“哇，BB 太小了，这个 BB 太小了……”穿过一楼走廊，走在熙熙攘攘的门诊楼大堂时，不时有眼光投向你，我的小得有点可怜的奇奇。此时，作为父亲的我，并没在意周围人们的眼神，也不因你黑、小、丑而觉得自卑，浓郁的温情让老爸似乎忘了周围人群的存在。只是，奇奇，我的小小的奇奇啊，只是爸爸抱着轻得让人心虚的你，双手只敢保持一种姿势，就是护士阿姨教的专业姿势，动作生硬，谨小慎微，唯恐哪里做得不对，惊扰了沉睡中的你。

奇奇，自打你听到爸爸熟悉的声音，并由爸爸抱着之后，你便一直安静地睡着，呼吸均匀，手脚老实，神情温顺，犹如一只熟睡的小羊羔。而爸爸从新生儿区一抱起你那一刻起，便一路在和你说着话，直至进入我们的家门。

爸爸是这么说的：“朱砚棋，爸爸抱，咱们回家了……我们现在在坐电梯，我们是从六楼下到一楼……现在有点吵了，为什么呢，因为我们到了门诊大楼的大堂了，这里有很多很多的人……我们怎么走呢？奇奇，我们不从正门出去，因为石头叔叔的车停在医院后面，我们从大堂右边的走廊走出去，在路边等石头叔叔的车……奇奇，你现在热吗？肯定很热，爸爸也很热，但我们不怕，我们站在旁边，站在太阳晒不到的地方……朱砚棋啊，我们马上就要坐石头叔叔的车回家了，妈妈和大姑都在家里等着你呢……我们要从这里回家，这里是医院，顺德区第一人民医院，是你出生的地方，你在这里住了8天院，不不，不对，8天是你出生后，加上出生前的2天，你在这里待了10天……好，朱砚棋，石头叔叔的车来了，我们上车……啊，车上有空调，很凉快。奇奇不怕空调，因为空调不是直接吹着奇奇的……好，现在石头叔叔的车往我们家方向开了……朱砚棋，我们家住哪里呢？是在海琴湾……奇奇，你好好地睡觉，我们很快就要到了……噢，奇奇，前面就是海琴湾了，这里左边是云路公园，右边是云路小学，说不定你小学就在这儿上呢。奇奇……啊，朱砚棋，我们的车到海琴湾了，好，我们下车了……哦，太阳真大，晒到我们的奇奇了，不怕不怕，爸爸给你挡住……朱砚棋，石头叔叔给你照相了，来，爸爸把你托起一点，好，就这样，照相啰……朱砚棋，咱们上楼了，我们家在七楼，上七层楼梯就到我们家了……现在是一楼，然后是二楼、三楼、四楼、五楼、六楼、七楼……啊，朱砚棋，我们到七楼了，我们到家门口了。来，咱们按一下门铃，对，叫石头叔叔帮我们按门铃，让妈妈开门……朱砚棋，我们到家啦——"

一踏进家门，妈妈和大姑就围过来。妈妈叫了两声"朱砚棋，奇奇"后，便急切地伸出双手，想接过你。爸爸一扭身，严肃地制止了你妈的动作，然后，小心谨慎、蹑手蹑脚地进入客厅，把你轻轻放在咱们家红白相间的皮沙发上。一放下你，爸爸才感觉双手发麻。但爸爸没有马上立起身，和妈妈一起，小心翼翼地躬身盯着你看。看了一阵之后，爸爸才如此这般地跟妈妈说要怎样抱，煞有介事地和护士阿姨一样做了示范，之后才让妈妈抱。妈妈是第一次抱你，第一次这么近距离地端详你（你刚出生时医生给你妈看的，只是匆匆的一眼，并且是在术后极度虚弱状态下的一眼，不算），自然激动得不得了，轻轻地唤着你，口中含糊不清地念念有词。

妈妈说，你在家的第一次睁眼颇有意思。在妈妈轻轻叫唤你时，你先将一只眼眯开一条缝，做狐疑和警惕状对身旁的妈妈和家里的环境做了一番审视之后，似乎放心了，才睁开你的双眼，定定地打量着就要天天伴随你的妈妈和我们的家。

其时，爸爸正在咱家客厅外的阳台上，陪石头叔叔抽烟。接你回家后，爸爸终于彻底地舒了口气。大姑和妈妈一起，一直看着你，笑着说不会小，不会小，你看腿多粗啊。

大姑提前回去

大姑是在你回家的第二天，即 2008 年 7 月 18 日回去的。表姑和小煜哥哥则在前一天回去了，是因为小煜哥哥的原因，怕影响你。

在你刚出生的这一周里，大姑和表姑是帮了大忙的，如果没有她们在做着事，爸爸妈妈真不敢想象这一周该如何运转。尤其是大姑，从未出过这么远的门，能做到招之即来，实属不易，更何况，她已经太久没受过熬夜之苦了。对此，爸爸妈妈都十分感激和感动。

18 日一大早，爸爸起床后，装了一瓶从贵州思南老家带过来的你外公珍藏了 10 多年的老酒，以及一条广东的双喜烟，送给大姑丈的。大姑走进卧室，跟妈妈和你道别。当时你和妈妈正在睡觉。爸爸拿出牛奶和面包叫大姑吃，她没吃，说吃不下。

我们是从楼下打的到乐从，大姑从乐从乘新会至武平的车。这趟车非常方便，上午 8 点半上车后，下午 4 点多就可到武平。以前爸爸都到广州东站坐火车至龙岩，再从龙岩回武平，麻烦多了。我们赶得太早，原本 8：20 前到即可，我们却在 7：35 就到了，也就是说，我们要在乐从的路边上车点等上一个小时。

我们等车的地方其实根本没有候车点，是人们约定俗成自然形成的。这是一条主干道，江门、新会、顺德的龙江、高明等地去广州的车都从此经过，车来车往，川流不息。等车点就在从江门方向过来的高架桥下，车刚下高架桥的地方，在一排绿化树旁，我们等车的人就或坐在树下的花基上，或在路边站着，翘首以盼。

等车、等人和等吃饭是最烦人的，一分钟一分钟地熬，如坐针毡。来来往往的大车小车和摩托车恣意地吼着喇叭，高一声低一声，长一声短一声，混合着发动机发出的粗重喘息，毫无节奏、催人烦乱的噪声盘旋在每个人的头顶，挥之不去。大姑不时抬腕看表，爸爸也百无聊赖地频频看手机。我们没怎么说话，隔好久才说上两句，如往深潭扔一块石头，咚的一声响之后，又归于沉默。

我们都各怀心事。这 10 天来（大姑和耀古叔叔是 8 日来的，正好 10 天），大姑十分不习惯，顺德炎热的气候让她心烦意躁，以致常常失眠，再加上在医院照看妈妈得熬夜，让她困烦交加。更主要的是，她第一次长时间出远门，在小县城待惯了的她，既不适应顺德的城市节奏，更有离愁别绪萦绕，放心不下一个人在家的大姑丈。这我非常理解。她最担心大姑丈的，是他的嗜酒。大姑在时，会严厉地监控他，一旦他一个人在家，肯定难以让人放心。一天晚上爸爸与他通话时，才 8 点多钟他就已经舌头粗短、口齿不清了，别说大姑，就是爸爸，对这个姐夫也忧心忡忡。

爸爸只是觉得心里空落落的。女人坐月子是最大的事，稍有不慎就会落下抱憾终生的病患。而爸爸妈妈初为人父初为人母，对此没有丝毫经验，如何度过这一个月，我们心里一点底也没有。一般情况下，坐月子时，作为母亲都是衣来伸手、饭来张口的，身边都有老人家或保姆在帮忙。可大姑和表姑走后，就剩下爸爸妈妈两个人做事了，爸爸又得上班。怎么办？爸爸想，应该又要启动第二套方案了。

马上就可乘车回家了，大姑难捺久别返乡的欣喜和等车的焦急，一直走来走去，说怎么都快 8 点半了，车还没到。其间耀古叔叔打了两个电话过来，确定我们等车的位置正确之后，又叫我们放心，说他已跟武平的驾驶员说好，车正在过来的路上，很快就到了。同时，耀古叔叔叫我放心，他已经跟老三（你婶婶）和三姑说好了，她们一定有一个人会过来，说，坐月子没人照顾怎么行呢，一再叫我不要担心此事，他安排好了。

8 点 40 多分车才到。很快，大巴就喷着浓烟霸道地扬尘而去。爸爸在路边茫然地看着大巴消失在视野中，长时间愣着。等回过神来，爸爸又折回刚才坐的花基上，一屁股坐下，抓出一根烟，大口大口地吞云吐雾。抽完一支烟后，一股困意和莫名的惆怅顿时袭来，爸爸忽觉眼前一片迷糊。又续上一根烟。爸爸试图捋捋纷乱的思绪，一种近乎凄凉的异样感觉却突然爬上后背，让爸爸猛地一怔，继而无语，一阵唏嘘。

回大良的 341 路公交车走走停停，形形色色的陌路人一路上上下下。盛夏的阳光 9 点之后就开始发威了，而临窗的爸爸并没有热感，只觉后背凉森森的。在爸爸妈妈最需要帮忙的时候离去的大姑，让爸爸突然对她产生了陌生感，这种从未有过的陌生感让爸爸害怕。一路上，爸爸心乱如麻，如母亲一样把爸爸和耀古叔叔从小照顾大的大姑曾经的爽朗笑声和灿烂笑容，一直在爸爸脑子里闪现，让爸爸心头五味杂陈。初为人父的老爸对人生况味似乎有了新的感悟，无所适从的感慨。

爷爷英年早逝

在爸爸小时候的 20 世纪 70 年代初，许多人的童年都是灰暗的。但爸爸和耀古叔叔的童年却是彩色的，甚至可以说是阳光的。带给我们阳光的是大姑和大姑丈。

大姑是补员的，也就是顶班，顶爷爷的班。爷爷是教师，国家干部，按当时的政策，爷爷去世后，子女可顶班，会安排工作。爸爸几个兄弟姐妹都还小，刚刚成年的大姑是当然的人选。

爷爷在爸爸 6 岁耀古叔叔 4 岁（均是虚岁）时就离开我们了。因为太小，我对爷爷的记忆不多，只记得每次爷爷一回家（当时都是走路，每每得走上半天甚至一天），就将一个书包挂在餐桌边的壁橱旁，然后牵着爸爸的手走出去，到小村旁边的小溪边散步，边走边轻声地说着什么。爷爷是典型的文弱书生，话不多，清瘦高挑，喉结坚硬地凸起，随着微微的咳嗽上下移动。

爷爷没有相片留存，只有一张黑白画像，长年放在家里客厅正中高高的香案上。当年的画师技术了得，将爷爷画得栩栩如生，人人都说画得像。画像里颧骨凸起的爷爷留着那个年代流行的右分头，一丝不苟，目光严肃、坚定而深邃，眉宇间似有不易觉察的迷茫和隐忧。这就是那个时代的表情。爷爷已走曾祖母尚健在时，已经分家的我们三大家人在一起照过一张黑白全家福，现在看来，黑压压坐在一起的几十人的神情几乎千人一面，包括作为儿童的已经七岁左右的爸爸和五岁左右的耀古叔叔以及作为婴儿的由里里伯母抱着的伟古哥哥，都一脸木然，神情严肃而木讷，大家呈诧异状看着镜头，整个画面阴云密布，大人、小孩和老人均毫无活力，即便有人试图硬挤出一瓣笑容，亦显别扭。棋古啊，像你这种透明得没有丝毫杂质的阳光满溢的笑容，在当年压抑的困难时期，简直就像天外之物。

爷爷念书时可是文理俱佳，当时村里与爷爷同龄的学子当中，爷爷的成绩最好，但由于家境贫寒，供不起他上大学，只能上龙岩师范速成班。就此遗憾，爸爸打小开始，偶遇爷爷的同学，他们都会叹一口气，说“你爸爸忠古三（爷爷排行老三）可惜了啊”。奶奶一谈起爷爷上师范的事，就会很激动，总是滔滔不绝唠叨个不停。奶奶说，爷爷当时高分考上了师范，却一直没收到录取通知书，待快要开学了，焦急得有些绝望的家人正准备为爷爷另做打算时，才有人将搁置在乡里很久的录取通知书送到，弄得全家一阵手忙脚乱。当时成绩比爷爷差的几个，因家境较为宽裕，都赋闲在家，不慌不忙地等着念高中。当然，他们几个最后都上大学了。

爷爷写得一手好书法，每到过年时，邻里乡亲都会送红纸过来，让爷爷写对联。爷爷的书法真迹爸爸看过了，真好，瘦削而不失圆润，遒劲而灵动。爷爷没有专门练过书法，仅凭灵性使然，却颇为专业。这点爸爸倒是遗传得很好，从小喜欢用毛笔涂鸦，在小学五年级时获得过全区写字比赛第一名，之后，爸爸的硬笔书法还获得过全市大中专学校书法赛第一名，且也是每年帮乡亲们写春联。

爷爷的遗物中，有两件爸爸印象十分深刻，一是藤书箱，二是笔记本。藤书箱在当时应该算是好的了，里面装着一些落满灰尘的焦黄的书。爸爸只记得鲁迅的《呐喊》，繁体字版本，爸爸在小学时就连蒙带猜地看过了，并记住了头发坚硬、铁骨铮铮的鲁迅先生，怒不可遏而又悲愤沉郁地定格在封面上。笔记本上记着的，基本上是一些学生的名字，班长是谁，学习委员、劳动委员是谁等，以及一些与班务有关的事宜。

爷爷是乡村教师，19 岁开始工作。每到一处任教，都有极好的口碑，无论为人为师。就像我们会记得历任来村里小学教书的老师一样，爷爷也永远活在那个年代的乡亲们心中。爸爸在武平工作时，应该是 1992 年左右，爸爸去看一位在武平县医院住院的堂伯时，他的邻床病友一听是他堂弟，马上问爸爸：“你是不是冠忠老师的儿子？”看着惊讶地点头的爸爸，堂伯的病友似乎比我更惊讶，说：“太像了，你们父子太像了，连走路姿势都一模一样！”病友充满怜爱的喃喃之声像对我说，又像自言自语。

当时民间尊师崇教之淳朴之热烈，是之后的任何年代都无法比拟的。爷爷所任教过的每一个乡村，乡亲们都将其尊为贵人，就是对奶奶，也是十分尊敬，一口一个“先生娘”（即老师老婆之尊称，“娘”并非字面上的母亲之意）。爷爷更是和学生和乡亲们打成一片，常常用自己微薄的工资替穷学生交学费，为学校修理门窗、课桌椅。当时条件之艰苦、环境之恶劣我们现在很难想象，对你来说更是天方夜谭，棋古。

严重的营养不良加上操劳过度，积劳成疾的爷爷终于倒下了。

当时的情景爸爸一辈子都忘不了。乡亲们将弥留之际的爷爷从县城抬回来后，将爷爷安置在我们房族的厅堂后排的一间卧室里。人们都在忙来忙去，爸爸和耀古叔叔两个小家伙似乎知道发生了什么，却又不明所以，怯怯地看着奶奶和其他亲房们忙乱悲戚地走来走去。然后，奶奶牵着我们小兄弟俩，来到爷爷躺着的床前，见爷爷最后一面。奶奶悲恸地大声跟爷爷说话，说佳古和耀古来了，叫爷爷看看。爷爷处于昏迷状态，目光呆滞，嘴巴艰难地一张一翕，只有呼气，不见吸气。听到奶奶的叫声，爷爷还是头朝上，茫然地看着天花板，嘴巴的开翕越来越虚弱。奶奶赶紧对我们说：“叫爸爸！”耀古叔叔随即叫了声“爸爸！”这时，爷爷突然将头转了过来，定定地看着我们，嘴巴频繁地开翕着，想说什么，却连哼哼声都发不出了，气若游丝。爸爸当时没叫，只是一直盯着爷爷看。此事爸爸至今还理不清楚，当时为什么不叫，为什么不让爷爷在闭上眼睛的最后一刻，听听他儿子的声音。爸爸小时候尽管是一个乖孩子，从不惹是生非，学习也好，但也有许多连我自己都无法理解之举。这是其一。

我们两个小兄弟走出爷爷躺着的房间后不久，便传出了奶奶、姑姑等人撕心裂肺的哭声。亲房们开始匆忙奔走，每个人脸上都落满灰霾。我们家族庞大深重的厅堂内外，被一股浓重的悲伤笼罩着。天空乌云密布，没有一丝风，阴郁凝重。这是爸爸童年记忆中唯一的灰暗色调。

爷爷走了，带着无限的歉疚和遗憾走了。现在想想，爷爷就这么走了，撇下两个这么小的儿子，撇下这个只能靠奶奶的身板支撑的家，如此残酷的生离死别，爷爷心里该有多大的痛苦！将爷爷的遗体安放在棺材里之后，爷爷的眼睛一直睁着，是奶奶在棺材旁，哭着跟爷爷说了好久的话之后，爷爷才合上眼的。奶奶一直重复着一句令所有人不忍卒听的哀恸的号叫："忠古，你安心地去吧，我就是讨饭也会把孩子带好！"其情其状，撕心裂肺。这一幕，爸爸一直在场，爸爸一直在奶奶的哭声和说话声中看着爷爷，一直看，只是看，没说话，也没哭。悲痛欲绝的奶奶并没有被巨大的悲伤击倒，呼天抢地之中还保持着冷静的一面，不像大多数妇女一样，遇此打击，必昏天黑地，万念俱灰，六神无主，恍若行尸走肉。这是坚强的奶奶的伟大之处，之后将我们兄弟姐妹 5 个拉扯大，靠的正是这种以生俱来的坚忍品质。奶奶的话爸爸都记住了，就是让爷爷放心，她一定会将儿女抚养成人，让他放心地走。打从那时候开始，爸爸就一直坚信古人发明的死不瞑目一说。

童年温馨明亮

按理说，自爷爷走后，咱们那个家的顶梁柱就塌了，惨状可想而知：爸爸和耀古叔叔的童年不但是灰暗的，更可能是凄惨的。但因为大姑的补员，爸爸两兄弟的童年反而是彩色和阳光的。

大姑首先被安排在县土产公司，也就是在土产公司期间和大姑丈结婚。之后又调到供销社。像爸爸这个年龄段的人都知道，在物资匮乏的计划经济时代，在供销社门市部当一名售货员是多么幸福的事，这在当时就是最好的职业之一。因此，在我们村，大家都还不知收音机为何物时（当时只有生产队的大喇叭），大姑和大姑丈就从县城带回了有着彩色木套的硕大的收音机，洪亮地响着，声响大得有点夸张，引得邻家小孩站满了我们家门，好奇地探头探脑。这时，大姑和奶奶总会抓出一把糖果，笑着往那些惊羡的小孩兜里塞。而大家刚知道收音机是怎么回事时，大姑和大姑丈又捧回了更为高级而奇妙的双卡收音机，我们叫三用机，既可收广播，也可放磁带听音乐。然后是转着轮子的留声机。每次大姑和大姑丈回来的日子，对我们家来说，就是过节，不，比过节还热闹、高兴。大姑和大姑丈每次都会给爸爸和耀古叔叔买新衣服，买新文具盒、钢笔、书包，让我们两兄弟光彩照人地在村里自豪地走来走去，迎接着邻家孩子贪婪地盯着的羡慕目光。

当时，我们家过得快乐而滋润。一方面，爸爸兄弟俩的衣服和上学的钱大姑都会支持；另一方面，爷爷去世后，除了大姑补员，奶奶以及你两个姑姑、爸爸和叔叔都有抚恤金，作为子女的我们兄弟姐妹的抚恤金领到成人，而奶奶的抚恤金是终身的。再加上奶奶的勤俭持家（奶奶的勤劳在村里是数一数二的，我们家的稻谷和地瓜等粮食都比别家丰殷），可以说是衣食无忧，奶奶还常常有钱借给乡亲们。

俗话说长子即父，长女即母，顶替父亲的大姑，作为长女，那时承担着一份父亲的责任。我们对于她回娘家，包括大姑丈回来，从不说“来了”，而是一直讲“回家了”，奶奶和我们兄弟姐妹始终将大姑和大姑丈视为自家人，就像大姑丈是入赘的一样。大姑丈对此也无异议，幼丧双亲的大姑丈反觉温情融融。

大姑丈个子不高大，却精干勤快，活泼和善。大姑总是偏袒我们兄弟，大姑丈也顺从偏袒，从来没有对我们大声过，我们兄弟与这个姐夫之间，关系密切，感情深厚。

那时他们从县城回我们家，一般是乘车至武东乡政府所在地，然后走上五六公里路。但那一趟车班次太少。有一年过年前一天，大姑丈一人送年货回来，等下午下班后，就坐不到了。他走了三四十里山路回到家时，已经是晚上八九点钟了。

一到家，冻得频频跺脚呵手的大姑丈不待落座，就急切地说，东西还藏在路上。当时太晚了，又冷又饿，走到一个只有几户人家的自然村时，他就将东西藏好，先到一户人家吃了一点东西后继续赶路。大姑丈是摸黑赶回来的，弄得奶奶心疼不止，埋怨连连，慌不迭地忙这忙那。大姑丈说，那家人十分热情，马上倒热茶给他喝，给他弄好吃的。临走时，大姑丈送了一包50盒装的火柴给那户淳朴热情的山里人家。之前，农村生火都用火石擦火，能用上火柴的是少数，也只有在供销社的大姑丈才能如此阔绰地甩出几十盒当时叫洋火的奢侈品。奇奇啊，你看，爸爸小时候，家里其实还是常有些稀缺的昂贵东西的。

在家里吃过一些东西后，大姑丈便领着四定伯伯，四定伯伯带上他家那条狗，拿着手电筒，重新翻山越岭，返回十几公里外藏年货的地方，在冷风呼啸的寒夜。直至晚上12点多，他们才满身沾着夜露，肩扛手提着年货，在四定伯伯家那只聪明的黄狗兴高采烈的吠声中得胜回朝。

一次大姑丈回去时（他们回来我们叫“回”，回去县城我们叫“去”，多年来一直这样），是个大清早，奶奶叫爸爸送大姑丈。

还是那条通往县城的石板路，还是翻越几座大山。这条路爸爸走过多次，基本上要半天才到达县城。路线是这样的：由我们自然村寮子背出发，往西直上，穿越邻村张畲，上山，到达最高的山峰后，平缓处会有一个以茶亭功能为主的庵庙（庵与庙有别，但我们把它们叫在一起，可能跟此有关），喝上一碗热茶，稍事歇息后再赶路，慢慢隐入大山，在逶迤的山间石板路间跋涉。半途间或有新拓的黄土路，为抄近路而开的。

石板路是步行年代的杰作，除了县、乡、村的要道外，在通往山外的晚稻田的路上，也铺有坚硬的石板，即便在人迹罕至的深山老林，甚至险峻的悬崖峭壁间，也时有可见。现在，中国农村的许多地方，都可看见满浸汗水的石板路，其中有不少就是当年的国道。在靠山吃山的年代，以及骑马和步行的年代，石板路是人们最为忠实的伙伴和向导，历经数百年沧桑，默默固守大山。走过石板路的人，无不为当年劳动人民的智慧和勤劳所折服。如今，石板路早已被历史遗忘，好怀古思幽之人，或许也只能在某旅游景点瞻仰当年的国道，对着磨得泛白却依然有棱有角的石块，无病呻吟地发点感慨。

茶亭是石板路的难兄难弟。在山区地带，古道基本上都在山岭间穿行，往往走上半天都难见人烟。不知从什么时候起，山民开始在山凹或峰顶或山与山的连接处建起了一个个小亭子，或有专人驻守，专事烧茶，或由邻村村民轮流烧好茶，每天一早送到，供路人解渴、提神、小憩，故称茶亭，也叫风雨亭，为行人遮风挡雨。茶亭成为点缀在石板路间的温馨存在。爸爸每次经过大山，目光都会专注地搜寻着茶亭的影子，偶尔看见，备感亲切，心有戚戚：茶亭，日渐破败的风雨亭，宛若一顶山的草帽，若隐若现，迎风飘摇。现在，随着石板路的退役，茶亭也因无人光顾而逐渐老化。所以茶亭虽后于石板路诞生，却注定要先于石板路消亡。

另一种为村民和路人遮风避雨的载体是风雨桥。风雨桥在中国南方大部分农村都有，又称廊桥，一般为木质结构，在尖形或平面屋顶下，是一条或长或短的桥，呈回廊状，两边均有供人歇息的座位。干活的村民和途经的行人遇上风雨或累了，就可在此躲避、休憩。爸爸在江西婺源见过一座颇有代表性的风雨桥，高大宽长，工艺精湛，气势恢宏，当年风采依然如故。婺源的风雨桥业已成为旅游景点，大可保存完好，而包括我们老家在内的许多风雨桥，只能在风雨侵蚀中日渐苍老，摇摇欲坠，无助地独居被人遗忘之一隅。

本来送大姑丈只要送过张畲村即可，但那天我似乎特别有劲，背着装有土特产的沉重的行李包，一口气将大姑丈送到了半山腰。其间，我们没怎么说话。小时候的爸爸不太敢与大人说话，即便面对自己大哥一样的姐夫。大姑丈好几次叫我把行李让他背，我都不让；叫我回去，我也没答应。我们甚至还走得有点快。清晨的山风抚摸着我们两个赶路人，游走于雾霭间的清凉，让孱弱的爸爸丝毫没有觉得累。直到大姑丈十分坚决地叫我止步时，爸爸才感觉到肩酸背疼。

爸爸在石板路上站了许久。看着背着行李包健步拾级而上的大姑丈的背影，爸爸的鼻子第一次感到酸酸的。直到沿坡返回到山底，在一个潺潺的小飞瀑前，用冰凉的泉水洗了一把脸后，爸爸闷闷的心胸才得以舒展。

在特定的年代，大姑夫妇与我们家的感情就像石板路一样执着，像青石板一样牢固，像茶亭一样温馨。

快乐武北之行

18 日下午近 5 点时，大姑打来电话，说她已到家了："真快，4 点多就到了。"言语间洋溢着难抑的喜悦和久违的笑声。

爸爸心情复杂，没有多说话，哼哼哈哈，只说到了就好，到了就好。10 天来，大姑总是心不在焉，脸上难见发自内心的笑容，倒常见倦云飘忽——这不是她原本的性格和表情啊。

笑声，伴随每句话的轻松笑声，才应该是大姑的啊。大姑也逐渐上了年纪，数十年时光变幻，或许已将她曾经的快乐和单纯无情地销蚀了许多，与日渐臃肿的身材一样，变得笨拙而迟钝。而以前不是这样的，大姑年轻的时候不是这样的。

那时，大姑年轻，爸爸兄弟俩还小。大姑的笑声就是驱散我们小兄弟心中一切阴霾的强劲山风，热烈而清新，使我们兄弟姐妹从未感到失落、迷离。

在大姑和大姑丈带给我们的笑声中，爸爸两兄弟逐渐长大。大姑的儿子，你明古哥哥出生后的 20 世纪 80 年代初期，大姑和大姑丈调回了大姑丈的老家大禾乡的供销社，一北一东离得远了，他们回来也少了。

爸爸上初一那年的暑假，爸爸和耀古叔叔借了桥子头伯伯的单车，先骑到 30 多公里的县城，再从县城乘车至距县城 60 多公里的大禾。

那年头的单车可比现在的轿车稀罕多了。一路上，爸爸和耀古叔叔轮流骑，得意非常。对于常常上山砍柴和干惯了农活的我们兄弟俩，骑自行车载一个人是小菜一碟，一路骑得飞快，上坡也憋足劲猛踩，直到实在踩不动了，才下车推着。下坡时更为放肆，经常不带刹车，任由车轮狂奔，一路俯冲，耳边风声呼啸，我们高声喊叫，好不惬意。因为那时路上车少，这种冒险行为的危险性不大。只是一次下坡放纵时，耀古叔叔的帽子被吹掉了，爸爸将正在飞速疾驰的单车刹住时，因车速太快，两人摔倒在坚硬的柏油路上。爸爸毫发未损，耀古叔叔则把肚子上的皮擦破了，流了一些血。随便将血拭干后，耀古叔叔说没事，兄弟俩又继续车轮滚滚，但速度收敛了一些。

我们在县城三舅公的县电影公司宿舍住了一晚，第二天才坐车前往大禾。由于头一天帮太永生伯伯修手表花了 8 块钱，同时在县城买了些东西，有计划外的开销，等买票时才发现钱不够了。那个年代，我们农村的孩子基本上没有花钱的概念，外出时只带些该用的钱，也都是掐算死了的。经过咨询，爸爸毅然决定，坐到桃溪，再走 13 公里的路到大禾。经常上山砍柴或摘野果，来回少则半天多则一天的我们兄弟，对走十几公里路是不在话下的。

武平的永平、桃溪、湘店和大禾四乡镇地处北部，历史上称为武北，一直沿用至今。武北山高林密，民风剽悍，热情好客，豪爽侠义。尤以喝酒著名，素有“挡风岭一过”之说，意思是说，那座令外地司机和所有乘客胆寒的易出翻车大事故的挡风岭大山过后之人，酒量之大武平境内无人能及。好客之风亦然，少有在跟武北人喝酒时能顶得住的，若是在他们家里，那更别想清醒，不当场趴下，能歪歪斜斜走出去就算条汉子了。客家人的好客由此足见一斑。到客家人家里做客，主人一定得隆重地杀鸡宰鸭，若是男客，捧出家家户户自酿的长年不断的客家米酒出来，必天昏地暗，非把客人灌得头大舌短不可，否则主人就会觉得没待好客。

坐着破旧的老爷中巴车，在九曲十八弯的崇山峻岭间的沙土路上颠簸了一个上午之后，我们终于浑身散架般地从桃溪下了车。下车之后，我们才发现对自己的能量过于高估。其时已至中午 1 点，我们都已饥肠辘辘，口干舌燥，而口袋空空如也，根本不可能去想充饥之事。酷暑的正午，阳光毒辣无比，路上的沙土被晒得几乎在冒火，令走在路上的我们兄弟如履热铁板，双脚灼热，全身烫滚，大汗淋漓。桃溪至大禾那段路较为平坦，爬山不多，我们并不觉得累，但正因为在山间穿行少，阳光无遮无掩，我们更热得不行。幸好路边都是稻田，田埂间都有引水渠，我们得以光脚在水里走上一阵，聊解灼热之苦。口渴很好解决，许多稻田里的水就是从山上直接流下的山泉，任由我们享用。我们就这样边走边歇边玩地一路磨蹭过去，13公里的路程，我们兄弟俩硬是走了三个多小时。

一到大禾供销社，大姑一听此事，当场把我们兄弟一顿大骂，说怎么不到邮电所打个电话，让大姑丈叫车去接呀。大姑丈马上开始忙开了，弄了许多好吃的，让已经狼狈不堪的爸爸兄弟俩大开杀戒。

爸爸兄弟在大禾快乐的10天就此开始了。

那是大姑和大姑丈最为辉煌的时期。他们承包了供销社的旅社和食堂，尽管客人不多，但在那个年代已经相当可观了，收入颇丰。大姑丈年富力强，开朗风趣，活力四射。个子矮小精干的他总是忙里忙外，一直都有干不完的活，仿佛从来就不会感到累。作为武北汉子，大姑丈酒量奇好，当时，只要渴了，他就会用口杯舀上半杯客家糯米酒，仰脖咕噜咕噜一饮而尽，随着喉结上下蠕动的停止，是大姑丈口中呼出的一口舒坦长气。之后，抬起袖子抹一把嘴，大姑丈又进入他不知疲倦的干活中。

我们就住在二楼旅社的客房里，一人一张床，条件之优越令我们兄弟恍若进入天堂。每天一早，当大姑房间（他们也住二楼一间大房间）的留声机里传出洪亮而让人心软软的《外婆的澎湖湾》等台湾地区校园歌曲时，我们兄弟才慢悠悠地伸着懒腰起床，到大姑房间听一会儿音乐，然后下楼，吃着大姑丈随即端上的早餐：猪肝粉肠米粉或簸箕粄。

簸箕粄是武平著名小吃，顾名思义，主要在簸箕上制作完成。乃用米浆均匀铺在簸箕上，放在煮着滚水的锅里，以蒸汽蒸熟，后将薄薄的米粉皮切分成几块，以卷筒状包上香菇、瘦肉、冬笋、虾米、豆角等混合而成的馅料，再辅以香油、炸葱等在外涂抹，则一道滑腻可口的美食即告完成，让人垂涎欲滴。因是传统美食，武平家家户户都会做，但一般在过节时我们才能饱此口福。在困难年代，那不能叫小吃，吃上一顿就是大餐。称为小吃是在商品经济开始风行之时，人们开店售之，直到现在，遍及武平县城各个角落的簸箕粄，还大受欢迎，食客如云，生意火爆。爸爸每次回武平时，早餐必吃簸箕粄。当然，做法虽然没变，蒸具就不再用簸箕了，而以轻巧的簸箕状铝盘取而代之，馅料也越来越讲究，并在吃簸箕粄时备有各色炖汤佐之，撒上葱花或薄荷，清甜可口。

棋古，等你长大了，爸爸一定带你回去吃吃武平最为著名的小吃簸箕粄，如果你也能像爸爸一样喜欢，爸爸肯定十分高兴。

那10天里，我们的任务就是玩，无所事事。我们成天拉着你明古哥哥（准确地说，是在明古哥哥的带领下），在供销社门市部、旅社和食堂间逛来逛去。但在商场的时间不会长，因为常常会碰上大姑忙不开，由爸爸代为售货之时，数学不行的爸爸总是担心会算错或被人笑话算得太慢。那时柜台上没有计算器，唯有算盘，而算盘的打法是小学学的，那时也忘得差不多了，不敢轻易碰。遇上墟天，我们便百无聊赖地在集市上晃悠。兴趣来时，爸爸就会搬来大姑的三用机，放上磁带，自娱自乐地录起《幸福在哪里》等歌。不料大姑听后，不知是让我高兴还是鼓励我，竟大为叫好，并在柜台上高声放着，让爸爸心里发虚，频频躲在角落偷窥顾客的表情。还好，没人说闲话，他们似乎还对此挺感兴趣，都会盯着三用机似懂非懂似欣赏非欣赏地听上一阵，偶有人还会问是谁唱的。这时，大姑总会报以朗朗笑声，自豪地说是她弟弟唱的。

每到傍晚，爸爸就和耀古叔叔、明古哥哥一道，到供销社旁的小溪里游泳戏水。那时，我们是根本无需在澡堂洗澡的，小溪既是天然的澡堂，更是惬意的天然游泳池。

棋古，说到这儿，爸爸必须跟你描述一下这条溪，因为你可能根本看不到当年那么清的溪水了。说是小溪，其实不小，河面宽阔，因地势平坦，水流不急，却有多处较深之处。当时的溪流可以说是没有遭到丝毫污染的，溪水清凉如泉，清澈见底，水中游鱼一览无遗。有时，我们还碰巧能抓上几只小鱼。这种溪水，只要想喝，是随时可以捧起喝的，周边村民的饮用水，就是直接从溪里挑回的。我们家也有一条比这小得多的小溪，村民喝的也是一大早从溪里挑回的溪水。当时爸爸还经常挑水呢。

我们家的溪里也有很多的小鱼，爸爸小时候特别喜欢抓鱼，我们叫打鱼。打鱼有大人打法和小孩打法两种。大人打法一般用小小的由竹篾绕成三角形的渔网，他们一般不屑专门花时间捕小鱼，只在溪边宰鸡杀鸭时带上渔网。在清洗鸡肠鸭肠时，会有许多小鱼蜂拥而来，这时，只须用渔网捞那么几下，便顺带多弄了一碗头（碗头是客家叫法，客家农村盛菜装汤之容器，因大而深得名）小鱼，煎之炒之，下酒配饭均可。

小孩打法有两种：一种也是网鱼法，在石块间用脚搅动一番，提起堵在石块外的渔网，几乎每次都有所获，有时一两只，有时一串七八只。之前一般都会使用一个赶鱼器，也是以竹篾绕成三角形，朝下处套上四五个短短的小竹筒，随着竹筒轮子的滚动，将鱼惊扰和驱赶之，我们叫咕噜子，取其音和动态，十分传神。这就是民间智慧。后来可能嫌麻烦，到了爸爸这些小家伙们时，就直接以脚取代咕噜子的功能了。将捕获之鱼倒进鱼篓时，先用三角形的一角对准鱼篓口，然后抓起渔网底部的尖角轻轻抖几抖，成串的小鱼便一前一后有秩序地鱼贯而入——哈，“鱼贯而入”这词用在此最恰切不过了。鱼贯而入的一般是石斑鱼，我们叫搭石姑子，贴石鱼的意思，紧贴石壁，温和，易捕。另一种是围堵法。这不能单干，得合作。我们选择的一般是积水较深之处，也就是凭经验判断会有较多鱼栖身之处，在上流用石块和连着草根的土块堵住，围成一个圈，堵严密之后，用脸盆将圈内的水一盆一盆往外舀。待水舀得差不多要干时，一条条活蹦乱跳的小鱼就随我们抓了。围堵法必带的工具是挖土块的锄头和舀水的脸盆，以及装战利品的鱼篓。

分战果时，如果与别人一起，我们先“锤子、剪刀、布”确定谁先抓，每人抓一只，由大到小地分，十分公平公正。那时，爸爸基本上都和耀古叔叔一起，但分鱼时，我们两人只算一份，从未想过要双份。这是农村孩子内心的透亮之处，难能可贵。当然，另一方面，我们的目的不在于收获多少，重要在于享受过程的乐趣。

打鱼不光为爸爸的童年生活增添了许多城里孩子无法享受到的乐趣，即使到了爸爸参加工作，已经二十几岁了，回家时还时不时挽起裤脚，借个渔网，在小溪间捕捞一遍。由于稻田都施了农药、化肥，再加上有人用毒药毁灭性地毒过几次鱼，溪里的小鱼已日渐稀少，能捞着的也只能是刚刚长成的小小鱼。即便如此，爸爸每打一次鱼，也总能收获一碗头，拿回家叫奶奶用姜丝和青葱炒一炒，一道真正意义上的绿色美食就诱人胃口了。这时，爸爸总会拎上几瓶啤酒，美美地喝着。

在大姑那儿玩的无忧无虑的 10 天将要过去时，发生了一件不愉快的事，这也就是爸爸前面所说的儿时不可思议之举的另一举动。

那天下午，大姑丈唯一的姐姐过来，请我们兄弟俩到他家吃饭。当时我不知怎么回事说不去，任大姑丈的姐姐怎样劝说，就是不去，以至她最后变成哀求且都哭起来了，爸爸还是不愿意去。当时，大姑丈最好的朋友发红帮着数落我，说“还是初中生呢，这么不懂事”。大姑丈也在劝说，但总被大姑制止，大姑站在爸爸这头。结果，已准备了一天饭菜的大姑丈的姐姐只好流着眼泪回去了。这事真是不可思议，事后，我怎么想都想不通会这样。他们家就在乡政府所在的大禾村，走几步就到了，不愿走路不是理由。那么到底是怎么回事呢？直到现在，爸爸还找不出合理的解释，只能归结于农村孩子与生俱来的怯生。

月子诚惶诚恐

大姑回去之后，只能由爸爸妈妈摸索着自己照料你这个小得像只老鼠的早产儿了。

小奇奇啊，在你满月前的一个月里，你可是常常弄得爸爸妈妈一惊一乍的，不知所以地惶惶然哟。

你回家后的第一天，就给了爸爸妈妈莫名的一惊。由于抱你回家时爸爸无师自通的一路说话，使你安静异常，从下午至整个晚上，愣是一点声音都不出。事后，爸爸的这一无师自通之举得到了过来人和业内人士的一致认可。但那是后话。刚回家时的一个下午和一个晚上，一声都没哭的你，把爸爸妈妈弄得神经兮兮的。起先紧张的是爸爸。进入傍晚时，回来已有半天的你，一直静静地躺着酣睡，一点声音都没发出过。爸爸原认为，将你一接回家，家里可就开始热闹了，成天哭声充盈，而爸爸妈妈会被哭声牵引着陀螺一样转个不停。可你，小奇奇，在最不该安静的时候，居然出奇地安静，安静得令老爸突发奇想，心生疑虑，老盯着你看，说："不会说不出话吧……"妈妈一开始不以为然，随着时间的推移，也跟着心虚了。我们一会儿抱着你，一会儿试探性地用手轻触你毛茸茸、皱巴巴的小脸，摇摇你突然变得温顺的小手小脚，均毫无收效——我们只能轻柔地动，再怎么的也不敢把你弄醒。进入晚上，爸爸妈妈莫名的紧张感越来越强烈，以至几乎变成一种折磨。直至下半夜时，你这小家伙才开了金口，尽管不是张嘴大哭或大叫，但总算把爸爸妈妈从深陷的泥淖中拉了上来，一阵惊喜，又一阵自嘲：这种事怎么可能摊在咱们的朱神奇身上呢？

然后，爸爸妈妈便开始进入照顾初生婴儿的实质性行动中了，其间经历了诸多甘苦和关卡。

第一关是给你洗澡。给初生婴儿洗澡是最考验人的，这件儿科护士一人就可利索地完成的小事，摆在像爸爸妈妈这样没有任何经验的人面前，却不知如何下手，不安而心虚。

小奇奇，其实你不瘦，腿脚还蛮粗的，就是小，小得可怜，小得令爸爸妈妈惴惴不安，如手捧昂贵而易碎的瓷瓶。必须让你的脖子有依靠爸爸是知道的，问题在于，不光脖颈，你的腰板也是软的，也得时时托住。

万事开头难，再难也得开头。先脱你的衣服。一脱光你的衣服，第一次近距离看你身体的爸爸妈妈又大吃了一惊。小奇奇啊，你不光黑，而且额头、面颊、脖颈、肩膀和后背上都毛茸茸的，像一个毛孩！事后才知道，这是婴儿的胎毛，每个初生婴儿都一样的，随着婴儿的长大，自然而然就会消退的。然后，爸爸负责抱，不，应该是抓和托住你，妈妈负责洗。爸爸右手抓住你臂膀，让你的小脑袋靠着爸爸的手臂，左手托住你的屁股和腰，先给你洗脸、洗头，擦干你稀疏、细黄的头发后，小心翼翼地将你浸入澡盆的热水中。

这一放不得了，突然感到不同温度的你，一触到水就惊恐地瞪大双眼，两只小手紧攥，几乎是咬牙切齿地挥舞着圆滚滚的小拳，小脚用力地蹬着。这一举动倒把爸爸妈妈逗乐了，紧张情绪得到一丝缓解。我们马上说：“噢，奇奇别怕，奇奇别怕，我们在洗澡，一会儿就很舒服了。”妈妈马上一手舀上热水，往你胸脯上淋，边轻轻地抚摸着你的胸脯，另一只手将你愤怒的小拳头握住，放进水里，轻轻摩挲，并慢慢地让你的手指放松。如此这般之后，小奇奇你的惊恐才得以平息。这种惊恐并非每次都会，但延续了两个月，进入第三个月后，你就再也不会对水温有惊恐了。

洗完前面，便扶你坐起，洗后背。这时轮到妈妈托住你，爸爸负责洗。我们将你小小的身子托起，让你趴在妈妈的右手上，下巴顶着妈妈的手臂。妈妈的左手则扶着你的肩或背。爸爸挤好沐浴液，均匀地涂抹在你背上、肩膀和脖子上，先用拇指和食指轻轻地揉捏你细小的脖颈和窄窄的肩膀，再开始在各个部位搓揉，用给你洗澡专用的小毛巾一遍一遍地洗，洗净后再把你放在水中的洗澡板上冲净。洗澡时要给你的肩膀和脖子轻轻按摩是萍凤表姑刚回南海时，特意打电话过来跟我们交代的，说这样可让婴儿放松。爸爸只听萍凤表姑说过要怎样给初生婴儿洗澡，妈妈也是匆匆看过一些资料后，我们在心里没底的情况下匆匆上马的。

洗完后，爸爸就把你抱到床上的大毛巾上，卷起毛巾两角遮住你的身体，然后慢慢地用毛巾从头到脚地将你身上的水擦干，然后妈妈给你套上纸尿裤，穿上衣服和裤子。

第一次谨小慎微地给你洗澡还算顺利，让爸爸妈妈信心大增。但前几次总觉有点不对劲，洗了三四次之后，妈妈才得知，要买个婴儿洗澡的托板的。爸爸买回来一用，果然令我们轻松不少。托板一头卡在澡盆边沿，另一头顶在澡盆里，呈45度角，将小青蛙一样的你放在托板薄薄的纱布上，爸爸的左手就解放了，可以帮忙给你洗，右手还得托着你的小脑袋。

之后，爸爸妈妈便每天都给你洗澡，前三个月雷打不动。

洗过几回后，爸爸妈妈的动作都由局促不安变成熟练而从容了。郑阿姨过来玩时，看过两次我们给你洗澡，看着爸爸颇为专业的动作，她不禁连声夸爸爸是模范父亲。爸爸也没有客气，说："这是一天天洗出来的。"

给你洗澡时，你总是认真地看着我们，而爸爸妈妈也整个过程都在和你说话。开始只是看，看着看着，你就冲我们笑了，这一看一笑，把爸爸妈妈乐得心里甜蜜蜜的。整个洗澡过程，就是爸爸妈妈和你交流的过程，说笑声溢满卫生间。很多婴儿在洗澡时都会哭，而你却特别喜欢洗澡，基本上都在笑着，手舞足蹈，开心极了。爸爸妈妈心里清楚，除了洗澡带给你的轻松、舒爽外，更重要的是，你在享受洗澡的交流过程。平时爸爸妈妈很少两人在一起逗你玩，洗澡时却非得要两人一起，这样，就三个人一起玩了，你当然高兴了。

洗着洗着你就长大了，奇奇，爸爸妈妈经常愉快地这样说，充满成就感。

生命的确是太神奇了。第一次给你洗澡时，你简直就是一只小青蛙，洗着洗着就变成了大青蛙。下午，爸爸妈妈又给你洗了澡，看着小澡盆都快容不下了的你，爸爸妈妈心情十分愉悦。现在的你，都不能说是大青蛙了，几乎就是一个小胖墩，白白胖胖，可爱极了。今天是2009年1月8日，明天你就半岁了，而按你奶奶农历的算法，你前几天就满6个月了。你现在已经长到十五六斤，身高近70厘米了（准确数据明天下午带你到大良医院打防疫针时会测出），浑身肉乎乎的，膀大、腰圆、腿粗，脸蛋圆嘟嘟的，一低头下巴就成了两个，由于下巴肉太多，看起来几乎没有脖子。奇奇啊，好在你身材匀称，否则就真的成了一个小胖墩了。第一次给你洗澡时，抱在手里的你，轻得让爸爸不敢轻易用力，也不知怎样着力，现在的你，抱的时候可得使不少力气了，不光沉甸甸的，你随便那么一挣扎，就很有力气，不用力控制住你是不行的。

说洗着洗着就长大了，其实有点站着说话不腰疼，伴随六个月一路过来的，还是有不少担忧的。这担忧主要集中在头一个月。那时，刚刚从保温箱出来的你，对空调不适应，总得在客厅沙发上才能安稳入睡。等你睡熟了抱进有空调的卧室，没一会儿你就会惊醒，然后哭闹，非得把你抱到沙发上才睡得香。可当时正值酷暑，在顶楼的我们家，热得犹如蒸笼，沙发是根本没法坐的，随便坐上几分钟，就满屁股是汗。爸爸在家都光着上身，只穿一条短裤，还热得不行，时不时要冲上一个凉。为此，爸爸妈妈就得长时间在客厅沙发上陪着你热。但这难不倒我们，陪就陪吧。在爸爸偶尔换一下妈妈的岗，照看你时，可以一个晚上地盯着你看，一看四五个小时。一次，爸爸在看护你，让妈妈在凉快的卧室休息时，竟从晚上9点看到次日凌晨4点，其间喝了三瓶啤酒。

这都好办，你最折磨爸爸妈妈的，当属呼吸不畅。说呼吸不畅又不准确，说不定根本不是呼吸顺畅不顺畅的问题，只是你的表现有点像。你在睡觉时，睡着睡着，就会使劲地憋气，在嗯嗯声中憋得满脸猪肝色，让爸爸妈妈看着心焦心急心疼心慌，又不知该怎么办。上个月蓝奶奶从龙岩过来，到我们家看你时，爸爸说起此事，蓝奶奶说，没事的，这样憋气是好事，婴儿成长时经常憋劲，正说明他长得快。当然，爸爸心里清楚，蓝奶奶所指的憋劲与你当时的憋气应该不是一码事。你是早产儿啊，小奇儿，爸爸妈妈担心的正是作为早产儿的你的一举一动，稍有不对劲，就心里发毛，担心是早产儿发育不足所致。爸爸妈妈为你的憋气担忧了一个多月，进入第二个月后，你就渐渐不憋气了，爸爸妈妈如释重负。

还有，跟你一起睡觉也是个问题。此前说过，你的睡姿总如第六套广播体操伸展运动中的第一个动作，双手与肩平展，霸气十足。可是奇奇，你舒坦了，你霸气了，爸爸可就惨了，只能在边上窄窄的位置直挺挺地躺着，双手或放在胸前或紧贴身体垂立，连翻身都不能轻易翻。睡姿一向比较规范的老爸，都被折腾得腰酸背疼。

妈妈隔几个小时就得为你挤奶，挤一次奶得花上 40 分钟以上，有时要超过 1 小时。拿着奶瓶喂你奶一次也要耗上 40 分钟以上，你那时胃口和力气太小，只能一小口一小口地慢慢吸。吸着吸着，你又要停下来休息一下。给初生婴儿喂奶要有足够的耐心，我们做到了，不光妈妈如此，爸爸这样一个大老爷们，也表现出了令自己佩服的耐心和柔情。特别是在客厅你的小床上给你喂奶时，我们得侧着身子，而才一两个月大的你，每当给你喂奶时，你总是骨碌着大眼睛，一动不动地盯着爸爸妈妈看，这样一来，你必然要斜着眼。这可不行，我们又得将身子右倾，以便正面与你对视。整个过程都靠腰肢着力，喂完一次奶下来，爸爸妈妈都会大喘几口气，伸腰扭肩地活动一会儿。

你当时太敏感，稍有响动就会惊吓，别说门被风吹关的突然一声嘭响，不小心碰倒什么东西的哐当叮当声，即使爸爸妈妈不经意的一声咳嗽，也会把你惊动得猛一激灵，双手像驱赶什么似的乱舞，接着一阵大哭。好在你这小家伙挺乖的，只要哄上那么一会就可入睡，否则真够折腾的。

大姑一回家，耀古叔叔就打电话来，说已跟三姑说好，三姑会过来，并已收拾好了行装，随时待命。之后，又说你开定表哥的老婆冰冰表嫂十分想来。爸爸得知冰冰表嫂已怀孕三四个月后，断然否定。他们都认为孕妇没那么娇贵的，连开定表哥都打电话来帮表嫂说话。爸爸以过来人的口吻对开定表哥说，万万不可，怀孕三四个月是保胎关键期，也是危险期，必须非常小心，她都得要人照顾，怎么可以照顾坐月子的产妇呢？帮忙期间尽管没有什么很辛苦的事，但绝对不可能休息得好，休息不好对孕妇来说是太忌。三姑也打电话来，说她可以过来一个月。

但妈妈说，我们先试试看，实在顶不住再说。

不料这一试，就把人们视为洪水猛兽般的坐月子给试过去了。

坐月子期间，产妇不能吹风、碰冷水，不能干家务活，不能有大动作，只能在家轻微地走走，活动活动。这我们知道，并严格遵守。爸爸照常上班，下班时负责买菜，炖鸡汤。现在想来，尽管爸爸妈妈提起坐月子有刻意轻松之嫌，但的确没有可怕到什么程度。妈妈只是在前 20 天没碰冷水，没敢在用力、做家务方面越雷池，20 天以后，在咨询过来人和医生之后，也就慢慢地可以做些事了，比如煮饭炒菜什么的。冷水问题也好解决，只须将水龙头开关转至出热水那头。并且，坐月子期间，给你用的都是纸尿裤，满月之后才用纱巾尿布，才须洗尿布。

就这样，一不小心我们就把妈妈雷区般的坐月子给试过去了，三姑也无须过来。之后，人们每每问及坐月子之事，得知爸爸妈妈在没人帮忙的情况居然挺过来了时，无不啧啧称赞。

世界尚未成型

正如看着看着、洗着洗着、哭着哭着、笑着笑着你就长大了一样，奇奇，爸爸与你说着说着，就横跨 2008 年进入了 2009 年。2009 年 1 月 11 日，为期 40 天的一年一度的春运就从这天开始。

2008 年是新中国历史上不平凡的一年，一个百年不遇的灾难年。从 2008 年初那场 50 年不遇的雪灾到 2008 年底因美国金融危机所致的全球性经济危机，两个寒冬之间，一个个天灾人祸接踵而至，搅得中国大地山摇地动，阴云密布，被麻木的人们淡漠与鄙夷太久的人性与道德、良知与责任，在突如其来的灾难推搡下，重新忸怩地回到了饕餮的桌面。

奇奇，2008 年初（农历 2007 年底）你尚在娘胎时，处于寒冬之中的爸爸开始酝酿大型组诗《奇奇的世界》，首句是：这个世界尚未成型。

组诗还没开写，“这个世界尚未成型”倒不幸而言中，系列天灾、人祸让 2008 年成为刻下惨痛记忆的灰暗年度，其中南方雨雪冰冻灾害和“5·12”汶川大地震的惨烈，最让人不堪回首。

“这个世界尚未成型”，你选择了一个多灾多难的时节横空出世。

2008 年 1 月中旬至 2 月上旬，中国南方大部分地区遭遇罕见的雨雪冰冻灾害，各大交通动脉几近瘫痪。春运高峰期，各大车站、途中滞留旅客多如蚂蚁，仅广州火车站滞留旅客就达百万之众。同时，电力设施亦受重创，湖南、贵州等多处地方在无水无电的黑暗中辞旧迎新。据官方统计数据，此次雪灾遇难百余人，直接经济损失达 1516.5 亿元。

处于中国南部的顺德，亦遭遇几十年不遇的低温天气，但只是低温，只是受冷空气影响之后的几天低温。在顺德，几乎都是暖冬，温度低至 5 摄氏度以下就算寒冷了。2008 年的那个寒冬，顺德各大小商场的取暖用具全部脱销。当时外公外婆幸好在顺德我们家，如果在气温零下五六摄氏度的贵阳，身体欠佳、腿脚不便的两位老人家，不敢想象该怎样熬冬。顺德依然暖阳高照，游离于全国性的凄冷景象之外，恍若世外桃源。去年春节前，我们（爸爸妈妈和在娘胎里的你）和黄爷爷、蓝奶奶一道，还悠闲地到延年路逛了一个下午的花市，分别买了些年画挂贴，黄爷爷、蓝奶奶还买了一盆花。

广东的花市有两类：一是专门卖花，除了各类盆栽花木外，更有一株比一株大的年橘和桃花。春节期间，广东本地人的家里，年橘必不可少，置于家中客厅或阳台，满挂红包，喜庆洋溢：大吉大利，恭喜发财。二是综合性的花市，像延年路那样真正意义上的花市，除了花，还有包括年画挂贴等各色新年装饰、品种繁多的年货在内的诸多商品，琳琅满目，眼花缭乱，人流如织，一派祥和。

何等的幸福！

而奇奇，在我们幸福的背后，是无数返乡旅客的厄运。其时，被滞留的数以亿计的春运大军，正在簌簌风雪中蜷缩、蠕移，归心似箭，焦灼无助，身心俱疲，其情其状，天地动容。

春运是中国特有的壮举，一年一度执拗地奔向各自家乡的游子，汇成令全世界瞠目结舌的春运大潮，被国际社会惊呼为“人类历史上最大规模的迁徙”。固守着合家团圆传统、春节情结已融入血液的人们，不知不觉地成为令外国人觉得不可思议的世界奇迹的创造者。

家在中国人心里是一个极为沉甸的字眼。无论北上南下还是越洋过番，无论在异乡是否结婚生子、有房有车，无论是否融入所生活和打拼的城市，无论在一个地方工作、生活多长时间，一到过年，每个人心里首先想到的就是回家与亲人团聚。中西方文化的差异即在于此。对于生于斯长于斯的故乡的眷恋一辈子都无法磨灭，中国人的故土情结坚如磐石韧如丝，令西方人士很难理解。

去年，为了应对归途受阻之窘境，分流和不增加滞留人员，政府提倡就地过年，以免再加大交通营运压力，并从多方面给留守过年的外来人员以优惠，“送温暖”活动铺天盖地。

奇奇，我们也享受了一下留守人员的优惠，我们和黄爷爷、蓝奶奶、小黄叔叔于大年初二去宝林寺游玩、烧香时，就享受到了门票优惠，由15元一张降为5元一张。

那时，中国特色的政府组织和民间自发的捐款捐物活动空前高涨，尽管不如随后出现的更为深重的地震灾害时期那么强烈，但“一方有难，八方支援”“风雪无情人有情，众志成城抗雪灾”等口号已经此起彼伏，热血沸腾地响彻大江南北。

2008年5月12日14时30分，准时上班的人们甫一打开电脑，就被各大门户网站的首页头条新闻所吸引：当日14时28分，四川汶川发生7.8级大地震！人们不断点击鼠标刷新网页，并纷纷以电话、QQ等方式奔走相告，惶恐、不安和关切迅速在全国蔓延。

最终被核定为里氏8.0级的“5·12”汶川大地震，遇难人数逾8万之众，钟灵毓秀的川蜀大地山崩地裂，哀鸿遍野，几近世界末日。

国务院决定2008年5月19日至21日为全国哀悼日，这是我国首次设立国悼日。

5月19日14时28分起，全国人民默哀3分钟，汽车、火车、舰船鸣笛，防空警报鸣响。

爸爸第一次遇上国殇、国悼，当天极为庄重，下午郑重其事地早早来到办公室，心想报社或部门应该会组织默哀。不料办公室空空如也。之后，陆续来了两位女同事。爸爸打开电视，准备以电视上准确的时间行低头默哀礼。年轻的女同事一到，见办公室只有爸爸和另一位女同事，马上掉头走出。爸爸问她干吗去，说马上就要默哀了。她说到一楼，那边站了不少人，可能是一起默哀的。爸爸当即跟她说，那些在一楼走廊的同事是在看对面电视台的员工在大堂默哀的。年轻的女同事与爸爸空摇了一下头，站在了电视机前。

14时28分到了，爸爸和另两位女同事低头默哀。电视上和顺德上空的汽车喇叭和防空警报一响，爸爸突觉置身尸横遍野的荒漠，鸣笛声和警报声的呜咽让爸爸心头一阵凄凉，眼泪在眼眶打转。这 3 分钟，世界仿佛处于休克状态。在短暂而又漫长的 3 分钟默哀期间，办公室外的走廊上，有两三位同事走来走去，探头探脑，甚至还闪进了我们的办公室，好奇而兴奋地围观我们三人的默哀。

突然的山崩地裂，震出了全中国人民的悲悯和爱心。

灾难面前，人性的崇高和卑下显露无遗。上苍不经意的一个恶意玩笑，既震出了舍身救人的平凡而感人的身影，震出了灾难面前顽强而伟大的生命意志和尊严，亦震出了卑鄙者的丑陋嘴脸，丑恶之行径及阴暗之内心激起群愤，众皆唾之。

在地震灾难中冒出的一个个事件和现象中，诗歌现象是不能绕开的。从灾难发生的那一刻起，作为诗的国度中的国人，突然因悲情而生诗情，一时“地震诗”在网络、报刊铺天盖地，汹涌澎湃，不管是不是诗人，有感而发的人们再次让诗歌从边缘状态回到了人们的视野。当然，其间鱼龙混杂、泥沙俱下，甚至出现了被网民贬为“王幸福”的所谓“纵做鬼，也幸福”的、毫无人性的分行文字垃圾。当时，爸爸也写了一首长诗《殇》，发在了《丑石》诗报地震诗歌专号上，并被收入地震诗文集《中国，流泪的五月》一书。这是爸爸的第三首长诗，无须评价此诗的价值，但绝对是发自内心之作，每每读之，都能将自己打动。这最为重要。对“地震诗”的评价亦然。作为中国历史上第二次大规模的诗歌运动（地震诗歌现象更为全民化），如果说第一次发生于 1976 年的天安门诗歌现象，更多地体现在史料方面的价值，此番地震诗歌现象，其最大价值是情感价值，因为它显现的是人性的反思和诗性的回归，它比诗歌技艺层面更加深邃和有力，它反照的是民众大爱情感的自觉集结——这对于多灾多难的中华民族来说弥足珍贵。

直面或回忆灾难不光过于沉重，甚至是残酷的，我们该说说轻松一点的了，奇奇。

说奥运吧。之前爸爸说过，其实在哪里办奥运对我们普遍大众的日常生活不会产生什么太大影响，我们大可忽略，但，因为你差点就成了朱奥运，还得让你知道一下。妈妈刚怀上你时，按她自己的算法，你的预产期是 2008 年 8 月 8 日，正是北京奥运会开幕的日子，也就是说，若按此日期顺利出生，你就成了奥运宝宝了。

那晚爸爸在上班。顺德一家电商特意赞助了我们编辑部一台 42 英寸的壁挂电视，傍晚 7 点多才装好。那晚，值班编辑都聚在编辑部看开幕式。当《千里江山图》水墨长卷徐徐展开时，与现场一样，编辑部爆发出了阵阵掌声和喝彩。富含中华民族传统文化元素的开幕式，令我们惊喜不已。当画面上出现中国传统文化的精髓——“笔墨纸砚”以及“琴棋书画”文化符号时，爸爸突然一阵心动，并暗自得意——你就叫朱砚棋啊。编辑部现场一片混乱，茶几上堆满酒杯、酒瓶和小吃，同事们时不时举杯吼叫，群情激奋。这时，妈妈来了一个短信，说你一直不肯睡，在床上手舞足蹈，兴奋异常。爸爸无暇回复，心里却如饮蜂蜜。朱砚棋啊，莫非这也是爸爸一直为之几近一厢情愿津津乐道的你的感应？若是，你真是朱神奇了。

作为当班编辑，我们铁定了要熬到凌晨，但当时由于新华社的开幕式消息稿第二天凌晨 5 点多才到，待我们出清样时，已是早上 7 点了。爸爸骑着电动车下班回家时，太阳已经很大了，擦肩而过的均是上班的车流人流。这是到目前为止爸爸最迟下班的一次，可能会空前绝后。

这一年大悲大喜，一波三折，危机四伏。

奥运之后的 2008 年 9 月份，毒奶事件以谁都想不到的石破天惊的科普形式，与之前的“苏丹红”“孔雀绿”一样，将“三聚氰胺”这一生僻的化学名词，一夜之间使全球文盲密度最高的中国人妇孺皆知。

毒奶事件最初源自于三鹿婴幼儿奶粉，食婴患肾结石，严重者致死亡。此事一发，全国震惊。当时，你才三个月大，也在吃奶粉，但系辅食，母乳为主。同事问及小孩吃何奶粉时，爸爸尚能轻松而侥幸地说，没吃过三鹿，吃的是施恩。

三鹿事件震惊了中南海，国家马上做出部署，要求严查。国家质检总局在全国开展婴幼儿配方奶粉三聚氰胺专项检查。不料，不检不知道，一检吓一跳——全国有 22 家奶粉厂家产品检出三聚氰胺，几乎囊括了国内所有的知名品牌。善良的人们慌了，如果说 2005 年“大头娃娃事件”发生在农村，婴儿吃的是劣质奶粉的话，那么，此次名牌奶粉都无一幸免，叫人怎么办呢？

奇奇，当时爸爸没上班，还没打开电脑浏览新闻，是你外婆焦急地从贵阳打电话过来，说施恩也有问题后才得知。爸爸妈妈也虚了，赶忙打开电脑，对照着公布的检出三聚氰胺的批次，所幸的是，你吃的有限的几袋奶粉不在问题批次之中。这也不行，得立即更换！妈妈在咨询了也是新妈妈的业内人士之后，爸爸就冲到爱婴岛买。

当时的情形真是凄惨，超市内的奶粉货架上已看不到几种国内牌子的奶粉，仅有的一两个，也无人问津。大家都围拢在国外的知名品牌上，抓着奶粉罐或奶粉袋，满脸狐疑地审视着，任导购员如何解释，都很难释怀，如临大敌，表情严肃，眉头紧蹙。消费者三三两两地高声发着议论，骂声不断。一位50岁左右的男子愤慨地摇着头，说，搞成这样子，让我们想买国内品牌、支持民族工业都不行啊。爸爸注意到，与爸爸手上拿的一样，所有在收银台排队等埋单的顾客，提着的奶粉全是进口的。

而我们多灾多难、如履薄冰、战战兢兢的民众们，一惊未消，数险再起：曰，在鲜奶和动物饲料中添加三聚氰胺早已是公开的秘密；曰，不光奶粉，鸡蛋里也检出三聚氰胺；曰，以三聚氰胺为主要原料的“蛋白精”，早已添加到鱼饲料、猪饲料中……

…………

姨婆来看奇奇

今天已经是 2009 年 1 月 29 日、农历大年初四了。昨天，你在贵阳的四姨婆一家三口从珠海到广州玩了一天后，于傍晚 6 点到我们家，在我们家住了一晚。四姨婆此番顺德之行是有着神圣使命的：受外婆重托，她要替外婆好好地看看你，抱抱你这个可爱的外孙。

在家吃晚饭时，爸爸特意起身，举杯隆重地单独敬了四姨婆一杯酒，说，汪老师，你是我到贵州见到的第一个亲戚，表示感谢（四姨婆是最小的姨婆，只年长爸爸一两岁，妈妈说称呼汪老师即可）。当时是 2006 年 6 月中旬，爸爸妈妈回思南结婚时，先到贵阳你三姨婆家。从三姨婆家下来的是四姨婆，她一下到一楼，就朝我走过来，热情地说，小朱你好，并伸出手与我握手。四姨婆长得高挑清秀，作为教师的她举止文雅，落落大方，让第一次见面的我没有生疏感，备感亲切自然。然后，她提起一件行李，领着我们上楼。

四姨婆看到你，的确喜欢得不得了，晚饭前后一直抱着你，逗着你玩，并连连说长得太好了，天庭饱满，是个大人物的模样！四姨公也说你长得福相，尤其耳朵，大而圆，耳垂饱满回拢。你的表现也很可爱，很快就和四姨婆热乎了，一直朝着她笑，把四姨婆乐坏了，说，奇奇啊，你外婆如果看到你这么可爱，不知有多高兴啊。四姨婆曾力邀外婆一起过来，但外婆尽管太想见你，却不愿来。客观方面是身体不好，但爸爸妈妈清楚，主要是主观，她怕过来后给我们家添麻烦，增加开支。

当晚，你大姨和大姨丈也过来了。饭后，四姨婆一家还到大姨家坐了近两个小时。爸爸除了在吃饭前给抱着你的四姨婆照相外，等他们从对面丽景花园的大姨家回来后，临睡前，爸爸还特意给你们照了一组相，有四姨婆、四姨婆儿子、妈妈和你的，有你和妈妈的，有他们一家的。那晚亲情融融、温情四溢，与外面寒冷的天气形成两极。

当天，也就是大年初三，过完年后从福州回到武平的文定表叔特意到我们老家，专程看望你奶奶，他的大姑。年前文定表叔就给爸爸打电话了，说今年一定要看看大姑，他还是上小学时到过我们家，二三十年了。奶奶那天非常高兴，文啊文啊地叫个不停，乐得晕头转向，满屋乱转。

文定表叔带上了他爸，你三舅公，华定伯伯的儿子涛涛哥哥，以及五舅公的儿子蛮古表哥。三舅公与奶奶老姐弟两个也是多年未见，这一相聚，引得他们往事泉涌，啰啰嗦嗦、喋喋不休地忆苦思甜。奶奶还得意地拿出你的照片给三舅公看，自豪地炫耀着她漂亮、可爱的孙子，心花怒放地接受着三舅公和文定表叔的一番夸耀，乐颠颠地笑个不停。

棋古，你的几个表叔都与我们家感情很深。每次享古叔叔回家时，文定表叔都会捎钱给奶奶；每年过年或有喜事时，他也会打电话给奶奶。据爸爸分析，文定表叔除了与生俱来的重感情且表达方式比较细腻外，很重要的一点是他母亲的英年早逝，他将对母亲的感情转移到了他大姑你奶奶身上。而与他同年的爸爸跟他的关系早就超出了亲戚关系，上升到了与享古叔叔一样的肝胆兄弟关系。

享古叔叔与爸爸同村，他在蓝屋自然村，是爸爸的开裆裤兄弟。我们都在外工作，每次回去时，都会到对方家看老人家，爸爸回去看他父母，就相当于他回去了，他到咱家看奶奶，也相当于爸爸回去了。而自享古叔叔的女儿葭葭姐姐开始会说话起，他都让她叫奶奶“奶奶”。今年大年初一，他带葭葭姐姐给奶奶拜年时，他让已上小学二年级的葭葭姐姐用客家话叫奶奶——媪，叫得有模有样，把你奶奶乐得剩下的几颗牙齿都差点笑掉了。棋古，待你会说话时，当面叫上奶奶一声“媪”，她老人家的牙齿那就真的会笑掉了。

元旦我们老家习惯叫阳历年，要过，但不太隆重。阳历年前一天，爸爸打电话给奶奶，问她怎么过，她说雯芳姐姐和春芳姐姐反正过几天就要放假回家了，耀古叔叔也要出车，天又冷，也叫他不要回家了，赶来赶去太辛苦，就她一人在家过，鸡也不杀了，她买了猪肉。奶奶说不要担心她，并一直问我们怎么过阳历年，问她的宝贝孙子奇奇你身体怎样，乖不乖，说，只要奇哥子载风大载雨大，比什么都高兴。

“奇哥子”是客家土话，对小孩的亲昵称谓，小男孩称哥子，小女孩称妹子。而“载风大载雨大”不知是否奶奶的独创，因为爸爸之前好像没听过，可能是她老人家得了孙子之后，喜悦之中的无师自通之说，意思很简单，就是见风长见雨长。

奶奶“苦大仇深”

爸爸从 1993 年开始就一直在外，以武平为起点，先后辗转龙岩、温州至顺德，越走越远。其间，爸爸没有经常打电话回家给奶奶的习惯，通常好几个月才打一次，且都三言两语，报个平安。可自妈妈怀上你开始，特别是你出生之后，爸爸与奶奶通话的频率就高多了，虽做不到三天两头，但过一段时间总会打个电话回去，向奶奶汇报你的情况，让她老人家放心。

棋古，向人说起奶奶，爸爸都会庄重地用上“伟大”一词，说你奶奶是爸爸“从万恶的旧社会走过来的‘苦大仇深’的伟大的母亲”，神情严肃，掷地有声。

奶奶是童养媳，我们老家叫小媳妇，11 岁就从邻村六甲田坎段到了东留坑（东兴、张畲两村未分开之前的称谓）寮子背我们家。

“童养媳”一词离你太遥远，爸爸有必要简略向你解释一下。据考证，“童养媳”一词起于宋代，至元、明、清时，原本属于帝王专利的童养媳逐渐走向了民间，清朝时，童养媳已经十分普遍。直到爸爸常常调侃的“万恶的旧社会”时，童养媳还是主要的婚娶形式，就是将别家的女婴或女孩抱到婆家养，待成人之后与婆家的儿子成婚。新中国之后，童养媳被视为陋习而废除。

童养媳主要是养大之后成为婆家媳妇没错，但目的也有异同之处，比如奶奶，除了给爷爷当媳妇外，成婚之前还是主要劳力。因为我们家是书香门第，客家人崇尚并践行的“耕读”当中，“耕”是弱项：曾祖父是教书先生，当属手无缚鸡之力的秀才一列，曾祖母则是无法下田耕种、上山砍柴的柔弱女子。此弱项当然就由奶奶填补了。曾祖父是村里的私塾先生，没有薪金，报酬是上学孩子家里提供的一些谷子、大米或地瓜，但当时大家都不好过，数量不多，仅够曾祖父一人的口粮，无法支撑一个家。在自给自足的农耕时代，一个家庭没有强劳力是难以支撑的，这也是农村普遍重男轻女的一个不可忽略的原因。

从到我们家开始，小媳妇奶奶十几岁的稚嫩肩膀，就压上了成年男子的重担。

刚开始几年，劳力问题尚未达到严峻程度，当时还是一个大家庭，与大伯公、细（二）伯公（爷爷在三兄弟中排行老三）还处在一家。作为小女孩的奶奶也只是做些较轻的农活和琐碎家务，主要职责是照顾已经 90 高龄的太祖母（爷爷的奶奶）以及身体虚弱的曾祖父——这也是奶奶 11 岁就过来的主要原因，否则奶奶娘家是不同意的。当时童养媳之风渐弱，只是按双方父母意志认定媳妇，但要 17 岁后，即达到当时约定俗成的成婚年龄后才到男方家的。而大伯公、细伯公都还是强劳力。

4 年之后，也就是 15 岁时，奶奶就已开始顶一个强劳力了，除了锄地、耘田、施肥、脱秧（拔秧）、莳田（插秧）、割稻子、打谷等基本农活外，她一个十几岁的小女子还得干须由成年男子干的牛活，我们叫“用牛”：赶牛犁田、耙田，土话说“犁耙辘轴样样都会”。

显然，如此超负荷的体力活压在一个尚未成年的女子身上是残酷的，但在当时特定年代，属无奈之举，赶鸭子上架也得赶了。奶奶 15 岁那一年，正是打土豪分田地的斗争时期，成分不好的大伯公和细伯公在震耳欲聋的“斗争”声和乡亲们仇恨的眼光中，已然清楚自己悲惨的下场。因此，在被揪出来“斗争”之前，细伯公便着手培养女劳力顶上。但已经 20 多岁的细伯婆怎么教都不会用牛，灵巧、耐劳的奶奶就这样接过了沉重的犁耙。

一个弱小的女子，右手扶犁耙，左手执牛绳和牛鞭，嫩声嫩气地吆喝，忽高忽低，一紧一慢，驱赶着庞大的水牛，身披朝霞或晚霞，在水田里来回辗转。犁田时翻起的泥块一起一落，如巨大的泥鳅稍一冒头就“啪”的一声钻进水里，溅起水花一堆，直扑执犁女子脸上、身上。驯服、温顺和经验老到的水牛，一般规规矩矩地横来竖去，心平气和地配合犁田者直直地前行、稳稳地转弯，只是偶尔为了舒缓而哞叫之时，伴随着尾巴的摆动，甩起几滴浑浊的泥水。遇上脾气暴躁或刚刚被套上牛轭初涉农事的小牛，奶奶就没那么好受了，扯缰绳和举牛鞭抽打的力气不够，以及呵斥的威慑力不够，牛就不听使唤，犟脾气发作，无从驾驭，把小小的奶奶作弄得歪歪斜斜，一不小心就会跌坐在水田里。待哭着爬起来，已是浑身湿透，满头满脸都是泥污，但手里还紧紧地攥着缰绳，在三代贫农、根正苗红的“社员”们的笑声中挥袖抹一把脸后，又继续咬牙控制犟牛，一遍又一遍，直至将牛赶好，将田犁完、耙好。当时由于成分问题，我们家还没入社，单干着自家微薄的田地。

由于初干牛活时老是一身泥水、狼狈不堪，奶奶获得了一个“水牛嫲”的绰号。棋古，这事说来好笑，如此辛酸和该令人敬畏的称谓，不明就里的爸爸几个兄弟姐妹，小时候与奶奶顶嘴时，也会“水牛嫲”“水牛嫲”地叫着。日后想起，爸爸羞愧不已，无法原谅这一年幼无知之举。

除了用牛，收割稻子时，奶奶还得来回抬斛。

在有机械打谷机之前，我们老家打谷（脱稻粒）使用的工具是斛。我们老家的斛上大下小，由数块木板略为倾斜地钉成长方形，除了用于田间打谷外，非收割季节可以储粮。

收割稻子之时，一般女劳力带着镰刀，负责割稻子；男劳力抬斛到田间后，负责打谷。割稻子考的是腰功和脚力，一直撅着屁股、弯着腰，不停地割稻子，一天下来必得腰酸背疼，腿脚重如灌铅。但这被视为女人家干的活还是算轻松的，真正的力气活是打谷。用斛打谷是十分原始的脱谷方法，打谷者双手抓一把稻子，高高抡起，用力朝斛内侧的木板上敲打，将稻子上的谷子打进斛内后，再换一把，循环往复。而斛打谷的另一头，一般会用谷笪呈半圆形围着，挡住打谷时甩出的谷子。打谷时，前面几下脱粒最多，打谷者都会抖上几抖，再敲。打谷一般是两人一起，一人一下，一重一轻，合着节奏，“砰”，“砰”，“砰砰”，“砰啪砰啪”，“砰砰啪啪”，“啪啪砰砰”……煞是动听。

每到收成季节，热火朝天的田间地头，此起彼伏的打谷声俨然一曲浑然天成的交响乐，久久地回荡在乡间田野，夹杂着稻谷的香味、泥土的气息以及农人们的笑声和汗味，壮观而亲切，令或蹲坐田坎抽烟或高举军用水壶仰脖喝茶的停下歇息的人们热血沸腾，倦意顿消。劳动的快乐，从泥土中长出的快乐，是大自然最为质朴、纯粹的快乐。

光荣的社员那泥土味浓郁、带着憧憬的快乐，在特定的年代的确简单而热烈。但奶奶就没有这份闲情了，肩担磐古般沉重的家庭压力的小媳妇，无论耕耘自家的田地，还是几年之后也成为光荣的社员，为了挣取口粮，奶奶就得干与男劳力一样的重活，且陀螺一样地转个不停，连喘息的时间都几乎没有。

斛恐怕得有上百斤，在农村长大的爸爸从来不敢“染指”如此沉重的庞然大物。爸爸大部分的农活都干过，唯独用牛和抬斛不行，即便成年之后，文弱的爸爸也不敢试。而只有十五六岁的小女子，奶奶不行也得上，上了也要行。当时我们家只有两个女劳力——奶奶和细伯婆，而每家都得有男劳力的活的。有男劳力的家庭，女劳力就做女劳力的活，没男劳力的家庭，就得有女劳力干男劳力的活。

抬斛时，先将斛竖起。单扶起斛身，如果没人帮忙，就得花上九牛二虎之力。别人有，奶奶没有，都是一个人憋足吃奶的力气，咬着牙，手撑肩扛地完成，通常要两三回才能成功。然后，将一根粗大的竹杠卡在底部与上部边沿的夹角，手摇一摇，确定卡稳之后，钻进斛内，肩膀抵住竹杠，双手将斛呈覆盖势下掀。随着斛上方的下移，扎稳马步的抬斛者猛一发力，借势站起。抬斛可不像挑稻谷一样，视野开阔，走起来一颠一颠，既可随意换肩，手也随着一颤一颤的箩筐有节奏地摆动，除了肩膀的压力外，姿势自如。抬斛走在田间地头时，只有斛头翘起处那一两米的视野，在田丘外的大路走都感艰难，须十分小心，否则就会撞上牛什么的。至于人，得靠别人自己看着，远远见到扛斛的人来了，就要闪躲在路边，让扛斛者先行。

最困难的是走又滑又窄的田埂。力蛮气足的成年男子尚不能行走自如，须小心翼翼，对于力气不够，尤其像奶奶这样的小女子，赤脚走在田埂间，简直就是颤巍巍、心怯怯的。我们老家属于丘陵地带，都是不规则的梯田，上上下下，弯弯扭扭，如此蜗牛般的蠕动，要花上好长时间才能走完一条又一条宽窄不一的田埂。有时会幸运地经过几丘旱田，那就省了走田埂之苦。而湿田为多，且走在湿田比走田埂还费力，深一脚浅一脚地在泥淖中前行，一脚吃进去，再拔出时，另一只支撑的脚所承受的压力要大许多——还得歪歪斜斜地走田埂。收工之时，大家都已饥肠辘辘，更别说遇上刮风下雨、毒阳暴晒了，其间艰苦，非亲历无从感知。

好不容易走出层层叠叠的田畴的奶奶，已经腹空腿软，在斛的沉重负荷下摇摇忽忽，有好几次，随便一个趔趄，奶奶就如一束被水浸烂了底部的干稻草一样软软地倒下，被压在轰然倒下的庞大的斛下，在黑暗中惊恐地大哭、大叫，手脚嘭嘭地敲打着斛的四面。运气好时，会有人马上解救，若遇上好远都没人时，奶奶只好无助地在倒扣的斛内哭叫上好一阵。

棋古，爸爸和耀古叔叔小时候，听奶奶“忆苦”时谈及被斛倒扣之事时，我们小兄弟俩居然甚觉好玩，哈哈大笑，笑得奶奶欲怒无由、欲骂无语。

奶奶怀着大姑时，我们就与大伯公、二伯公分家了。分家之后，我们家就靠奶奶一根支柱在撑着，直到大姑、三姑长大点之后，才有了帮手。因此，大姑、三姑小学都没读完，就跟着分担奶奶的农活和家务了。

在当时物质极度贫乏的年代，尤其在生产队时期，单靠工分所挣的粮食，是不能填饱一家几口的肚子的，每家每户都开垦了许多荒地，种上地瓜、玉米、高粱等杂粮。爸爸是 20 世纪 70 年代出生的，没有经历过 60 年代那场全国性的饥荒，小时候吃饱是不成问题的，但要靠杂粮弥补。在爸爸的记忆里，少有一天三顿都吃米饭的。早上一般吃粟子粄、地瓜和米汤，但那已属美食了，爸爸还没吃过糠粄呢。爸爸知道，当时吃糠粄的还大有人在，但我们家由于奶奶的勤劳，还没到那份上。

可以说，我们家在村里算过得不错的，粮食不光自己够吃，还能救济他人。村里的贫穷人家不说，单细舅公，奶奶就频频送他大米，细舅公时不时到我们家拿。

奶奶不单勤劳出名，还是我们当地罕见的清高之人。爸爸说过，我们家是书香门第，作为备受人们尊重的“先生娘”，奶奶不肯屈就改嫁，她要自己挺过来，将子女养大，教育好。为此，爷爷走时才 40 来岁，当时算中年、按现在的说法尚处青年的奶奶，就一直守寡，凭着她坚韧、坚忍的性格，忍辱负重，在风雨飘摇中走过了大半辈子。

由于生性的清高，奶奶对我们的期望就是读好书。奶奶只读过几天夜校，只会写名字等有限的几个字、算算数，说不出什么大道理，只是一遍一遍地对爸爸说，一定要将曾祖父和爷爷的书箱子挑下去。当时的农村也有说法，说如不考出去，就一辈子打“三斤半”（锄头），与泥土打交道了。因此，一到晚上，奶奶都会叫爸爸“写完两页字再出去玩”。那时的小学没有作业的概念，奶奶所说的“写完两页字”，就是晚上至少得写写生字，做做数学练习题，或读读课本。吃完晚饭，待奶奶用稻草团或丝瓜渣一遍又一遍擦拭得泛白的四方饭桌和高脚凳干后，奶奶就陪坐在爸爸身边，看着爸爸“写完两页字”，偶尔说点爷爷读书如何厉害以及从教时如何受人尊敬之往事。

奶奶极为看重爸爸的玩伴（奶奶叫阵帮），并且十分严格，包括同桌。她会经常到我们村的小学找老师了解情况，一旦发现与顽皮的同学一起坐，就会叫老师调整。

爸爸印象最深的有两位同桌。一位是小学一年级时，与一位凶巴巴的女同学坐一起。这位小小的女同学在桌上用铅笔刀划了很深的一道“三八线”，爸爸的手臂稍一越界，她就会啪的一声打过来，且要我赔钱，爸爸也真赔过她一分钱。奶奶得知后，心急火燎地赶到学校，叫老师马上换座位。当时的老师有不少是爷爷的同学或同事，不是同学和同事的，也都十分敬重爷爷的品行，再加上爸爸是个好学生，奶奶的要求自然马上会解决。

另一位同桌是个男生，叫斗古，长得矮墩壮实，头大而扁，犹如眼镜蛇的脑袋，总是憨厚地一偏一歪。细小的眼睛就是不笑，也眯成一条细线。此人尽管力大如牛，谁与他摔跤都赢不了，但被人“斗古斗古”地叫着的斗古一点都不好斗，老实本分，从不欺负人，对我也挺好。但就是不会读书，也一点都不喜欢，总是在课堂上捣一些莫名其妙的蛋。比如，他会偷偷地拿出一个小小的玻璃药瓶，旋开盖子，手在屁股上抓一把，说是抓了一个屁，放进瓶子里，然后，趁爸爸正认真听课时，会出其不意地拧开瓶盖，将玻璃瓶倒立，抖一抖，用手在瓶口一抓，迅速伸向我嘴边，散开五指，说“吃屁——”，令爸爸哭笑不得。这还了得！奶奶一听，又是咚咚咚往学校跑，将他与爸爸的位置调开了。

奶奶的良苦用心没有白费。爸爸打小听话，且学习成绩好，从小学一年级开始，家里墙上就贴满了爸爸领回的奖状，令奶奶十分自豪。

奶奶“要将书箱子挑下去”的理念，直到你雯芳姐姐和春芳姐姐时，还十分受用。你两位姐姐均酷爱读书，从来不用大人操心。由于耀古叔叔夫妇长期在厦门、武平等地打工，她们就是奶奶带大的，奶奶对她们的影响至关重要。奶奶从不会叫姐姐们做她们同龄的孩子早就会做的上山割柴草、干农活等事，不以像小媳妇一样什么都会做、穷人的孩子早当家为荣，她只鼓励姐姐们好好读书。为此，雯芳姐姐和春芳姐姐长得白白嫩嫩，俨然城里孩子。当然，尽管有着“隔代亲”因素（奶奶小时候爸爸兄弟姐妹几个她都打过，而嗓门尖锐的奶奶对她的两个孙女从没大声呵斥过），但她不会溺爱，该做的家务活，姐姐还是要做的。

2008 年，随着两位姐姐到县城读书，耀古叔叔就在县城租了一套房子，一家四口住在一起（婶婶也在县城一工厂上班），叫奶奶也一起到县城住，她不愿，说在家挺好，她还是一人在家。

除了坚韧、坚忍，腊月出生的奶奶生性刚烈、泼辣、雷厉风行，令许多男劳力难以望其项背。从那个年代的农村走过来的人都知道，像奶奶这样的情况，倘若没有一股压不弯、折不断的泼劲和烈性，要想忍受心灵深处之煎熬，要想抵御来自村人邻里的欺凌，简直就是天方夜谭。凭着泼劲和烈性，奶奶挺过来了。

人都有两面性甚至多面性，人的劣根性是与生俱来的，唯一的区别是，受教育程度较高或社会地位特殊之人，往往因着外表、言谈举止等表象的遮蔽和自身素养之外的光环的烁目，而容易让人忽略其根植内心、隐藏至深的劣根性。城里人普遍华丽张扬，貌似衣冠楚楚；乡野之人则质朴豪放，大都低调平实。如城市的浮华千人一面，而乡村的风情则各各不同一样，乡村的风气和人心也有两面性，各各不同。对于尚未受到污染的乡村，就民风而言，“路不拾遗，夜不闭户”、热情、好客、团结、互助、坦荡等淳朴之正面足以令成天削尖脑袋尔虞我诈的城里人自愧弗如，徒发“人心不古，世风日下”之感叹；就民风来说，怜悯、善良之传统和秉性的传承，是农村最大的道德收成和精神财富。与此相对应的是，未受污染的反面是冥顽不化，质朴的反面是愚昧。在农村待过的人都知道，农村人的软肋亦须直面。

在我们老家那个叫寮子背的自然村群落里，大家相处尚属和好，无论男女老少，见面均严格地按辈分称呼，毫不含糊，很有礼节，相敬如宾。每到过年过节，都会相互将自家做的好吃的东西端上一碗头送给别家，同时也会相互叫人到自家品尝好料。在物质匮乏年代，人们只能在过年过节时才会大动干戈地全家出动，花上半天甚至一天时间，炸一些煎粄（年糕，也叫糖枣），做一些簸箕粄、搞粄子（水粄子）、灰水粄，打一打糍粑，做一做豆腐。打糍粑或磨粄（磨米浆）、磨做豆腐的豆浆时，无论哪家的年轻人，都会自愿帮忙，邻里乡亲其乐融融。杀一头猪时，除了一大盆的猪血必定每家分一碗头外，还会将内脏、骨头甚至肉等送给各家一碗头。

打糍粑是在圆形的石头碓臼（因专作打糍粑用，我们叫粄臼）上进行。粄臼由一块质地坚硬光滑的石头挖凿而成。打糍粑时，壮实的小伙负责抡起丁字形的木碓头，一下一下、节奏分明、准确有力地击打着糯米团，直至将糯米碾碎成黏而软、软且韧的糍粑。粄臼上放着一碗冷水，打糍粑家的主妇蹲着，碓头每一次啪的一声狠狠打进糯米团中后，妇女双手沾冷水，将粘在碓头上的糍粑抹净，把被碓头打瘪的糍粑重新往中间捂成一团，以迎接下一碓的击打。

磨粄是在上下两块石磨上进行。下石磨固定。上石磨旁边洞开一窟窿，用水泡过的大米即由此进入；边上一楔子，楔子尽头凿一手指般大小的圆口，以备砻钩弯头楔入。砻钩用粗大的麻绳悬挂，与石磨持平，丁字形，至磨石处下弯。磨粄时，一个或两人抓着丁字上头的横杠，推拉着砻钩旋转。做粄家的女人用一小棕帚将泡得酥而粗的米粒扫进上磨石口子，上下磨石在磨合处依靠一凸一凹，一经旋转，就将米粒磨成浆了。做豆腐的豆浆也是这么磨出来的。

打糍粑和磨米浆、豆浆都十分讲究配合，其间双方谈笑风生，丝毫不觉累意。打糍粑时，不管哪家在打，四周或远或近地总会围着大人、小孩在看，情景状若观戏。小孩们就来劲了，一个个像从长久的黑暗中放飞，而又被蒙上眼睛的小鸟一样，跌跌撞撞地悠来荡去，打打闹闹，尖声尖叫。大人一般在不着边际地高声说笑，偶尔大骂一声自家疯疯癫癫的如无头苍蝇般乱转的小孩，或抓住正好经过的小孩手臂，就势在小孩屁股上啪地打上一巴掌。小孩也不哭，反而玩得更来劲。聚族而居的客家大厅堂内嘭嘭有声、噼里啪啦，加上哼哼哈哈、叽叽喳喳的说笑声，在古老的厅堂门楣、屋檐间如疯玩的小孩般跌跌跌撞撞一番后，炊烟般袅袅上升，水墨般徐徐渗透于天空巨大的宣纸上。磨粄和磨豆腐时，则常有半大小孩赶来凑热闹，推砻钩的大人就会腾出一边，让半大小孩也抓住横杠，两人一起嘻嘻哈哈推来拉去，直至半大小孩气喘吁吁地败下阵来。

但人与人之间的微妙关系爸爸也不想回避，尽管属少数。比如，如果某家实在揭不开锅时，左邻右舍必定争先恐后伸出援手，高调地行事，唯恐他人不知或落后于他人。而在别家与自家不相上下甚至过得比自家好时，就有人露出锱铢必较、睚眦必报之嘴脸。因此，在我们聚族而居的庞大厅堂里，常常会发生因一个鸡蛋的下落、一只鸭子的走丢、一锄头般大一块田地的归属、引水灌溉的渠水流之先后之大小，以及谁家菜地、庄稼被谁家的牲畜糟蹋了等鸡毛蒜皮之事而引发的争端，直至大打出手。但一般对骂多，动手少，除非两家男丁相当、力量不相上下。

与四五个甚至五六个健壮如牛、性暴好斗的儿子的家庭相比，两个儿子尚小且良善、文弱（文弱主要指爸爸，耀古叔叔打小比爸爸刚劲有力）的奶奶处于弱势。尽管因为我们是书香门第，在崇尚读书的客家地区，人们总有惧意，不敢轻易欺负我们家，但似乎也正因此而让人眼红，特别是奶奶的能干令一些人不快，吵架之事难免发生。当争执发生时，奶奶便大声地与对方对骂。

客家农村妇女之间的吵架大抵如此：并非正面交锋，各人站在自家门前，光骂，骂着骂着就偏了，双方均不就事论事，且目的不在于两人辩理，大声地骂是为了让邻居听到。于是乎，双方你一句我一段地抖出一件件陈年老事以图羞辱对方、压住对方气势，但每次都压下葫芦起了瓢，压下瓢又起了葫芦，没有胜败可言，比的是音量和气势，双方骂累之际，方为偃旗息鼓之时。双方有矛盾时，一般情况下是女人之间对骂，间或会杀出一两个男的吼上几句，但男性较少掺和，除非要摆阵势或真动手时。也有自个儿在骂的，因自家某一点利益受到损失，就站在家门口或走来走去地指桑骂槐、含沙射影地嚷个不停，骂了半天之后没人应答，也就自然鸣金收兵。倘若有人听不下去而接火，那火药味就大了，一时半刻难以休战。独骂还有一种类型，就是煽情型的。起因也是由小事而来，但骂者很快就偏离事件轨道，自个自地诉起苦来，说自家怎么怎么不容易、怎么怎么悲惨啊什么的，几近控诉。话到伤心处，一把鼻涕一把泪的呜呜咽咽，甚至号啕大哭，哭声与尖叫此起彼伏，如丧考妣。

与别人对骂时，奶奶的气势总占上风，其粗大的嗓门、能言善辩的利嘴和义正词严的气概令人生畏，是个不好惹的主儿。为此，爸爸小时候，我们家很难受别人欺侮，加上爸爸一直很会读书，我们的童年和少年基本上是昂首挺胸过来的。

棋古，现在你应该有点明白了，尽管爸爸和耀古叔叔小时候，我们家显得弱了一点，但基本上没有受过什么欺负。况且由于奶奶和我们姐弟几个都有抚恤金，日子过得还不错。也就是说，我们家很有底气，奶奶的地位无人能压低。奶奶只是在阶级斗争时期，受过屈辱，但却是莫大的屈辱。

爸爸常说奶奶“苦大仇深”，其实是与那个时代过来、能理解这特定时代的特定词语的人说起时的一种调侃，奶奶还够不上真正意义上的“苦大仇深”。唯一与此有所擦边的，应该是被莫名其妙地扣上高帽游村批斗之事。

当时，我们家的成分是富农（现在已没有家庭成分一说了），但因为曾祖父和祖父两代都是教师，被阶级斗争的烈火烧得头再昏，乡亲们也不至于对我们家怎么的。但有一次，一伙人气焰嚣张地在我们厅堂挨家挨户凿墙挖地，欲掘地三尺搜尽地主富婆们私藏的每一个金银细软时，事情就发生了霉变。因为偶有所获，三天两头就有不同批次的人光顾，凶神恶煞，大吼大叫，令地主、富农成分的“坏分子”大气都不敢出。那一次，搜查之人一无所获，一万个不甘心，就冲到了原本不属搜查之列的我们家，破门而入，在一番乱翻乱挖之后，更无所获，竟将奶奶放在家里的粮票和布票洗劫一空。奶奶中午干完活回家发现后，顾不上吃饭，饿着肚子找他们评理，试图要回非地主富婆财产而是新社会所分配的粮票和布票。不料，这帮人根本不听奶奶的话，二话不说，就恶狼般向奶奶扑将过来，将一顶白色的纸糊高帽往奶奶头上一扣，反扭着奶奶的双手，蛮横、粗暴地将奶奶推出大队部，沿村游走、批斗。全村人都知道，奶奶是冤大了，但在特定的年代是没有什么道理可讲的，对于一知半解、头脑发热的“斗争分子”来说，“斗争”就是道理。连莫须有的罪名都没有的奶奶，就这样被“莫须有”地斗了一个下午，直至晚上，还在或愤怒或同情或伤心的人群和稀稀拉拉却威力十足的口号声中，频频被压低头颅下跪，任由人摆布，而不得有丝毫反抗的言辞和动作。

历史的车轱辘喘着粗气，在坑坑洼洼中滚过浑噩年代后，随即被现代化滑轮取而代之，奔驶的速度快得让人不再“忆苦”，唯愿“思甜”，普遍沉醉于盛世幻觉不能自拔，在奢靡的人欲和物欲中飘然欲仙。

现在，历史已经进入了21世纪的第九个年头，“从万恶的旧社会走过来的、苦大仇深的”奶奶已经70多岁了，虽然身体还算硬朗，声音依然洪亮，但岁月无情的侵蚀，已使她老人家头发白了，腰背明显弯驼了，牙齿只剩下几颗，被风雨刀砍斧削的脸布满老人斑。每每想起奶奶，爸爸总是歉疚不已。儿女对于父母，总是活在歉疚当中的，再怎么孝顺的儿子，都无法偿还父母的付出。爸爸唯一聊以自慰的是，尽管爸爸愈走愈远，但奶奶一直以来过得还算幸福。之前奶奶一直以我为荣，然后以雯芳姐姐、春芳姐姐为荣，现在，她老人家更是为有了你这个孙子而得意不止，成天笑呵呵的，恨不得将你的相片给所有她认识的人看，让所人都来分享她的快乐。

你现在已经七个月大了，棋古。前两天，爸爸打电话证实奶奶那个时代的一些细节时，奶奶的心情极佳，记忆力惊人的好，一打开闸门，便一发而不可收，唯恐漏掉一个细节，以至爸爸得一次次打断，用新的问题将她扯回。说完后，她问爸爸了解“老事”做什么用，爸爸说，我在写东西，这是一，再就是，把她老人家的“老事”问准确，日后跟棋古才能讲清楚他奶奶的事。奶奶一听又来劲了，说：“那是，我那时候是太苦了！”又欲走回滔滔不绝的往事长河。爸爸赶紧说起你奇奇，她老人家一听，乐了，不再沉湎于“老事”，说：“我现在很好哇，子女过得好，孙女孙子又‘得人惜’（惹人爱），我十分满足啊，特别是我的奇哥子长那么好，我比什么都高兴，我身体都越来越好了，只要我的奇哥子‘载风大载雨大’，我的身体就会越来越好！”

天天都有惊喜

从奶奶五味杂陈的“忆苦思甜”中走出来后，我们也“忆苦思甜”一下吧，奇奇。

但爸爸绞尽脑汁也理不出什么可以称为“苦”的东西。在物质丰盈时代生长的你，注定是一株温室里的花朵，再无病呻吟作滥情之辈，恐怕也炮制不出现代城市小孩的苦汁。而爸爸妈妈在带你的过程中，说与“苦”沾边也是牵强的，最多只能说是累：忙碌、疲倦、紧张和担忧而已。

那就只能“思甜”了。

的确是“甜”。每每看到和想起你可爱的样子，爸爸妈妈的心里总是甜蜜蜜的。

你现在已经七个多月大了。婴儿成长有几个重要的飞跃阶段：三个月、半岁和周岁。先说三个月这个婴儿几乎一天一变的阶段。你这小家伙因是早产，出生时体重仅有可怜的 4.86 斤，身高也只才 46 厘米。满月时长到 7 斤，51 厘米，第二个月是 9.5 斤，56 厘米，第三个月就以 11.8 斤的体重和 63 厘米的身高，完全正常了——棋古，按奶奶的说法，你还真“载风大载雨大”了。

过来人都知道，婴儿前三个月是一天一个样、天天有惊喜，此话不假。

在你满月那天，爸爸妈妈抱着你到离咱家不远的爱婴岛超市，给你买了一辆小推车。爸爸妈妈在选车时，会把你放在车里躺着，看看你的反应，然后再根据我们的判断做出选择。你正躺在一辆推车上时，走过来一对母女，女儿是个年轻的孕妇，手抚高耸的肚子，悠然踱步，边走边看婴儿用品。孕妇即将做外婆的母亲一直不离左右。出于母性的本能，她们经过你躺着的小车时，停下脚步，盯着你看，逗着你。就这么一逗，小奇奇啊，你就冲着孕妇阿姨和那位年轻的奶奶莞尔一笑，令她们母女十分开心，并啧啧称赞，说小 BB 太可爱了，这么能笑。爸爸妈妈自然自豪不已：你这个小 BB 可是一出生就会笑的呀。一高兴起来，我们很快定夺了一辆价值近 400 元的小辆车，推着你，一路昂首挺胸地往回走。

回到小区花园时，爸爸妈妈轮流推着你转了一圈。在一期区域停下时，爸爸忙不迭地给你照了几张相。你小家伙还挺有形的，似乎在配合着爸爸的照相，手脚动来动去，不断摆出一些造型，令爸爸激动不止，一遍一遍地叫着“朱砚棋，奇奇奇！——”。但没过多久，你就哭了——你饿了。三个月之前的婴儿，只有哭一种表达方式（当然，你进入两个月之后，哭就不再是唯一语言了，而以叫取而代之），饿了哭、困了哭、不舒服了哭、撒尿了哭、拉屎了哭、想睡了哭、睡醒了哭……爸爸妈妈赶紧加快脚步推着你往回走，边走边哄，但无济于事，你越哭越来劲。

三个月时，妈妈背着你，我们前往人民医院对面的一家面包店取蛋糕。蛋糕是爸爸提前几天给你预订的，为你庆祝百日。当然，只是表达一个庆贺的意思，吃蛋糕自然由爸爸妈妈代劳了。取了蛋糕之后，我们决定不坐车，慢慢地走回去，让你晒晒太阳。其时阳光高照，走在被各色鲜花、绿树淹没的钟楼公园，空气清新，暖意融融。在背包里的你，在下午暖阳的照耀下，也不觉得热，很是兴奋，在爸爸的挑逗声中笑着、踢着。

当然，背着你的妈妈和提着蛋糕、背着包的爸爸走着走着就热了，不光热，还口干舌燥，便走进了一家福建老乡开的茶庄。因爸爸妈妈常在这家店买茶叶，而买茶叶时通常都会坐上一会儿，喝着服务员泡上的茶，与店员比较熟，我们进去后，她们十分热情。当时，摆着两张古色古香大桌的喝茶里间人比较多，除两位店员姐姐外，老板娘也在，还有几个在喝茶聊天的客人。我们的到来，把店里的空气搅活了，两位服务员一边给我们泡茶，一边逗着你说话，还就爸爸拿着的蛋糕问来问去。老板娘也参与话题，说她有一对双胞胎儿子。她抱起你，说肯定是吃母乳的，蛮结实。还有一位女客人，长得黑黑的，显然是当地人，操着生涩的普通话大谈育儿经。得知你是由妈妈带，没请保姆时，她的一通见解与其拗口的普通话形成强烈反差，令爸爸对其刮目相看。她说，与其自己出去挣钱给保姆，不如自己带。如果碰上没文化而粗暴的保姆，小孩也会变得“暴君”（她的原话，意即性格暴戾）。

也是在我们家楼下的小区花园，爸爸妈妈推你晒太阳，在爸爸抽烟的间隙，盯着悠然自得地躺在小车上享受阳光的你时，突然发现，你小奇奇长得好高好大。满月时，你躺在推车上，因个子较小，略显空荡，而三个月大的你，已经身高腿长、头大身胖，几乎满满地占着推车的位置，双手摊开，泰然自若。爸爸妈妈惊喜之余，亦感慨于生命的神奇。

奇奇，你六个月大时的体重是16斤多，身高68厘米。进入六个月后，你的成长更是一大飞跃，十分奇妙。

从满月开始，爸爸妈妈就严格按照健康卡上的日期，每月准时带你到指定的大良医院打防疫针。之前的五个月，每次打针你都像其他婴儿一样，哇哇大哭。所不同的是，你的哭不像大多数婴儿一样，大委大屈的，任凭父母怎么哄都不停下来，越哄越哭，涕泪满面，伤心之极。你是在护士阿姨将针刺进你臂膀几秒后，方才感到疼，继而张嘴大哭。但你不会哭太久，也没有委屈、伤心之状，只是有痛感地哭。爸爸一手摁着压针眼的棉签，一手抱着你，慢慢地走着、摇着，说着："别哭别哭，朱砚棋是个勇敢的小朋友！"你很快就会停下哭喊，眼睛定定地盯着爸爸妈妈看一会儿，马上就破涕为笑了。

你满六个月体检时，一走进大良医院大堂，爸爸就对一直在笑的你说，朱砚棋啊，笑吧，笑吧，等一下你可就要哭了。等护士阿姨将针扎进你右膀时，你还是几秒过后才做出反应，咧嘴大叫——注意，尽管也是哭，但已经没有了哭腔，是几声喊叫。爸爸当即笑了，说，没错吧，朱砚棋，还是哭了吧。爸爸话音未落，你的叫声戛然而止；再看你眼睛，眼眶里有眼泪打转，但没流出来。待爸爸将你抱起来坐到座位上时，你的脸已经完全放晴，笑容灿烂一片。

一大变化！

而最大的变化还在后头。接着，已经六个月的你，需血检。如果说打针不算什么的话，将针头扎进手指挤血，不要说婴儿，就连大人也有不少人害怕的。为此，爸爸又对你说，奇奇，现在你是一定会哭的了。在血检窗口，谨遵医嘱，爸爸紧紧抱着你的身子，按住你的左手。然后，医生叫爸爸抓紧你右手，他则牢牢控制你的四指，只露出一根中指。用酒精搽一搽，就拿起针对着你中指末端猛刺。见此情景，爸爸略一心紧，眼睛死死盯住你的脸，观察阴晴变化，等待意料之中的哭叫。但你没哭，神情镇定。医生用粗大的手指一下一下用力挤压你细嫩的手指，血一点一滴渗入玻璃试管时，你还是若无其事。

半岁之前，凭着模糊而清晰的记忆，你的笑容你的笑声你的动作你的神情，都在不易觉察地变化，如果不是爸爸妈妈每天与你在一起，这些稍纵即逝的变化，极有可能被忽略，而这是十分遗憾的。这种遗憾，每天 24 小时与你在一起的妈妈没有，一天一般情况下只有中午和晚上与你在一起的爸爸，也可以自豪地说：没有。

你是微笑天使

爸爸说过，你最神奇之处是笑。这神奇，不光体现在你出生第八天的著名一笑，而是分布于你出生后的每一天。

头一个月，除了长时间的酣睡外，只要爸爸妈妈跟你说话，你便会抿嘴一笑。这无声的笑，足以让爸爸妈妈甜蜜一天，再大的困倦和烦恼都会抛诸九霄云外。进入两三个月时，你的笑容已经十分舒展了。此时，你那初生婴儿特有的黝黑已经隐去，肤色日渐白皙。每天忘情地与你快乐的眼睛对视，看着你那已经尽情绽放的笑容时，爸爸就在思忖用一个什么词来形容。结果，爸爸因口笨笔拙而自惭不已。老爸的笔拙，在描摹你出生第八天出院时那“神奇而著名的‘无声的长笑’”时，就已显露无遗：“一朵黝黑而硕大的恍若来自仙境的花，开在完全舒展的你的小脸上，两个酒窝一左一右点缀，犹如两朵空灵而芬芳的花中花。”爸爸常说，第一个说十八岁的姑娘是一朵花的人是天才，第二个以后全是白痴。从这个角度而言，爸爸将你的笑容比喻成连小学生作文都可以写到的“花”，实在是想象力枯秃的表现。但更惭愧的是，爸爸在形容你两三个月大时的笑容时，还只能想到花，跳不出“笑靥如花”“人面桃花相映红”等“花”的窠臼。爸爸头脑里一直闪现的、认为最为形象的是，你那笑容肆意绽放的白嫩脸庞，就像一朵在盛花期饱满开放的雍容华贵的白牡丹抑或清新怡人的芙蓉花，眼睑、眼窝、眼圈，双颊、酒窝、嘴和下巴，犹如一片一片层叠伸展的花瓣。

之后，你的笑容逐渐成熟。爸爸只说过你长得胖，还没讲到你的脑袋。奇奇，你的脑袋大而圆，以至前几个月的那一段时间，爸爸跟你说话时，常常情不自禁地说："胖胖的朱砚棋，圆圆的奇奇奇。"翻来复去，乐此不疲。而每次爸爸一说"胖胖的朱砚棋，圆圆的奇奇奇"时，你总是乐呵呵的，似乎听明白了爸爸的话。爸爸想说的是，你那胖而圆的脑袋上的胖而圆的脸蛋上，绽放着令人着迷的无邪的笑容，并且一天到晚笑容不断——爸爸妈妈一致认为你小奇奇像极了弥勒笑佛。

再就是笑声的演变。爸爸已经说过大家都懂的道理，婴儿的变化一天一个样，有些变化甚至是一夜之间的，稍不留意观察，记忆就会溜走。爸爸妈妈对你笑声的第一次出现，便不可能有个准确的记录，爸爸只记得，你发出第一声笑应该是在满月之后，即进入第二个月时。第一次听到你发出笑声，爸爸妈妈的惊喜无法言表。初时的笑声是单音的，只"呵——呵——嘿——"的，等快到三个月时，你先是两声笑，然后不易觉察地过渡到连声笑，一天到晚"嘿嘿嘿嘿""咯咯咯咯"地笑个不断。当然，这也是有阶段性的。在你刚学会连声笑时，不管是谁，一逗就笑。之后，或许你对连笑的兴趣已经淡化了，你的笑就进入了一个矜持甚至吝啬的阶段，只有爸爸逗你才笑。这点颇令妈妈吃醋，常常嗔怪："朱砚棋，你太不给妈妈面子了，妈妈一天到晚跟你在一起，这么辛苦，你居然不跟妈妈笑，爸爸随便一跟你说话，你就笑成这样！"而接下来，你又会回到一逗就笑的状态，只要心情好，或吃饱睡足。

奇奇，笑是你的品牌，可以毫不夸张地说，你就是一个可爱的微笑天使。爸爸妈妈要做的，就是让你一直心无旁骛地笑下去，不光婴幼儿时期，童年、少年、青年、中年甚至步入老年，都要保持你笑的品牌，让笑如影随形，永远开心、快乐。倘若做到，爸爸妈妈作为父母就是成功的，这种给予胜过一切。

半岁之后，你的变化颇令爸爸妈妈措手不及。

1 月 30 日，农历大年初五中午，正在沉睡中的爸爸被一阵急促的叫声惊醒。妈妈抱着你冲进来，大惊小怪地说，你被三角梅的刺蛰了。爸爸睁开惺忪的睡眼，果然看到你左侧脑袋上一道长长的划痕，带着微红的血迹。妈妈不待我问，就连珠炮似的数落："都是你的三角梅，把朱砚棋的头划成这样。"原来，妈妈上午将你的小车推到阳台，让你晒太阳时，趁妈妈不注意，你一蹬小脚，哗的一声倒退到三角梅丛中，脑袋一动，就被刮了一条伤痕。想不到，你这调皮的小家伙已有一只脚能触到地面了，这让妈妈始料未及。妈妈马上将小车座位调到最高位置。妈妈意犹未尽，除心疼地摸着你的伤痕外，还气呼呼地叫爸爸一定要将三角梅砍了。起床之后，爸爸只在三角梅旁做认真状地看了看，没说话：要将爸爸苦心经营的三角梅一刀劈了，爱养花的爸爸定然于心不忍。幸好妈妈没再追究，只说今天天气好，要带你出去玩。

经历了几天阴冷天气后，大年初五的太阳格外大。我们决定带你到顺峰山公园去玩。先用轻便的小车推你出小区，沿新桂中路往南走。我们想先走一段再打的，让你尽可能多晒点太阳。由于前几天太冷，爸爸还穿着妈妈大年初一刚给爸爸买的、有着棉衣隔层的厚夹克，在家没感觉，一出门，在太阳下推着小车走上一段后，爸爸就觉闷热了。一到顺峰山公园，更是热得不行，脸上背上都沁出了汗。

被初一以来的阴雨天气困得发慌的人们，今天终于倾巢出动，肆意享受阳光。已是下午，顺峰山公园内还是人流如织。尽管不如爸爸预想当中的热闹，但在金融海啸影响下的寒冬，已属难得了。年前，据说顺德已走了 30 万外来工，而在顺德的外来人员总共才百余万。并且，从人们脸上似乎也找不到受金融危机影响的晦气和灰暗，普遍还能与灿烂的阳光协调一致。在偌大的“中华第一牌坊”顺峰山公园牌坊下，爸爸先给你照了张相，以庞大的彩色充气雕塑为背景。然后，爸爸妈妈轮流推着小车，在公园里游走。妈妈推你时，爸爸边走边与你玩，与你说话。那天是爸爸妈妈第一次带你到比较远的地方玩（还有更远的，马老师带我们去他支教的逢沙吃焖鹅，但不算，没玩），你显得空前的兴奋，一路“吁——呃——啊——”地叫着，咯咯咯咯笑着，手舞足蹈。

走着走着，妈妈突然又一惊一乍起来，说等等，朱砚棋的脚着地了，被小车拖着。爸爸一看，你的一只脚又触到地面了。这不行。但小车已经调至最高，妈妈就将你往后挪，尽量靠后坐。果然有效果，你的脚重新回到悬空状态。

回去后，爸爸将伤害你的三角梅用剪刀一枝一枝地咔嚓，直至只剩若干枝杈，才心疼地罢手。但第二天，妈妈又将仅存的枝杈砍个精光，唯留十几厘米一根被连砍带拧丑陋不堪的主干，可怜而倔强地傲立，左右各有一长一短两分枝光秃秃地颓然护卫。主干根部泥土松动，边上放着一把小铲，显然是妈妈使尽招数未能撼动根系牢固的主干。爸爸有点伤感和失落，但没有理由反对：小奇奇的安全就是最大的理由。由是，三角梅的光枝杈被冷落了半月之久，爸爸也从未给它浇过水。直至有一天，爸爸突然发现，那一粗两细几近枯干的枝干上，居然冒出了几片黄黄的嫩叶，令我心花怒放，当即将沉重的花盆抱到厨房外的小阳台，拼命浇水。三角梅又活过来了，两不误，妙！

更令爸爸妈妈开心的是，自大年初五脚着地之后的第二天，你便可踩着走动了。这变化的确是一夜之间的。你坐的是一辆主要由塑料构成的有着学步车功能的轻便小车，你将小脚一蹬，哗的一声，长着八个轮子的小车便往后退去。突然发现小车有此功效的你，欣喜万分，每踩一脚，每倒退滑行一段，都会昂起头，自豪地看着爸爸妈妈，一旦得到爸爸妈妈的鼓励，你更为得意，一声尖叫，脚一用力，又哗哗哗地挪到客厅另一头。次日，爸爸便带你到小区花园，没推一步，全由你蹬着后退和斜行。我们走过了百米左右的 L 形过道，然后来到圆形的宽阔空地。其间，爸爸只是时不时拽着小车后方翘起的推杆给你扭正方向。因为你一是走不正，再就是受路旁花草的诱惑，老往花丛颠去。到了一块较大的圆形空地，爸爸坐在旁边的椅子上不再管你，只抽着烟看着尖叫不断、快乐异常的你，旁若无人地享受在偌大空间纵横驰骋的快感。再过两天，你不再只会往后倒腾，而可前后左右行走自如了。

儿子啊，从这时开始，爸爸更充分而透彻地沉浸于为人之父的快乐。每天爸爸一起床走到客厅边，或下班一回到家，不管叫没叫你，你都会笑着尖叫一声，哗啦哗啦一阵小跑，迅速滑到爸爸身边，张开嫩藕般的小手，抓住爸爸也张开的迎接你的双手，攥着爸爸的手指把玩，拍打着爸爸的手掌，笑着，叫着。而爸爸妈妈只要在客厅，走到哪里你跟到哪里，我们在干什么你都会高高地伸出手，呃呃啊啊叫着，想要爸爸妈妈手里的东西。

这样一来，给你照相就麻烦了。之前，爸爸给你照相比较频繁，因为你半岁前变化大。但待你对学步车驾轻就熟后，就少了。此事缘于一天晚上。往常给你照相，你总是十分配合，一叫，你就冲镜头笑，并且姿势很多，以至外婆一直夸爸爸照得好。其实，是你长得可爱，表情丰富、动作多样，谁照都会惹人喜欢的。那晚，爸爸一拿起相机在两三步远的地方对着你，你就高举小手，哗啦啦地跑将过来，爸爸还没来得及按快门，你已到身边，伸手就要抢相机。爸爸只好后退或转身移至五六步远处，重新摆好架势。可你一看到爸爸举着相机，又迅速滑过来，拼命拉扯爸爸的双手，想要相机玩。爸爸很想拍下你在移动过程中的动作表情，无奈相机反应太慢，几次尝试均未如愿。那晚，爸爸只在你独自一人仰头看电视时，偷拍了一组你近距离认真看电视的相片。当然，也不错，你妈看后哈哈大笑。

生命是一种奇迹，这奇迹由成长过程中一个个令人惊喜的奇妙点滴构成。如果在意，我们会为之感动，为之惊叹，为之感慨，为之敬畏；倘若忽略，将是为人父母之失职和抱憾。爸爸妈妈要做的，除了不失职，还要尽量让遗憾降至最低，奇奇。

浪漫电话恋爱

妈妈给你取小名奇奇时，说至少有两“奇”值得纪念：爸爸妈妈的结合和你这小家伙的到来。

先说第一奇：爸爸妈妈的结合。

我们是电话恋爱的，发生在爸爸来顺德之后的第二年，2005 年 10 月 5 日。

其时爸爸已经三十几岁了，是个典型的大龄青年，着急了多年的奶奶依然逢爸爸的熟人、朋友以及亲戚就说：“你要跟佳古说说啊。”在龙岩十年，爸爸都没有进入真正意义上的恋爱，当时老爸有两句“名言”，一是针对恋爱的——“还没开始就结束了”，二是没有结婚的托词——“尚未定型”。为此，在漳州的胡叔叔常常不解地问爸爸：你究竟要到什么时候才算定型啊？爸爸也说不出个所以然来，但总感觉不应在龙岩成家，因为一直想走。在武平的“你好啊”伯伯更从孝心角度考虑，说干脆为了老母亲而尽快成家吧，老这样折磨老人家是很残酷的。爸爸依然无动于衷。

离开龙岩，从温州辗转至顺德后，爸爸认为这个县级区域还算安静，不像大都市那么喧嚣杂乱，打算定居下来，也就有了成家的想法。但爸爸是报社编辑，白天（上午）睡觉晚上工作，黑白颠倒，基本上没时间接触人。爸爸便对郭阿姨和马老师两个人说起这事，希望他们留意，帮我引见些女教师，我倾向于找个老师。他们果然认真践行。

2004 年冬天的某一个晚上，爸爸和马老师、钟伯伯、肖叔叔在桂畔海一茶庄喝酒时，马老师说他同事有一妹妹，在贵州的县委党校（直到与妈妈通电话时，爸爸还不知道妈妈当时在贵州省委党校脱产读研究生），可以考虑联系联系。并说同事的妹妹现就在顺德，要不要马上叫她们过来见见面，说着，还真掏出了手机。爸爸当即制止，说千万不要这个时候叫过来，这是喝酒时间。其实爸爸是心里没底，横跨两省，要调动或重新找工作太麻烦了。肖叔叔极力赞成，说有本科以上学历怕什么，到这儿找份工作不难的。当时马老师看似随便一说的好意，以爸爸没领情而告终，两人擦肩而过。之后似乎不再议及此事。

2005 年国庆前，马老师又旧话重提，说他很认真地向同事提及此事，同事表示可以让双方通过电子邮件看看相片，留下电话联系一下。马老师说，他把我的诗集给了同事看，同事颇为认可。爸爸先看了看马老师发过来的妈妈与大姨在一起的相片，没觉得什么不妥，记下妈妈的电话，准备通话了。

国庆黄金周爸爸上后四天班：4 日至 7 日。10 月 6 日下午，考虑再三之后，爸爸决定打个电话试试。爸爸心里有点虚，两个不认识的人突然要通话，不知该说什么，担心会出现令人难堪的冷场。好在事情出乎爸爸意料，不光没有冷场，第一次的通话竟然长达一个小时。

爸爸妈妈为期两个月的电话恋爱就这样开始了。

事情往往就是这样，刻意为之倒不见得有收效，而不经意时，却又可能出现与“福无双至”相反的结果。与妈妈通话的第三天中午，郭阿姨突然来电话，说她约了容桂的一个女教师过大良，大家一起吃个晚饭，认识认识。爸爸马上说：“不行啊，我已经开始恋爱了——电话恋爱。”郭阿姨一听不以为然，说不就通了通电话嘛，没事的，何况这属于正常认识，她并没有直白地说介绍对象什么的，先见见面再说。爸爸一直跟郭阿姨强调，说不要对女教师讲什么，仅仅是吃个饭而已后，就答应了。当晚我们在湘菜馆吃过饭后，还到桂畔海对面一烧烤档坐了下，郭阿姨和女教师与小磊哥哥玩，爸爸和石头叔叔喝着啤酒，还算自然。

过了几天，郭阿姨打了个电话过来，对爸爸说了好长的一通话。她问爸爸的感觉怎样，爸爸说挺好。郭阿姨说，那女孩对爸爸的印象也很好，其后以过来人的身份郑重其事地说，千万不要头脑发热，因为你老朱一直没有恋爱，不要为了一时的情感需要而做出不慎重的选择。爸爸说，不会的，我不是那种容易头脑发热的人。

其实，爸爸决心已定，因为我根本做不到一方面与远在贵阳的妈妈通电话，一方面又与这边近水楼台的女孩接触，然后从两者中选择其一。爸爸认为这是对情感的亵渎。爸爸之所以迟恋迟婚，靠的正是对高尚情感的坚守和护卫，这也是爸爸“还没开始就结束了”的情感故事的强大心灵依据。

爸爸与妈妈两个月的电话恋爱，既平平淡淡又轰轰烈烈——从这个角度而言，爸爸说没有头脑发热其实是不准确的。

爸爸与妈妈自第一次一个小时的通话后，便一发而不可收。

我当时租住在与报社一河之隔的金榜。2004 年 9 月刚到报社时，爸爸与老叶伯伯被安排在金榜大酒店，在华南难耐的酷暑中过了半个月神仙般的日子。爸爸是通过中介找出租屋的。当时一位中介跑业务的大姐用摩托车载着爸爸，在新基路和鉴海北路看了两个地方，均不合意。待摩托车在爸爸懵懵懂懂中驶进横来竖去的小巷，停在一栋四层楼的民房，看了一楼出租的房间时，爸爸终于有点动心了，而一听这是金榜上街题名二巷时，我毫不犹豫地对大姐和房东阿姨说，就是它了。继而掏出钱包，将 350 元房租押金和 150 元中介费当场交了。金榜题名巷——“金榜题名时，洞房花烛夜”，好！

或许也正沾了金榜题名巷的红运，爸爸在那间一楼的出租屋住了一年多，便进入了“洞房花烛夜”。

其间“煲”了为期两个月的“电话粥”，不温不火，水到渠成。

因爸爸的工作性质使然，爸爸给妈妈打电话一般是晚上，大都是下班之后，深更半夜的，或是喝了酒之后，或是正在喝酒之时，通话时间均以小时计，常常通宵达旦地聊，不着边际，却乐此不疲。喝完酒回到出租屋没事，随我天南地北地聊，随我卿卿我我还是胡言乱语，但正在喝酒时，爸爸突然离席，躲在某个角落一两个小时，就常引起酒友不满，轻者咬牙切齿地说，老朱，你这样不行！重者几欲将我的手机夺下砸了。

刚开始，爸爸三两天就要充一次三两百元的手机话费。后来为省钱计，曾一度进入长途每分钟两毛钱的公用电话吧，与一些小年轻一道南腔北调地“煲电话粥”；再后来，干脆买了一个小灵通，专作打长途电话之用。

这么聊，上午雷打不动睡觉的爸爸没事，正在贵州省委党校读研究生的妈妈就痛苦了，几乎成天头昏眼肿的，上课和考试都处在不清醒状态中。她的同学们都是过来人，很快觉察出来了，就有男生郑重其事地对她说，千万要小心，江湖险恶，不可意气用事，一定要考察清楚。其间，爸爸曾寄诗集给妈妈，还将诗歌《春天，你是谁的油菜花》打印出来寄过去了。妈妈的几位要好的女同学看了喜欢得不得了，一遍遍地朗读着，均认为爸爸有才华，形成力挺之势。而男生则不忘提醒再三，说，万万要小心，万一这小子从网络上弄一首下来糊弄呢？妈妈对此一笑了之。她心里是有一杆秤的：尽管我们未曾谋面，但从电话交谈中可以判断一个人素质的高下；何况，电话恋爱不久，爸爸就开始为妈妈写组诗《在那遥远的地方》，一般情况下，爸爸一写完，就会在电话里先念给她听，不管多晚。

爸爸的诗友冰儿阿姨对《春天，你是谁的油菜花》颇为推崇，写了一篇长达五千多字的诗评《拒绝与坚守》。这是到目前为止对我的诗评最为精准到位的一篇评论。

“拒绝与坚守”，无论对于爸爸还是妈妈的经历和情感取向来说，都是准确的概括。

在情感方面，“还没开始就结束了”的爸爸是十分吝啬而虔诚的，这在龙岩的朋友圈里已经成了一个品牌，有一段时间，兄弟们向他人介绍爸爸时，总喜欢在“老朱”前面加上“著名的”三个字，而老朱我也乐于接受。爸爸一向鄙夷那种认识三两天就恋爱，一段时间之后快刀斩乱麻，劳燕分飞，然后若无其事地另寻目标者，且偏执地认为是在玩弄感情。除了刚参加工作在武平的两年，爸爸处于懵懵懂懂的状态，一心只想离开县城杀进市里外，爸爸在龙岩的十年，说没有遇到心仪之人，绝对是自欺欺人，但之所以没有真正进入恋爱，顽固而迟熟的爸爸一是胆怯不自信，再就是太完美主义。

妈妈与爸爸一样，始终相信，前方一定有一个人在等着自己。按传统年龄来说，妈妈当时也不小了，外公外婆也少不了着急。但妈妈一直固守着内心的精神高地。在思南县委党校的两年，是妈妈最为轻松和无忧无虑之时，而妈妈反而越待越害怕。结婚时，爸爸去过思南，这是贵州的一个文化大县，出的人才不少，但因环境偏僻，经济落后。这都不是主要的，问题的关键在于，小县城麻将成风。为了离开被慵惓之风笼罩的小县城，妈妈便去考省委党校研究生，脱产两年。很显然，尽管与原单位签了合同，但回去是肯定不可能的。妈妈做到了，因为在她快要毕业的前一年，遇上了爸爸，与爸爸结婚之后，就一直待在顺德，其间只是做论文答辩和在思南老家摆结婚酒回了两次。

同样的，爸爸在几个城市之间辗转，以至越走越远，三十几岁了还要“背井离乡”，并不是说有什么远大理想，成就一番什么事业，也只是一直认为“我不应该这样”，相信自己会更好，相信自己能以行动让自己、让后代生活得更好。

在情感方面，土生土长于农村，直到初中毕业都未与女同学说过话的爸爸，说迟熟一点都不为过。爸爸很保守，不会轻易恋爱。在龙岩期间，你顽固得有点可笑的爸爸曾说过自己是个别人想泡都泡不上的人。爸爸常常想，那句“年轻时我们不懂爱情”似乎就是说给我听的。因此，每每与朋友喝酒，遇上有人唾沫乱喷地炫耀一次次恋爱经历时，爸爸总是发现记忆一片空白，有点毫无斩获的怯懦。当然这怯懦是有底气的，只是爸爸不会轻易摆出自己的恋爱的道道，而不轻易表明其实十分值得称道的爱情观，也多是认为场合不对，有点不合时宜。但有一点必须肯定的是，你爸爸的愚笨之举，收获的是对方的尊重和长久的纯洁友情。

在短暂而漫长的两个月电话恋爱期间，维系我们的，就是相互都在身体力行的“拒绝与坚守”，它就像一块磁铁，将相隔遥远的两颗心吸引在了一起。其间，我们无须山盟海誓地说我爱你你爱我什么的。奇奇，这也是爸爸的特别之处。没有“追”的概念的我，至今还执拗地否定着“追”一说法，认为，就像一个巴掌拍不响一样，能进入恋爱的双方应该是相互吸引的，自然而然的，一厢情愿地穷追猛打的“追”，就像在强行扭瓜一样。恋爱双方必须相互认同和欣赏，就像爸妈看似缥缈实则稳固的电话恋爱一样，自然得就像从深山老林悠然而下的山涧溪流一样，即使途中跌宕起伏、曲折险峻，最终总是能心平气和地与江河交汇，其间，只是淡定、优雅地在巨石间小憩成深潭，或不动声色地纵身一跃成飘逸的瀑布，让突然造访的人们惊羡不已。

正如爸爸妈妈一开始通电话就自然而然地认定了对方一样，我们的见面也自然而然，见面之后的结婚也自然而然，平淡无奇，水到渠成。

妈妈恋情的暴露，除了跟她同学们在一起时，总是独自离席打很长时间的电话而端倪初露外，主要缘自过于张扬的百合花香。这是爸爸第二次电邮鲜花给妈妈，第一次是妈妈生日，爸爸第一次在邮局办理鲜花速递事宜，经验不足，花较少，也没什么花香，没有引起人们注意。第二次就不得了，是好大一把鲜花：玫瑰与百合。爸爸在《在那遥远的地方》组诗中有诗为证：《玫瑰见证百合》。妈妈说，当时，百合的香味飘满研究生楼二层的每个角落，引得同学们纷纷光顾妈妈宿舍，并很快发现了其中之“诈”。

2005 年 10 月 3 日，在经历了两个月（准确地说还差 3 天）的中短跑之后，妈妈从贵阳飞到了广州。出发前夕，妈妈的几位同学为她饯行。说是饯行，其实差点成了壮行，同学们比父母还关切的千叮万嘱，使妈妈几成“一去不复还”之“壮士”。那天中午妈妈喝了不少酒，在飞机上一直大吐不止，元气大伤，晚上到顺德后还一口东西都吃不下。

我是让石头叔叔当车夫的。在白云机场候客室出口等候时，我们两个说了些话，均不着边际，因为爸爸心里也没底。妈妈乘坐的从贵阳飞往广州那班次的乘客鱼贯而出进入我们视野时，爸爸一眼就发现了正下电梯的妈妈，对石头叔叔说，那个将头发束成一根擀面杖似的横在后脑勺的就是。人群下了电梯，都朝取行李的转盘走去时，妈妈却一个人昂首往右而去。爸爸赶紧拨通电话，对妈妈说，回头，取行李。

三天之后，我们于 6 日晚上到广州东乘火车赶往厦门，参加武定表叔次日的婚礼。第二天一早到厦门站后，是冰儿阿姨接我们的。她带我们吃过早点之后，爸爸就叫东古叔叔开车过来带我们玩。那天上午我们去了厦大、南普陀和环岛路。在环岛路海滩上，第一次见到大海的妈妈高兴得像个小孩子，与冰儿阿姨赤着脚跑来跑去，照了很多的相。中午在武平餐馆与从福州赶到的文定表叔和享古叔叔一起吃过饭后，康城叔叔也从漳州赶过来了。我们在鼓浪屿玩了一个下午，直到彤红的彩霞消失在近海的尽头，暮色随音乐弥漫整个岛屿时，我们才意犹未尽地踩着五彩缤纷的灯光返回。

第二天，我们先回龙岩，再从龙岩回老家，让奶奶她老人家见见未来的儿媳妇。

老张叔叔、锦兴头叔叔和温工叔叔之前就说，要不要到厦门接我们，以示隆重。我说不要，厦门到龙岩也就一个多小时车程，自己坐车就可以。中午和他们几个吃过饭后，还是由锦兴头叔叔当驾驶员，吹雪叔叔在口袋揣了两瓶没喝完的中国劲酒，与我们一同回家。

刚到家的情景，让爸爸妈妈一辈子都不会忘记。爸爸回家一般都有朋友的车接送，小车一到家门口，奶奶总会将事先备好的一串鞭炮点上，大声叫一句“佳古！”后，便朗声招呼我的朋友。那天，奶奶点燃了一串长得有点夸张的鞭炮后，疾步走向小车，也不管锦兴头叔叔和吹雪叔叔了，甚至连我都没理，就径直走向她从未见过的儿媳妇，将刚钻出车门的妈妈的手紧紧攥住，急步走向灯火通明、喜气洋溢的家里，佝偻的背影坚定而喜悦。

最不蛮的蛮古

按理说，紧接着该说爸爸妈妈爱情的收获——婚姻了，但不急，还是先讲你作为奇奇的第二奇：你的到来——爸爸妈妈婚姻的结晶——尽管爸爸妈妈在三个地方举办的三次婚礼更有“奇”之处。

在说你第二奇之前，我看还是不急，得先讲讲你的近况和变化。

今天是 2009 年 5 月 19 日，你已经十个月过十天了。你已经坐得很稳了，并且好动得不得了。现在是下午 4 时多，爸爸不用上班，就在家续写停停打打的《奇奇的世界》。等一下——

可以了——爸爸刚刚写到这儿，你和妈妈从小区回来了（进入九个月，你便有规律地上午下午都要到楼下的小区花园玩，有时晚上还要下去），我马上停下键盘敲击，走到门边，边叫着“朱砚棋，奇奇奇！”边拍着双手。你一见到爸爸，马上绽开你著名的笑，在妈妈怀里双脚乱踢，双手张开，配合着呃呃的叫声挥舞着，迎接爸爸的搂抱。抱着你在客厅走了几圈，停在贴在靠阳台的玻璃门上的小牛画前，让你看看并让你动动小牛（去年是更为机灵可爱的小老鼠，你的属相），然后让你站在茶几边，逗你玩。但很快地，你便站也不是坐也不是抱也不是地烦了——你饿了。妈妈一进门就忙着给你弄吃的，你是饿了才嚷嚷着回家的。妈妈很快拿出半碗顺德小吃——与武平簸箕粄有异曲同工之妙的滑腻可口的肠粉。爸爸抱着，妈妈喂。你这小家伙来劲了，贪婪而满足地一口连着一口，其间发出“嗯——哪——”之声，手舞足蹈，几次差点将妈妈手里的碗打翻了。第一次的那些你很快吃完后，待妈妈自己吃肠粉时，你还吃了很大一部分。

你的饭量好，进入八九个月大，就可以一小碗一小碗地吃了，以至爸爸常常提醒妈妈要控制你的食量。

十天前，也就是你正好十个月大那天下午，爸爸妈妈用小车推着你玩了一个下午。先到钟楼公园旁边福建老乡的茶庄坐了会儿。你三个月大时，爸爸妈妈带你来坐过，茶庄的几个姐姐都记住你了，爸爸买茶叶时总要问起你。几个姐姐跟上次一样，轮番抱你、逗你，你也十分兴奋，在姐姐们的夸奖声中笑着、跳着，不时弄出些搞怪的动作和发出各种声音。其间，作为十个月大的你最大的变化之一，就是在静下来时，你一个人抱着奶瓶（里面装着水），悠然自得地喝水，神情俨然是周岁以上的小孩。不喝水时，你双手撑在小车两边，若有所思地看着喝茶交谈的我们，以及茶庄里摆设的琳琅满目的古玩、字画和紫砂茶具，泰然自若。

然后，我们带你到钟楼公园玩了很久，给你照了一组相片。当晚，爸爸还意犹未尽地写了一首叫《草坪》的诗。十分惭愧，这居然是号称诗人的爸爸为奇儿你写的第一首诗。晚饭我们就在公园边上的粥家庄吃，全是顺德小吃：牛肉肠粉、牛腩煮、米粉、排骨蒸陈村粉、番薯饼等。吃着吃着，已经有点饱了的爸爸说，可能点得有点多了。当时妈妈就说，她还没吃呢。果然，待你吃饱，妈妈开始吃时，已经所剩不多了。你的饭量好爸爸不是不知道，只是每天午饭和晚饭都为了赶着上班而吃得囫囵吞枣的爸爸，没太在意你每次吃的量，这次是实实在在领教了，不禁哈哈笑了起来。在返回的云良路上，一谈起你的饭量、一想起你那有滋有味的吃相，爸爸妈妈就在笑。

另外，你从不挑食，这是妈妈最值得为之自豪之处。你没染上当今城市小孩十分普遍的挑食、厌食毛病，得益于妈妈的匠心独运。从你四个月起，妈妈就无师自通地自制一些根据当时大小可以吃的各类水果汁、由五谷杂粮榨制成的糊等，配合各色蔬菜，可谓口味多样、营养均衡。正因为如此，小奇奇你一直胃口奇好，“吃嘛嘛香”，长得白白胖胖。幸好肉乎乎的你身板硬朗，尽管手粗腿圆的，但抓上去结结实实，每个抱过你的人都会赞叹一番。

哟，写着写着，妈妈抱着你出现在书房门口：小奇奇啊小奇奇，你才睡了半个小时又醒了。爸爸扭头叫了声“奇奇奇，蛮蛮蛮”，看了看微笑着的你之后，继续敲打键盘。可只一会儿，你便在妈妈怀里大哭起来。爸爸赶紧停下写作，走到客厅。一见爸爸从书房走出，你便张开双手，停止哭，嗷嗷叫。爸爸走近一看，你已伤心得哭出了两行硕大的眼泪，沿着左右脸颊流淌成两条小河。这是你在找爸爸，想爸爸抱，想跟爸爸玩了，奇奇。爸爸一抱起你，你当即破涕为笑，圆滚滚的小手小脚兴奋地舞动，发出嗯哇之声。爸爸抱你到客厅与阳台交界处，望着外面，迎着凉爽的风，与你说着话。

这几天是雷阵雨天气，刚刚下过一阵暴雨的天空还是乌云紧绷，但空气清新，楼下小区花园的树木被冲洗得干净、精神，黄砖铺成的弯曲小路上已经有大人小孩在玩了。你安静地看着外面，偶尔发出一两声惬意的当然也只有你知道是什么意思的话。今天格外困倦的妈妈，慵懒地躺在沙发上，躺了少许，打开了电视。爸爸抱着你坐在电视机前的藤制圆坐垫上，我们一起看着电视。你温顺得如一只小羊羔，在爸爸怀里一动不动，清澈的眼睛紧紧盯着电视。看着看着，随着电视里哗哗的掌声和笑声响起，你突然兴奋起来，在爸爸用双手握住你双腋窝的支撑下，站在爸爸腿上，配合着自己啊哇呀啦的声音，有节奏地跳着。跳了好一会儿之后，你似乎有点累了，或者是想妈妈抱了，头开始偏来扭去，待转到妈妈那边时，你笑着展开双手。妈妈走过来抱过你，你马上就乐得笑开了花。好了，爸爸解放了，该继续回到书房的笔记本电脑前了。走回书房之前，爸爸冲着在妈妈怀里笑着的你，逗了你一会儿。一逗，你就咯咯咯地连声大笑，露出六颗刚长出的白嫩乳牙。

进入十个月后，你这种咯咯咯的连声笑就变得奢侈了。八九个月大的时候，你就不再别人一逗就咯咯咯、嗬嗬嗬、嘿嘿嘿地大笑不已了，更多的是微笑，且微笑中有着一两岁小孩才有的老成和矜持。爸爸将你这种表情和气质谓之为沉稳、大气。

你三四个月大之前，因为太忙，我们很少带你到小区花园玩，以致儿科医生一抱起你，就说你缺钙，要多晒太阳。也就是说，我们带你下去，主要是让你晒太阳，这跟爸爸有时一个人抱着你在顶楼天台一样。后来，随着你的长大，想玩了，好玩了，妈妈也结识了小区里好几个带小孩的妈妈以及爷爷奶奶、外公外婆之后，大家开始有了交流，也猛然发现，小区里的小孩居然很多。爸爸少有时间带你下去玩，即便有，也是推着你在花园绕来绕去，偶尔停下来抽根烟，逗逗你，与你说话，偶尔从小车里抱出你，抱着你走走，基本上没有与人交流，你与其他小朋友在一起时的表现，爸爸只有几次亲眼目睹。妈妈说，不管在家如何活泼好动，一到人多的小区，你就乖得不行，不叫不闹更不哭，让其他带孩子的人十分羡慕。有一次，妈妈说你被人打了，但你没还手，也没哭，只是定定地看着对方，偶尔略显怒色。妈妈说，这是怕生，她带你下去玩得少了，与其他小孩接触少所致。当时爸爸只是说像自己小时候，善良本性，遗传的。后来，随着爸爸的亲身经历，对你的评价就不止“善良”两个字了，多了四个字：沉稳、大气。

那一次与我们相遇的一个比你大的小女孩，由她妈妈和爷爷奶奶簇拥着。待两辆小车推在一起，双方大人和老人互相逗着一大一小一女一男两个小孩玩时，那位小姐姐突然伸手朝你脸上抓去。她的爷爷妈妈赶忙制止，将两辆婴儿车的距离拉开。不料，这么一拉，适才气势汹汹要打人的小姐姐骤然大哭，委屈的哭声似乎在告诉人，她被人欺负了。当时，大家都笑了起来。而你，我的小奇奇，在这过程中始终波澜不惊，双手悠然地搭在小车两端，对伸过来抓你的小手以及小姐姐莫名其妙的哇哇大笑既没受惊吓，也不感害怕，只是对小姐姐的哭表现出了一丝不解。在小姐姐的小手突然袭击过来时，小奇奇你表现得临危不惧，出奇地沉稳、大气，既不躲也不招架，只是瞪着眼看着对方，眼神不怒而威。那一刻，你爸爸我心里暗自称奇，为自己儿子的表现而自豪不已。

后来，与其他小孩一起待多了，你不再怯生。据妈妈说，有其他小朋友打你时，你也开始出手招架了；并且也会与人“吵架”——两个小婴儿操着只有他们知道的叽里呱啦的话，在你一言我一语地应来答去，既像一问一答，也像在对骂，惹得双方大人忍俊不禁。

当然，这只是少数时候，在人多的地方，小区公园呀，超市呀，老乡郑阿姨和小清阿姨家里呀，你都十分安静，微笑不止，从不无端取闹或无理哭叫。在家里也是一样，除了饿了和困了会大叫外，你始终都是快乐、平静的，一点儿也不烦躁和闹腾。即便在你睡醒多时，叫了许久没见爸爸妈妈进去抱你而转为哭时，爸爸妈妈一出现，你马上就笑了，不管哭得有多伤心。这是你的优良传统，自打一出生起就这样，不管怎样哭，一见爸爸妈妈你就笑。

当然，也有例外。1 月 17 日那天晚上，已经将近 19 时了，刚刚理了个超短寸头的爸爸拎着两大袋菜刚踏进家门，就听到你在卧室睡醒哭了。当时妈妈在厨房做饭，满头大汗的爸爸口很渴，就叫正在我们家玩的在客厅坐着看电视的郑阿姨进去抱你，自己则急迫得有点手忙脚乱地冲洗茶具，抓了一把茶叶进去，准备注水泡茶。这时，郑阿姨抱你出来了。郑阿姨是目前为止除爸爸妈妈之外，与你最熟的人，她非常喜欢你，从你一出生开始，就几乎三天两头过来看你，给你买东西，抱着你逗你玩。而你与郑阿姨在一起时，也总是咯咯咯地大笑，开心异常。也就是说，郑阿姨进去抱你跟爸爸妈妈进去抱你是一样的，事实也证明是这样，你一到客厅，就满脸笑容。提着放有茶叶的泡茶壶正要装热水的爸爸看着满脸堆笑的你，自然而然地叫了你一声，不料，你一看到爸爸，就噘起小嘴，委屈得哇哇大哭。爸爸赶紧放下茶壶，走过去，从郑阿姨那儿抱过你，连连说，小奇奇对不起，是爸爸不对，爸爸太渴了想喝茶，就没进去抱你了。爸爸一抱过你，还没把你的眼泪完全擦干，你的脸上就开出了花。爸爸和郑阿姨马上笑了。爸爸模仿你的口气对郑阿姨说，哼，原来你在这，在家里也不进来抱我！

后来，小清阿姨和乐乐姐姐也到我们家玩。她们到后不久，你就吵着要睡，便把你放进卧室你的小床上。过了一会儿，大家都以为你肯定睡着了时，乐乐姐姐一个人偷偷溜进卧室小床边，想看看你睡着了没有。而你竟没睡着，没睡着还不要紧，你一见悄无声息出现在眼前的乐乐姐姐，马上惊恐地大哭起来，伤心而委屈的哭声出奇地大，吓得乐乐姐姐转身逃出卧室，走到客厅还心有余悸。那次，我们抱着你安慰了好久你才平息下来。郑阿姨说，她第一次听到奇奇这么可怕的哭声。

你在发怒或一个人待着沉思时，总喜欢蹙着眉。奇奇啊，你眉头一皱，就活脱脱一个翻版的老朱，也正因此，爸爸对老朋友说起你时，常喜欢叫你小老朱；又正因此，从你一出生起，在保温箱里开始就有的这表情，老爸称为蛮相，按老家的说法。耀古叔叔第二次过来时的当晚（你百日时，爸爸妈妈请老乡喝酒的当晚），抱了抱你。坐了一天车、满脸疲倦的叔叔话语不多，只说，有点沉，有蛮相。而会看相、第一次见到作为孕妇的妈妈便断言胎儿是个男孩的黄爷爷第一次见到你，就看出了你的蛮相，但他没说蛮，只说你长着一副武将相。上周又过来了的黄爷爷和蓝奶奶喜欢你喜欢得不得了，尽管前几天几乎把珠三角跑了一个遍的他们已经很累了，还是一见到你就轮流抱着你。前两天，他们正应约要出去，在小区花园碰到妈妈和你，黄爷爷也要抱你。当时你没穿裤子，妈妈不让他抱，怕你把尿尿在他身上。黄爷爷说，不管了，先抱抱再说。三天前，我们去郑阿姨和黄伯伯家吃饭前，带着你先去他们家玩时，黄爷爷依然认真地说，奇奇是个武将相。

就这样，你一出生，“奇奇奇、蛮蛮蛮”就在爸爸口中叫开了，叫着叫着，妈妈也跟着“奇奇奇、蛮蛮蛮”地叫了。

你的称呼很多，但爸爸妈妈叫得最多的是你的大名：朱砚棋。随着你的一个个不同的成长阶段，爸爸妈妈叫你也有所不同。一开始时，是朱砚棋、奇奇、奇奇奇，后来，就按我们客家的叫法，叫你奇古、蛮古，并混合着叫，奇古奇、奇奇奇、蛮古棋、蛮蛮蛮，等等，随心所欲地叫。现在，爸爸抱着你时，一般是奇古奇古奇奇奇、蛮古蛮古蛮蛮蛮，或是最蛮最蛮的朱砚棋、最蛮最蛮的奇奇奇地在叫，绕口令一般念念有词，怜爱、温馨和自豪溢于言表。而不管怎么叫你，你总是似懂非懂地看着爸爸，继而快乐地笑着、叫着。

事实上，爸爸妈妈心里非常清楚，你小奇奇是最不蛮的蛮古奇、最不蛮的蛮蛮蛮。爸爸妈妈常常看着开心快乐、聪明可爱的你，十分甜蜜而自豪地说，我们何德何能啊，居然生出这么一个可爱的小天使来。

来得不是时候

奇儿啊，你的到来不说意料之外，也应该属于来得不是时候，你是在我们毫无准备、最不该到的时候来的。

妈妈怀上你的 2007 年 11 月间，正在街道办上班。这是一份来之不易的工作，尽管以实习的形式。

从 2006 年 9 月份搬进海琴湾后，我们便开始着手妈妈的工作了。应该说，最为对口的是党校，但市委党校可不是谁都可以进的，我们试了一下，无功而返。因妈妈有中学教师资格证，我们的方向调整为中学。但依然毫无斩获，试了几所学校，递了多份简历，校方的理由千篇一律：没有中学教学经验。在我们放弃了教师这条独木桥之后，当年 7 月，一老乡成立了一个黄金交易所，总部在龙岩，佛山设分点。老乡叫妈妈负责，和小林姐姐一起组建佛山点。反正闲着也是闲着，妈妈就答应了，并于当月中旬与小林姐姐一起赴龙岩培训，为期半个月，漳平一周，新罗区一周。妈妈说，这半个月，是一段辛苦的日子。因着这半个月的“同甘共苦”，妈妈与小林姐姐结下了浓厚友谊，你出生后，小林姐姐常来看你，并为你买了不少衣服。

第二周从漳平到龙岩后，爸爸最好的兄弟之一老张叔叔召集我在龙岩的一班难兄难弟，隆重地宴请了作为大嫂的妈妈和妈妈当时的战友小林姐姐。席间，老张叔叔与诸兄弟定然在电话里喷着酒气与爸爸逐个聊过去。待与妈妈说话时，爸爸已经听出她有醉意了，但她一直说没事。那晚的情形爸爸清楚，不喝醉肯定很难做到，之所以一再提醒，也叫老张叔叔监控，是因为妈妈一喝醉麻烦就大了，不光当晚会通宵达旦地吐，而且两三天都恢复不过来，这对于正在总部学习的妈妈来说显然不妥。熬了一周艰苦日子的她们姐妹俩，尤其是妈妈，一见到老张叔叔等爸爸的兄弟，就如同失散多年的地下工作者突然找到了组织，温暖和感动让妈妈放松了那根不能喝醉的弦。当晚妈妈醉了，难受了两天。

当时，爸爸在龙岩的兄弟基本上都齐了，而妈妈也大都认识：锦兴头叔叔、吹雪叔叔、温工叔叔、小兰叔叔、春仁古伯伯，还有陈霞姑姑（就像陈医生的儿子敬古哥哥就叫姑姑一样，她说作为老爸的小妹，奇奇也要叫她姑姑）夫妇等。妈妈特意提到了吹雪叔叔，说他当晚带上了女朋友。吹雪叔叔那天状态低迷，一直低头喝着闷酒，不怎么说话。而其他人都兴致高涨，尤其是老张叔叔，一直石总石总地称呼妈妈，把妈妈也叫得晕头转向了。当时肝病已很严重的吹雪叔叔不能多喝酒，医生建议是滴酒不沾的。老张叔叔他们只让他喝点啤酒，他也喝得不多，尽管女朋友在旁边，依然满脸抑郁，眼神怪异，似有满腹心事。而事后，说起对他女朋友的印象和感觉，妈妈和陈霞姑姑居然惊人地一致，她们都有点反感吹雪叔叔女朋友那一身素装——不光衣服、裤子，连鞋子和袜子都是白色的，说有一种不吉利的感觉。

这种可怕的直觉不幸而言中。7 月 25 日下午，吹雪叔叔吐血不止，经一个下午的抢救之后不治身亡。一个年仅 34 岁的生命的结束，让爸爸失去了一个十几年的难兄难弟。第二天傍晚，爸爸马上乘广州东至厦门的列车，于次日凌晨抵达龙岩，送兄弟最后一程。在龙岩逗留了一个晚上后，我们回武平老家看奶奶，在家住了两天后，爸爸与学习结束的妈妈和小林姐姐返回顺德。

三四个月后，妈妈就怀上了你。

说来真巧真奇。刚刚写到这儿，一个电话响了，是春仁古伯伯的，说正与爸爸在龙岩电视台的搭档、现当律师的和叔叔在一起。爸爸与和叔叔通话时得知，今晚兄弟们也基本到齐了。一直到现在，兄弟们聚在一起时，都会轮番与“著名的老朱”吼上几句酒话。爸爸对老张叔叔说，真是心有灵犀，兄弟们聚得太是时候了，这电话也打得太是时候了，因为我正写到妈妈当年与兄弟在一起时的情景，这是其一；其二，老朱的写作正好突破 10 万字。老张叔叔立马心里明白，兄弟们齐了，唯独少了吹雪叔叔，他的声音不再有往常的慷慨与酒气，而变得有点被伤感笼罩的低沉和暗淡。我们心里都明白，但都没挑明。

8月初，爸爸外出浙江期间，接到一个电话，说可以让妈妈到街道办以实习的形式试试。古人说福无双至，这时倒真双至了。略一权衡，我们都认为在街道办好，便跟老乡辞去了黄金交易所的差事。有更好的去处，老乡也没有责怪。于是，当月11日，妈妈便走进了街道办大楼，开始了她在政府机关上班的短暂生涯。

妈妈有规律地上了三个月班后，就怀上了你。

妈妈总共在街道办上了四个月的班。12月份确定怀孕之后，妈妈略有犹豫，毕竟奔波多时，能有一份工作不容易，妈妈也一直十分珍惜。但在孩子与工作之间取舍，我们毫不含糊地达成一致意见：孩子为重。告知领导之后的第三天，办公室通知说，实习告一段落，待有机会考试时再通知妈妈。

那天下午爸爸正好休息，妈妈叫我去接她，那时还没到下班时间。

妈妈进街道办上班后，生活就变得十分有规律，吃得也好，单位食堂的早餐和午餐都不错。上午她自己乘公交车去，中午在单位休息，傍晚爸爸下班后，就在单位门口接她，用电动车载着妈妈回家，沿途买些菜什么的。这电动车还是妈妈的第一份薪水买的。那晚，妈妈拿到第一份千余元的补贴，高兴地说要庆贺一下。吃完西餐后，妈妈说去看看电动车。之前刚买电动车的向东伯伯极力向爸爸推荐，爸爸也有此意。当时电动车正盛行，环市北路几乎成了电动车销售、修理一条街，但我们并没有货比三家，在第一家就敲定了，妈妈的1500元加上爸爸钱包里掏出的300元一付，就将电动车骑回了家。

爸爸刚到钟楼公园这头，就见妈妈提着一袋东西，已从对面的大门穿越公园走过来了。灿烂的阳光下，妈妈神情暗淡，孕妇特有的惨白脸色在阳光的反射下愈显苍白，爸爸叫了几声，一直低着头的妈妈才反应过来。爸爸清楚，此时妈妈定然有挫伤感，面对突如其来的变故一时不知所措，也多有不甘。

很快地，妈妈就走出了阴影，进入准妈妈的角色，在你这小家伙的闹腾中悠然迈着孕妇步了。

爸爸只有一丝不安：当时根本就没想要孩子，还不是时候嘛，因此，没有像谨慎之人一样“封山育林”，烟照抽酒照喝。一次，在与几位同事酒过三巡之后，爸爸适时不动声色地抛出这一话题。都有着聪明可爱小孩的石头叔叔、老余伯伯和老马伯伯振振有词的一套坚硬理由，让爸爸打消了要问在广州当医生的朱伯伯的念头，也打消了对没戒烟戒酒的疑虑。

奇儿，你的闯入说奇也奇，说不奇也不奇，一切均顺其自然。当时怀上你的确不是时候，但爸爸坚信一点：生命的降临自有其道理。或许，你小生命的到来，就要以妈妈丢工作为代价，更或许，你的到来正是为了缓解妈妈的压力和爸爸的担忧。妈妈突然跑到机关上班多有不适，压力太大，即便自己选择，爸爸也会终止她的工作，安心养胎。爸爸唯一感到与“奇”有关的，就是到目前为止我最为满意的长诗《火》正是诞生于妈妈怀上你的 11 月初那几天。

待妈妈肚子开始凸起时，爸爸就一直叫你小老朱，妈妈为此常常不悦，说你自己才是老朱，小孩是小朱，怎么是小老朱呢。老爸的逻辑有点霸道，不容置疑：俺老朱的儿子（女儿）就是小老朱！

贵阳众星拱月

下午，爸爸刚到办公室，妈妈就从贵阳打来电话，欣喜地说你能走几步了。

因有工作的事要安排，爸爸按捺住喜悦，不动声色。回到家，我就迫不及待地打电话问妈妈，奇奇是什么时候开始能自己走的——这可是你人生自己迈出的第一步！妈妈说，是昨晚，你在客厅扶着沙发走来走去，待走到外婆身边时，你突然就脱手走了几步，要走到外婆那儿。当时，外婆和妈妈都对你不期而至的变化有点措手不及。妈妈惊喜地叫了你一声，不料，这一叫或许把你吓着了，你应声落地，一屁股坐在地上。今天，你延续昨晚的战果，断断续续地走上几步。由于学步之初的害怕，你一般稍稍走上两步就坐下了。

好样的！

你是上月下旬，准确时间是6月24日和妈妈回外公外婆家的。今天是7月27日，你已在贵阳外婆家待了一个多月，你第一个生日，也就是周岁生日是和外公外婆一起过的。

尽管每天都在思念你的煎熬中度过，但时间的确过得太快，你回外公外婆家前的情景恍如眼前。

6月23日晚，爸爸傍晚特意早一点回家，为了多一些时间陪你玩。和往常一样，妈妈在厨房弄饭菜，爸爸和你在客厅玩。

我们坐在客厅中央、茶几下面的竹凉席上，爸爸从茶几下拖出你的玩具盆。你把玩具一个个抓出来，摇来舞去，在玩具盆沿上和地上敲敲打打，其间常常打在自己胖胖的大腿、小腿上。轮番玩了几遍后，你便觉枯燥了，撇开撒了一地的玩具，兀自扶着茶几站起来玩。

而茶几上空空如也。爸爸收拾好玩具，将玩具盆推进茶几底下，拿来对你来说还比较新鲜的玩具：公仔球（这是你的第一份六一儿童节礼物，爸爸单位发给你的）。公仔球类似于陀螺，旋紧发条后一松，它便在地上飞速旋转，伴随着奇特的音乐，周身放射出五颜六色的光环，在地上形成绚丽的圈圈，犹如飞碟。倘若不旋转，公仔球自然不成其为公仔球，因此，你攥着公仔球不是用嘴啃，就是在地上敲。为防被你敲坏，也想锻炼一下你的爬功，我抢过公仔，将其置于几步远之处。此时的公仔球就像食之无味、弃之可惜的鸡肋一样吸引着你，你非重新得到它不可。你趴在地下，昂起头，一手撑地，一手朝前方触不可及的公仔球伸去。无奈，将近周岁还不会爬的你，对近在咫尺的公仔球毫无办法，只是叫，以期得到爸爸的帮助。叫了几次均无收效，你便翻转身子，以图滚到公仔球边。滚了几次依然毫无斩获，你有点急了，拱起屁股，就势往前一扑（直到这时，你的双脚还十分吝啬用力，几乎没蹬）。咦，这招还真有点管用，你每往前扑一次，就离目标距离近了一分。当然，别有用心的爸爸总是将越来越近的公仔球朝前挪。如此这般之后，你一怒之下不光撅起屁股，而且双腿猛一用力——好小子，你居然往前爬了一步，然后是两步！一直以为你可能到走路都不会爬的爸爸，心里一阵激动。

很快地，折腾了半天的你就犯困了。

爸爸吃完饭已经7点半了，该去上班了。爸爸是下半夜下班回家的，便想在上班前再跟你玩玩。两次走进卧室，你都在小床上侧着身子睡得很熟，动你一下，你翻个身又睡着了。不行，已经7点40分了，必须要弄醒你了。爸爸第三次走到你的小床边，用手轻轻地拍打着你裸露的粗腿。打了几次之后，你终于睁开了睡眼。看到朝你微笑的爸爸，你没有像之前一样，醒来看到爸爸妈妈就笑，边笑边伸出双手，等待爸爸妈妈将你抱起，而是旋即抬起头，手脚并用，迅速地扶着床沿站了起来。爸爸双手扶着你，让你在床上边“啊啊啊啊”地唱着边合着节奏跳了一阵之后，便将你抱起，放在大床上逗你玩。妈妈很快调好了牛奶进来。你抱着奶瓶咕噜咕噜地猛喝一气，一眨眼就将牛奶喝光了。太快将牛奶喝光的你意犹未尽，嗞嗞吱吱地还在吸着空气。爸爸便将空奶瓶放置床头另一边，让你去拿。不料，出乎爸爸妈妈的意料，你竟然一趴下就开始爬，三步两步便爬过去一把将奶瓶抓住。就这一个半小时的睡觉时间，你的爬功突飞猛进，让爸爸妈妈始料未及。

回到外公外婆家的第二天，你便能在宽敞的客厅里“爬行自如”，而且一天比一天爬得快。从家里带过去的的小车被冷落在客厅一隅。手脚并用在客厅“纵横驰骋”了大约一周，你可以独自站上几秒了；再过几天，你又能扶着沙发自己走来走去了。走着走着，你便能独立行走几步了。

奇奇，说到这儿，爸爸为你的快速成长高兴之余，更生起没能亲眼目睹你的这段成长轨迹的丝丝遗憾。

这次回外公外婆家，是你与爸爸分别时间最长的一次，爸爸很不习惯，成天睹物（放在客厅的你的两辆小车、你房间里的摇篮小床和自行车、主卧室里你的小床以及客厅与厨房都有的你的奶瓶等）思人，想着你可人的样子：咿咿呀呀犹如天籁的话语；唿哨般余音绕梁的尖叫；双唇紧闭后猛出气形成的“嘟嘟嘟嘟”声；舌头抵住上颚发出的像奶奶招呼鸡群的“咯咯”声；接近小孩之成熟的迷人笑容；面朝客厅阳台静静地打量着外面，若有所思；坐在客厅竹凉席上旁若无人地看着壁挂电视；与电视柜旁可爱的紫砂小猪默默对视，无声交流；爸爸无论提着水壶往阳台浇花还是拿着茶杯在饮水机前装水，你都哗的一声飞速冲过来，伸手要水壶、茶杯，好奇地试图动动会出水的饮水机开关；爸爸在阳台浇花，你隔着玻璃认真地看着爸爸的一举一动，爸爸朝你一招手，一摆水壶，你就摇摆着小手笑着、叫着；浇完花，爸爸将空水壶递给你，你高兴地攥着水壶在头顶、眼前飞来舞去，不时敲在你的学步车上。要上班了，爸爸握握你的小手，说：“握握手，奇奇再见，爸爸上班了，你在家乖乖的。”你似懂非懂地仰脸看着爸爸，明亮、清澈的大眼睛扑闪扑闪；爸爸走到门口，说，朱砚棋，爸爸上班了，你快速爬着紧追过来，伸出双手，咿咿呀呀地叫着。爸爸说，爸爸不是出去玩，是去上班，说完转身。被挡在客厅与餐厅台阶上的你，哇哇大哭。爸爸赶紧折回来，抱走你，说着话，等你平静之后，将你交给妈妈再出门……

在客厅、厨房、阳台和卧室踱来踱去，爸爸常常怅然若失。

爸爸第一次离开你是在去年 12 月 9 日，你刚满五个月两天，去南海西樵培训。

当日7时，爸爸临出发前，走到你的小床前。其时你正熟睡，睡姿是一贯的随意和霸道。静静地看了你一会儿，爸爸轻轻地叫了两声："朱砚棋——朱砚棋——"话音刚落，你就醒了，一睁开眼看到微笑着注视你的爸爸，马上绽开你那著名的笑容。爸爸摸了一下你粉嘟嘟的脸蛋，小声地说："爸爸要出差了，你乖乖地在家啊。"或许你知道爸爸有事，或许你还想睡，这回你没有像往常一样，一醒来就伸出双手要抱。

吃过晚饭，爸爸打电话回家时，你正在大哭。妈妈将移动座机贴近你耳边，爸爸在电话里一声一声地叫你："朱砚棋——奇奇奇——"你一听到爸爸的声音，立马止住哭叫，瞪大眼睛好奇地四处张望，小脑袋转个不停。当晚你很乖，爸爸却失眠了。

第二天下午，你又哭了，妈妈来电，爸爸与你空中交谈时，你就不哭了。你除了睡觉时间，几乎每隔半个小时就哭一次，妈妈说。小奇奇在想爸爸呢。

而回外婆家那天，你根本感觉不到与爸爸离别，而是一路兴奋异常，在偌大的白云机场尤甚。

那天是马老师开车送我们到机场的，一路都是爸爸抱着你。起先你特别激动，一会儿动这，一会儿动那，但很快就困了，依偎在爸爸怀里睡着了。快到白云机场时，你醒了，一醒来就冲坐在后排的妈妈笑。笑了一会儿，爸爸将你传递给妈妈。用小车推着你在大厅里走时，第一次看到这么阔大的大厅、这么多走来走去的旅客的你兴奋极了，一直唿哨般地尖叫，手舞足蹈。进入候机厅时，爸爸被挡在了安检口。由于正处H1N1甲型流感肆虐期，安检多加了一道体温检测。在妈妈接受体温检测时，你由工作人员扶着。爸爸在安检口目不转睛地看着你，而你根本没在意爸爸在哪里，在机场工作人员的手臂里蹦蹦跳跳。直到妈妈朝爸爸点头，把你抱上小车，推着你离开爸爸的视线，爸爸才茫然转身离去。

你在外公外婆家的一个多月来，爸爸只能根据妈妈的描述来感知你的形象了。

——在外婆家，几个姨婆带着家人分别来看你。大人们喜形于色、相谈甚欢，话题的焦点当然就是奇奇你了，一会儿这个抱抱，一会儿那个亲亲。更多的时候是，奇奇在客厅爬来爬去，笑着，叫着，爬到这头攀着沙发站起来，爬到那头，扯着外婆或姨婆的衣角站起来，乐此不疲，动个不停。

——在饭店，几家亲戚聚首，奇奇如掌上明珠，璀璨夺目。大人谈笑风生，小孩奇奇你笑叫吃喝，游刃有余。席间，人们轮番抱着你在房内房外走来走去，不断吸引着食客和服务员姐姐们的注意，喜欢之余，常有逗奇奇玩者，更有直接抱起与奇奇玩上一阵者。

——在杨梅山庄，大人们提着竹篮或空着手在杨梅林中穿梭忙活，边摘杨梅边吃，笑声在林间荡漾，不时惊起几只小鸟，扑棱扑棱。奇奇或由大人抱至杨梅树下，一见紫红色的杨梅，奇奇便伸手采摘，一个，两个，三个，好不快活；或端坐满装杨梅之果篮边，与大人一道，老成地从篮子里抓出一颗杨梅，塞进嘴里，一阵酸甜，蹙眉咧嘴。吃罢几个杨梅，奇奇已满嘴紫红，牙齿酸软。大人将奇奇嘴角擦拭干净后，奇奇玩兴正浓，在大人的牵引下手舞足蹈，偶尔走上几步，稚嫩的叫声和笑声比鸟声还清脆、纯净，久久在山间回荡。

——在楼下小区，你逢人就友好地笑着与人招呼，操着尚未成形的只有你自己才懂的语言，对方一回应，你便欢蹦乱跳；在公交车上，不是你跟人主动“呃呃啊啊”地打招呼，就是乘客看你可爱，纷纷逗你。

——在外婆家客厅，外公外婆在那头叫着你，每叫一声，你也跟着叫一声。外婆说“奇奇，恭喜发财——”你便双手抱拳作揖；妈妈在这头叫你“奇奇，拜拜——”，你马上微笑着边跟说“拜拜——”，边挥舞着胖而结实的右手。整个客厅笑声不断，暖意融融。

——你姨婆为儿子考上大学摆喜宴，有车接送。从外婆家刚出发时，你突然朝啃着包谷的司机说了一句囫囵不清，有点像思南口音的“你吃什么嘛！”的话，让一车人笑得前仰后翻。

——外公或外婆一踏进家门，已经可以在客厅走来走去的你，立即“爷爷”“奶奶”地叫着迎上去（你不会叫外公外婆，只会有那么点味道地叫着爷爷奶奶），把外公外婆乐得不行。

…………

奇奇，你在贵阳的近两个月（机票已订好了，8月中旬回来），注定是众星拱月的两个月。除了外公外婆将你视为珍宝外，几个姨婆以及家人也对你呵护有加。从第一周去梅林山庄开始，姨婆便带着你们一周去一个山庄玩。你可以说是集万千宠爱于一身。爸爸就惨了，连听你的声音都是奢侈的。你在贵阳期间，爸爸几乎每天都会打电话过去，听你的声音，叫着你，让你不要忘了爸爸的声音。可每次妈妈将手机贴近你耳朵，你就一言不发，并一直伸手抢手机。到目前为止，你只开过一次金口，在外婆和妈妈的鼓动下，“吧吧吧吧”地叫了一阵，把妈妈乐得不行，说“奇奇叫你爸爸了！”我倒异常平静，说那是无意识的叫。

其实，不光在1月29日大年初四，我们和来看你的四姨婆一家三口以及你大姨、大姨父在吃晚饭时，坐在餐桌旁的小车上的你会“吧吧吧吧”地叫个不停，早在1月18日晚，刚过半岁的你就突然能“吧吧吧吧”地叫了。那晚是石头叔叔和翅膀叔叔到我们家喝酒，你在旁边的小车上也出奇地兴奋，竟然无师自通地叫出“爸爸”。这是你一个重大转折点，之后，你饿了或困了不再哭，而以叫声代替。

今天爸爸不上班，在家待了一天，都窝在闷热的卧室写《奇奇的世界》。现在已是晚上9点，家里异常宁静，少了你的笑声和叫声，家里空荡荡的。书桌旁的小风扇的呜呜声大得有点夸张，盖过外面马路上汽车的呼啸。而爸爸的心情十分平静，平静而温暖。写作《奇奇的世界》的过程，就是爸爸在回忆中与你相处的过程，这个过程是如此温馨而美好，敲了几个小时的键盘下来，爸爸都不会觉得累。

你周岁过一个月时，爸爸与外婆通电话。爸爸说，现在奇奇越长越大了，也越来越调皮了，外公外婆不要太累了，要注意身体。外婆说，一点都不累的，奇奇太乖了，从来不哭，成天只是笑，大家见到他都十分喜欢、赞不绝口。外公原来下午1点要准时出去与棋友下棋的，现在都要陪奇奇玩到两三点才出门，出门前还总是依依不舍地再抱上奇奇一会儿。今天给奇奇买了一双鞋，他穿着舒服，都能走好远了。“奇奇太聪明太可爱了，你们要好好培养啊，他将来一定是个人才！”最后，外婆郑重其事地说。

现在，将手机贴在你耳边，你还是会抢过去，但一抢过去，就向妈妈耳边伸去，贴在妈妈的耳朵上，然后“爸爸爸爸”地叫着，妈妈说。你刚回去那一段时间，爸爸都会在手机里与你说话，慢慢地就不说了，只在电话里听你的声音。

好奇奇，你让爸爸激动的是，刚过周岁，除了会走了外，你的牙牙学语就从词转向句，尽管吐字不清、含含糊糊，但一句一句说得有板有眼。

老家如鱼得水

客厅，一伙七八个人面红耳赤、吆五喝六，桌上杯盘狼藉，桌下啤酒瓶这边两瓶、那边三瓶地或立或躺；卧室，一位白白胖胖的婴儿在床上翻来滚去，咯咯咯咯地大声笑着，啊啊呃呃地大声叫着。床沿左侧是妈妈，右侧是奶奶，三种不同音质的笑声久久在这幅天伦之乐的图景里回荡……

那是 2009 年 6 月 1 日，在福建省武平县武东乡东兴村寮子背自然村老家，爸爸第一次带你回去的当晚，你把奶奶乐坏了，真的差点将所剩不多的牙齿都笑光了。

在老家的一周，爸爸最为满意的，就是你一见奶奶就笑，大声地笑个不停。这是最为重要的，你对谁都可以表现出不感兴趣，但对天天为你烧香祈福、牵肠挂肚的你“苦大仇深”的伟大的奶奶必须有十二分的亲近。你做到了，儿子，我的懂事的奇古。

那几天，总是在屋内屋外转来转去忙个没完的奶奶，一见到你，就会冲着你大声地连声叫着：“哥（客家话对小男孩的昵称，对小女孩则称妹、妹子）——哥啊——哥子——宝贝子——好孩子——”之前跟你说过，奶奶尽管七十好几了，依然嗓门粗大，我们在老家的几天里，奶奶叫你的声音始终飘荡在屋里屋外。

我们是 6 月 1 日一大早准备乘江门新会至武平的车的。但遇到一点小波折。那一班车本来每次都在 8 时 40 分以后到乐从钢铁市场上车点的，那次我们不知道已经提前到 8 时了，待我们 8 时 6 分到，还以为很早时，车却已经走了。只好折回桥下三岔路口，乘上了高明到梅州的车。

上车后，妈妈轻松地说了一句：“贵人出门多风雨。”在 20 来天后你回外公外婆家时，也正遇上闪电、雷雨天气，在广州白云机场滞留了三四个小时。好事多磨啊。

带着不足周岁的你乘车到梅州，再从梅州转车回武平，不但很麻烦，而且也太晚了。爸爸就打电话让元忠叔叔到梅州接我们。

然后，我们继续一波三折。所乘的车不光在佛山汽车站等了一个小时，还一路拉客到广州。拉到天河客运站时，打游击的客车被运营部门逮住了，取证，扣证，罚款，一套程序下来，我们又等了近一个小时。一路上停停打打地到了梅州，我们终于坐上了元忠叔叔接我们的车，可走没多远，车胎又爆了，在路上换轮胎又花了不少时间。

说起爆胎之事还真有点离奇。元忠叔叔接过爸爸两次，两次都在梅州爆胎。第一次爸爸刚到顺德那年，即 2004 年过年前，元忠叔叔特意开车到顺德接我回家。开了一个晚上的车，离福建与广东交界处的武平岩前镇地界仅几步之遥时，元忠叔叔的车被破损路面上翘起的水泥块刮破了。我们在黑暗和寒风中等了三个小时后，朦胧的晨曦中才出现了一辆载着一个新轮胎的摩托车。

奇古，这次带你回去是十分隆重的，一是与亲人相见，或曰认祖归宗，再就是请客。

说起请客，我们客家规矩就多了。除满月、百日（老家叫百志）、周岁（老家叫过秋）雷打不动要大宴宾客外，男孩出生的第一个元宵是要闹灯（灯即丁，庆贺添丁）的。闹灯时除了来的亲戚，多为大家族里的人围聚偌大厅堂，以男丁为主，喝酒划拳，喊声震天，其间鞭炮噼里啪啦，酒每过一巡就是一个高潮。划拳也颇为讲究，可不是谁找上谁就随便划上了的。待主客均吃到酒足饭饱之际，会有几位后生鱼贯而入，每人手托一白瓷盘，盘上垫一块红纸，红纸上放着两只白瓷小酒杯。单手托盘的小后生一人到一桌，站定，双手小心翼翼地捧着托盘置于桌正中。托盘一落桌，每桌德高望重的两人就会默契地挥拳舞指一阵嚷嚷，“一定中啊——三元及第啊——六高升啊——九九长啊——满堂红啊”之吆喝此起彼伏。这是空喊，双方各叫各的，全是吉利话，比如“一定中”“三元及第”和“高升”就是喊给读书郎的祝福。而在婚宴上的拳礼，前奏喊的必是“一定添丁，双生贵子”。喊完一通无须论输赢之拳令后，各桌进入拳拳较劲、指指较真的实战状态，直至喝得宾客舌大脖粗、人仰马翻。厅堂正中贴着谁家新添男丁某某大名之红纸联，做母亲的时不时会抱出男孩，在每桌之间游走一番，收受着左邻右舍、叔伯哥弟的溢美之词，硝烟弥漫的古老厅堂笑声朗朗、喊声冲顶，喜庆而庄严。

当然，这仪式慢慢也就淡化了，当年的情景也只是被收藏在爸爸的儿时记忆里。何况，我们老家客家人聚族而居之代表的百年厅堂，已在我们回去之后半个月完成了它见证繁华与没落、荣耀与沧桑的使命——原本已显破败的院墙，被拆除了。这是一段历史的终结，此后，客家人聚族而居一说，将有新词。

此番荣归之请客，应是集满月、百志和过秋于一身，本该大宴宾客。但我们不想大操大办，叫娘舅那头（爸爸的舅舅和老表，你的舅公和表叔们）、爸爸的兄弟姐妹、桥子头伯伯和太永生伯伯两家最亲的，三五桌就拿下来了。

请客时间是6月3日。

2日上午，我们先带你到邻村张畲的三姑家。爸爸妈妈用小车推着你，走在前往张畲的3.5米宽的水泥路上。再往前半公里，就接上6.5米的直通县城的水泥路，从这到县城也就18公里。水泥路两旁是清一色郁郁葱葱的梯田，与两个月前爸爸回家扫墓时看到的情形截然不同，当时只有少许稻田种了秧苗，其余不是荒着，就是以烟草取而代之。行走在绿意氤氲的春天的田野上，爸爸妈妈尽管在上坡的路上略显闷热，却心旷神怡。说实话，即便不到三姑家，我们也会推着你在村子的田野间走上半天的。眼前无边无际的绿、苍翠的远山和瓦蓝的天空浑然一体，带着泥土和青草气味的凉风温顺地在我们身边游走，如汩汩流淌的溪流，行走其间恍至仙境。如此美净之境，不充分享受岂不枉回一趟老家！

生于斯长于斯的爸爸对脚下这片土地的感情，对生长于城市的你来说，恐怕很难体会。当然，这是中国人的集体迷失，我们能做的，是尽量弥补你对土地情怀的缺失。每次回家，一踏入村子地界，爸爸就备感亲切，恨不得与土地融为一体。遗憾的是，爸爸已经很少时间在村子里待了，一年三两次的返乡，也大部分时间交给了在龙岩的弟兄们，在家住的时间极少，来去匆匆。

两个月前的清明那天中午，在各自扫完墓后，春仁古伯伯到我们家，聊了一阵，双方都显困意。“我们去走走？”春仁古伯伯此语一出，正中爸爸下怀。在喝茶聊天的过程中，爸爸心里一直痒痒的，想邀他到村里的田间地头走走，只是怕大腹便便的“农民企业家”走不动而强捺念头。

我们先走到春仁古伯伯的老家，黄竹坑自然村。我们家旁边是一条小溪，瘦小的溪面上是取代木桥的石拱桥。跨过拱桥，走一小段缓坡，便进入黄竹坑自然村地界。黄竹坑村民的家依半山而建，总共一二十户，如今大部分都建了新房外迁了。我们走过去的路边便建有两三家新屋，从他们门前经过的我们俩，自然一路与乡亲们打着招呼。其间，我们还走进爸爸小学时的代课老师凤斌伯伯家，抽着烟，喝着茶，聊着天，吃着已久违的由树叶灰做成的灰水粄。春仁古伯伯指着一排有七八间规模、上下两层的老屋说，他准备出资每年维护一次。“这是我出生的地方，我们的根啊”，春仁古伯伯说。

然后，我们去蓝屋享古叔叔家。爸爸特意决定从斗角里自然村经过。斗角里至蓝屋的小路几近荒芜，从小路上经过的只剩下农忙时节干农活的村民。踩着滑溜溜的泥土路，双脚任由丛生的杂草划割，呼吸着泥土味和青草味融合的清新空气，久违的感觉令我们兴致勃勃，一路上感慨万端地说着往事。

待走到以水泥砌成的仅脚掌般大的田埂时，肥硕的春仁古伯伯走起来一点也不显笨拙，反而倒背双手，轻松踩过，胜似闲庭信步。倒是本该身轻如燕的爸爸，行走在仅两米长的细小田埂上，恍若走钢丝，颤颤巍巍，终于走过时，大舒一口气之余，连说惭愧。

在三姑家，你一点都不怕生。冰冰嫂子抱着小你半岁的女儿，三姑逗着坐在小车上的你，三姑丈在泡茶，爸爸在喝茶、抽烟。你表侄女、开定表哥和冰冰嫂嫂的女儿颖颖乖得出奇，自我们到后，一直瞪着一对大大的眼睛，不叫、不哭、不闹、不睡，安静得像一只小猫。做叔叔的你、才大颖颖半岁的奇古，可就调皮多了，手里不停地要玩着东西，拿糖果给你玩，三两下就扔了，拿爸爸的烟盒给你玩，你又一直啃，啃得烟盒皮开肉绽；并不时在小车上爬上爬下，呃呃大叫，让三姑喜欢得不得了，一直走进走出，为你找玩的东西。

三姑丈早年在纸寮做草纸。纸寮一般建在深山老林，但也有例外，爸爸小时候的印象里，我们寮子背就有两家作坊（爸爸没有考证，但觉得村名寮子背的来由跟纸寮有关）。之后，三姑丈没有外出打工，而是一直在家做藤椅，虽挣钱不多，却清闲而顾家。三姑的两个儿子开定哥哥和德峰哥哥自立后，这两年三姑也加入藤椅制作，两口子一年下来有一两万元的收入，在农村还算过得去。

请客次日，即 4 日，爸爸妈妈推着你到蓝屋自然村的享古叔叔家，去看葭葭姐姐的爷爷奶奶。

蓝屋地处四面环山的东兴村的半山腰，我们到桥角头后，上一段坡（也是小水泥路，我们村每个自然村都通了水泥路），然后在弯曲的小路（包括水渠）和小巷间穿行一阵，就到了享古叔叔家。

葭爷爷患脑血栓，手脚偏瘫，不能说话。前一阵子病情恶化，连一步都走不了了，只能卧病在床，全靠葭奶奶照料。为此，今年上半年，享古叔叔就回了四次家。每次爸爸过来看他，无法用语言表达的葭爷爷都感动得呜呜咽咽，老泪纵横。

和到三姑家一样，你又在半路睡着了，到了葭奶奶家还没醒。我们就在屋里喝着茶，聊天，让你在门外的小车上睡一阵。葭奶奶拿出一件衣服盖在你身上，说衣服是干净的，盖盖，怕着凉。葭奶奶和勇古叔叔的母亲一见到白白胖胖的你，就赞声不止。我们在喝茶的间隙，住隔壁的勇奶奶过来几次，看着熟睡的你，喜爱有加。有着重男（不轻女）思想的葭奶奶，口口声声说："佳古，你就理想啊！"爸爸说，享古也理想啊，葭葭那么聪明可爱。"还是你理想，还是你理想……"老人家若有所失。

说着说着，爸爸从门口看出去，你醒了。一睁开眼，你愣了几秒，之后有点惊讶地审视起陌生的环境。我们没有马上出去抱你，先叫了你一声后，三个人才走到你身边。不料，我们一走过去，你就哇的一声大哭，委屈的泪水汪洋恣肆。葭奶奶赶紧抱起你，摇着拍着哄你。狠狠地大哭一阵之后，你的脸上很快由阴转晴，灿烂的笑容重新绽放，与葭奶奶笑着、玩着。但当爸爸妈妈伸出手去抱你时，你却一脸严肃，略显愠色，视而不见，把我们逗笑了，说，奇奇发火了，把人家放在陌生的地方睡觉，醒来后又不理人家。

奇古，你的一个特点是，谁都可以抱你，以至葭奶奶说，这样会被人抱走哦。说着，还真抱着你往屋后走。但走到屋后你还不怕，葭奶奶只得笑着折回。在葭奶奶抱你期间，你一点都不认生，快乐不已，一直用脚踩着葭奶奶的身子向上攀爬，把葭奶奶累得可以。

勇奶奶也非常想抱你，无奈腰不行，只好惋惜地摇摇头叹叹气。她连连夸你长得好，说爸爸和奶奶有福气。勇奶奶说，奶奶与她一起上天马山脚下的庙里烧香时，嗓门和笑声都大多了。

的确，奇古，如果说此前爸爸是奶奶的骄傲的话，那么，现在你就是奶奶最大的骄傲。我们回去的一周，是奶奶最为高兴的一周，高兴和自豪程度超过爸爸妈妈结婚时。

可以毫不夸张地说，那几天，奶奶的笑声是几年的总和。你一见奶奶就笑的可爱表情，犹如一坛“笑窖”（客家传说，说谁捡到笑窖，就会一生快乐无忧。因此，客家人说一个人总是笑时，会问：你是不是捡到了笑窖？），将奶奶的快乐彻底释放。

一天清晨，你撕扯着妈妈的头发，并将妈妈的眼镜扯下后，情急之中的妈妈大叫：“哎呀！”不料，话音未落，你以一句更为大声的“哎呀呀！”还击。这让正好听到的奶奶大悦，每次一见到你，除“哥”“哥子”“宝贝子”地声声呼唤你外，还加上了一句模仿你的“哎呀呀！”而一听到奶奶的“哎呀呀”，你的笑声就更为响亮，笑容也愈加灿烂。

在老家的几天，快要周岁的你变化极大。回家第二天，你便能快速、自如地扶着小车或沙发站起。在小车上，稍不留意，你就呼地一下站起，有两次差点连人带车倒下。奶奶在惊恐地不断提醒我们一定要时刻留心之余，也跟着爸爸的说法，怜爱地说：“真是蛮古奇，一天比一天蛮了！”

自你出生后回家的第一天起，爸爸要上班时，只要你没睡觉，爸爸都会握着你的手，说：“朱砚棋，握握手，握握手，跟爸爸再见，爸爸上班了。”起先你都是被动地握手，到半岁左右时，谁一伸出手，说，奇奇，握握手，你就会主动伸出粉嫩、圆滚的小手。这一举动让奶奶大为惊喜，不厌其烦地握着你的手，一下一下地摇着，一遍一遍地说着：“握握手，好朋友！握握手，好朋友！”

并非大宴宾客

6月3日，春夏之交的闽西山村下起了小雨，气温骤然下降。从家门口望去，北面的山头雾气弥漫，竹林和树林偶尔露出干净、透彻的脸，惬意十足地吮吸着清凉的甘露。村头那棵无名古树，犹如身披棉絮破败的棉袄，虽有点格格不入，却精神抖擞，威严屹立，骄傲地打量着面貌几易的村庄。

阴雨天一擦亮，左邻右舍们就来到我们家开始忙碌着。男丁们宰鸡杀鸭，女人们搬桌椅、洗碗筷，人们院里院外进进出出，忙忙碌碌，却井然有序。这是我们客家保存完好的优良传统：谁家有喜事，邻居们都会全家出动，整天来帮忙。

奶奶激动得一刻也停不下来，一忽儿走到屋后，冲宰杀鸡鸭兔的小伙子们嚷嚷，为这些晚辈鼓气；一忽儿朝叽叽喳喳的女人们笑着打招呼，得意地指这挥那。更多时候，奶奶则安静地立于一隅，焚香祈祷，口中念念有词，眼睛微闭，神情虔诚而肃穆。香烟缭绕的客厅里，笑骂者、锅铲声、鞭炮声交融，烟香味、肉香味、鞭炮的硝烟味混合，浓浓的喜气包围着客厅正中上方悬挂着的硕大彩灯——奶奶从天马山下的庙里花钱求得的双灯之一，另一盏挂在庙里。

8点来钟，一辆摩托车停在家门里，绵延而密集的雨丝中，一个脑袋从摩托车雨衣里钻出。华定伯伯从县城来了。

简单而隆重的请客开始了，2009年6月3日，一个平凡而重要的日子。

中午时分，亲戚们陆陆续续地冒雨而至。大姑和五姑一到，顾不上与奶奶和邻居们寒暄，随便一抖身上的雨水，就“奇——奇——”地叫着，一把抱起当天的绝对主角，我的小蛮古奇。她们轮番从妈妈和四舅公怀里抱起你，乐颠颠地在客厅进进出出，将你在臂弯里一摇三晃。三姑一大早就下来了，他们都在忙着，作为民间厨师的三姑丈今天掌勺。

因着四舅公的到来，妈妈落得轻闲。四舅公 2 日下午就来了。四舅公一到，就一直抱着你，逗你玩了一个下午。而你，奇古，也与四舅公很亲，一老一少玩得不亦乐乎。好几次妈妈怕四舅公太累要抱你时，他都不肯，说一点都不累，在漳州，他经常一个晚上抱着源源，没有休息也不累。

四舅公刚从漳州天山叔叔家回到袁畲老家，准备重砌家里坍塌的围墙，他说，即便没人住(四舅婆为南京天文叔叔带小孩),也要将围墙修好,这是风水,不能破坏。四舅公一直为天山叔叔带小你半岁的源源弟弟。四舅公带小孩可是个好手，连四舅婆都不如他。在天山叔叔家，除了揽下带小孩的几乎全部琐碎活外，家里的卫生他也包了，此外，他还在阳台和天台上种了几种蔬菜瓜果，养了些鸡和兔子什么的。四舅公回来时，慧灵嫂子眼泪都流出来了。

四舅公一到我们家，便与奶奶就往事唠叨个不停。这不，他们现在又为某事的细节较上劲了。奶奶说，四个梨（四舅公的小名），你老了！姐，我怎么老了，我身体好着呢，四舅公不服气地说。引得爸爸大笑不止，说，你们啊，总是说老事。四舅公当兵出身，据他说，作为炮兵的他，当年肩扛 150 斤的炮弹健步如飞。奶奶说，四个梨啊，你小时候是最苦的了，我们的后留娘（继母）对你多刻薄啊。是啊，姐，那时候她老是打我，连吃的都不给我，是你偷偷给我的，你对我最好，等等等等。

苦出身的四舅公的确是个能干的主儿。直到现在，他还能上山挖冬笋，每次收获不亚于年轻人。20 世纪 80 年代初老家六甲村建水库时，大舅婆、细舅公和三舅公迁至五舅公入赘的十方高梧村，四舅公一家单独搬到四舅婆娘家所在的袁畲村。袁畲隐藏在大山深处，从我们村过去，即使骑单车沿六甲水库公路走到大坑尾，也得步行翻越两座大山才到。但爸爸就喜欢到他们家，除了暑假外，过年做客时，我就和耀古叔叔分开，他去高梧，我上袁畲，宁受爬山之苦。因此，爸爸与四舅公以及天文、天山叔叔的感情特别好。

奶奶说，爸爸小时候好几次生病，都是四舅公背着翻山越岭，或到县城，或爬一个晚上山路到深山老林找有祖传秘方的老中医。爸爸小时候，四舅公还在县搬运公司上班时，每次回家后回县城时，他都会经过我们家，吃上一碗饭，喝上几碗酒之后上路，常常晚上已酒过三巡后摸黑走山路到县城。四舅公一般从村口的下村进入，然后溯溪而上，待到我们家旁边的小溪时，他手上就会拎着一两只乌龟或一条蛇。四舅公有一门无师自通的绝技，就是能辨龟路和蛇路，沿溪走上一段，一般不会空手而回。一走出小溪，朝咱家走来的四舅公就会老远地大叫"阿（姐）——"手拎龟蛇，昂首挺胸，俨然一位得胜回朝的将军阔步走来。

四舅公的吃饭时间少则一个小时，多达两三个小时。吃饭时，四舅公动一下筷子，呷一口酒，"嗞"地向里吸一口气，然后满足地微眯着双眼，双手交叉在胸前，一字一顿、慢慢闲闲地讲述着一件件往事，连一个细节都不放过。他每一次动筷子和喝酒的时间都间隔很长。爸爸和叔叔显然专注于四舅公为我们奉献的难得的龟或蛇的美味中，对四舅公讲述的听了无数遍的往事兴趣不浓，只偶尔搭上两句，表扬一下四舅公。一听我们的表扬或故作好奇状的一句问话，沉迷于往事的四舅公总是备受鼓舞，更加絮絮叨叨。当然，他的讲述大部分都是自言自语，因为奶奶不可能一个下午被他耗着，只能时不时应和一下。

待高梧的几家亲戚开着小车呼啸而至，奶奶和四舅公两老姐弟分别点燃鞭炮和冲天炮（这两位老人家都有着老顽童天性，喜欢放鞭炮）后，喜宴很快正式开始。

在亲戚邻居们觥筹交错的热闹时分，折腾了一个上午的你基本都在卧室睡觉，其间醒了一次，妈妈将你抱出来，接受着亲戚们的检阅，收受着亲戚们的赞誉。谁抱你，你都友好而欢快地朝人笑，把大家逗得乐不可支，摆放着四个大围桌的客厅一片欢声笑语。最自豪的自然是奶奶。如果说爸爸是"老来得子"的话，虚岁已 76 的奶奶更是实至名归的老来得孙，因此，奶奶始终笑得合不拢嘴，只剩为数不多的牙齿的豁口显露无遗。她老人家基本上就没好好地坐下来过，总是走来走去，一会儿与她的外甥们聊聊，一会儿又闪在一个角落，口中念念有词地烧香，一会儿则不经意地在大门口点燃一串鞭炮。

远客走了之后，下午稍微轻闲，只是几位女人在忙着洗碗筷，男的就坐在沙发或藤椅上喝茶抽烟。因过来时五姑的一袋茶叶（她做了好几年的茶叶小生意，有些小收入，日子还算滋润）放在张畲三姑家，开定哥哥便开着耀古叔叔借来的车跑了一趟。下来之后，刚学完车的开定哥哥为过车瘾，又出去兜了一圈。不料一回来三姑就大发雷霆。三姑是你三个姑姑中最勤劳也是脾气最好的一个，爸爸几乎没见她发过大火。三姑威严地站在门口，冲开定哥哥厉声呵斥："怎么可以把别人的车乱开！"开定哥哥不好意思地笑笑，也不辩解，将车钥匙交出。一向温和的三姑斥责完，拉着她婆婆和儿媳妇（冰冰嫂子抱着颖颖），祖孙四代撑着两把雨伞，慢慢地走入雨雾中，徒步回家。

晚上的三桌客人由这么一些人构成：亲房叔伯和帮忙的邻居、爸爸本村的朋友、本村德高望重的长辈以及几位姑姑。显然，因为有爸爸的朋友在，晚上的酒喝得更为热烈。

唯一一位德高望重的长辈是人称石头佬的正祥爷爷，爸爸一直敬重地称其正祥老师。与爷爷同龄的正祥爷爷早年一直在三明宁化教书。谁都知道当年教师的清贫，因此，他几乎没给家用也就没人在意，家人也从没抱怨过，一个人在外，靠微薄之薪水能自保就阿弥陀佛了。事实上，即便退休赋闲在家，村里人也没在意这个其貌不扬并有点神神道道的老头。

爸爸小时候对他也没太多印象，只记得他经常会找到学校看我的成绩，对我表扬和鼓励一番。上初中时，他有一个举动让我敬意顿生。六甲水库至村里的沙土路刚修好，他便默默地自己花钱买了许多梧桐树苗，沿道植上。此举让村人大为费解：当时他家还比较穷，家都不顾，却花钱白种什么树，不可思议。加上此公行为怪异、特立独行，他就顺理成章地落得个"癫古"（疯子）的绰号。

直到20世纪90年代中期，一位叫乔莎的闽西日报记者在曾出过"九军十八师"的将军之乡——上杭才溪采访，对汇自宁化的一笔捐款追根溯源时，才挖出了一个隐姓埋名为才溪捐了几十年款的好人。人们似乎也对正祥爷爷的怪异之源恍然大悟，但"癫古"之名依然没有平反，或者说，正因为知道了事情的真相，反而佐证了人们冠名的准确性。当时，市里将正祥爷爷树为典型，报纸、电视一度展开宣传攻势，时为电视台记者的爸爸就曾单独扛着摄像机回来采访过正祥爷爷。

晚宴过后最为热闹。身披爸爸的格子棉衬衫（那段时间已是热天，没料到当天下起了雨，而我们没带你的厚衣服）的你自然是众人之焦点，匹舅公、大姑、五姑、三姑轮流抱你、逗你，偌大的客厅笑声朗朗。得意的奶奶照旧时不时悄然在大门口点燃一串鞭炮，硝烟飘进客厅，与谈笑声交织在一起，以彩灯为中心袅袅盘旋，然后不易觉察地飘出门外，与细雨融为一体，消逝在夜中。你的颖颖小侄女也睁着大眼睛，定定地看着我们，乖得让人心生怜爱。爸爸拿出相机，一一给抱着你的人照相。同时给三姑的同堂四代照了全家福。照着照着，你就犯困了，但不闹，直到实在支撑不下去，上下眼皮打架，妈妈将你抱到卧室睡觉为止。

6 月 3 日的请客时间是爸爸依请假时间随意而定的。回来几天后，爸爸与耀古叔叔通话时，叔叔说，奇奇命太硬、太旺了，我们回家（6 月 1 日）的头一天，爸爸一位堂嫂的后夫刚刚出殡。他是独自一人躲在山上喝农药自尽的。

一般来说，与喜事相冲，若喜事一方很旺，会有另一方出事，这是我们农村多年形成的说法。

两次离奇巧合

真是无巧不成书。倘若带你回老家请客所遇之事纯属巧合，那么，之前爸爸妈妈回老家的两次更为精准而离奇的巧合，则完全让人费解。

第一次是爸爸妈妈在老家结婚当日，秀子伯婆溘然长逝。

爸爸妈妈是 2006 年 1 月 23 日在龙岩拿了结婚证（当时爸爸的户口尚未转过来）之后，于次日摆酒。1 月 24 日是农历腊月二十五，是客家人入年界的日子。所谓入年界，即从那天开始，每家每户都要清洁房屋，清洗桌凳、碗筷、棉被、蚊帐、衣服，大人小孩均须说吉利话。尤其调皮捣蛋的小孩，若口出脏话，必遭大人训斥。外出人员纷纷回家团聚，人们开始着手布置厅堂、置办年货，年味渐浓。

显然，这一天是个好日子。

我们老家的冬天比较冷，坐在客厅，冷风穿堂而过，令长年出门在外的爸爸颇感不适。时近中午，胸佩鲜花的新郎、新娘便与大姑、三姑、五姑们站在门外晒太阳，说是迎宾，实为取暖。这里原是生产大队的晒谷场，现已面目全非，一到雨天全是淤泥。而山村的冬日暖阳极为吝啬，爸爸只好走来走去，一根接一根地抽烟，以驱寒意。

老家请客不像在酒家摆宴，客人不会在一个时段集中到来，而是三三两两有早有迟地陆续而至。因此，我们的迎客显得有点漫无目的。站得累了，爸爸便拉着妈妈，走进左边旧厅堂。

这是一座有着近百年历史的厅堂，是客家人聚族而居的典型建筑，爸爸就在这座厅堂的家里出生长大。厅堂大门由四块石板支撑，上方正中“朝阳居”三个苍劲的大字模糊莫辨。迈过半膝高的沉重石门槛，我们首先进入小厅。多年未用的风车、石磨一左一右闲置，落满尘埃。跨过高于膝盖的木门槛，是一方天井，天井前方是大厅堂，左右为南北厢房。妈妈好奇地看着苍老而陌生的建筑，并未觉察左边的南厢房发生的微妙变化。爸爸一踏进大厅堂，眼睛向左一瞟，即看见了南厢房发生的事。一人正弯腰扶着披头散发、面容枯槁的秀子伯婆，秀子伯婆全身软塌，慢慢向下滑。爸爸知道秀子伯婆患重病，已卧床多年。昨天奶奶还说，他给秀子伯婆送喜糖了，说佳古要结婚了。秀子伯婆一听是佳古的喜糖，十分高兴，露出了消匿多年的笑容，还当着奶奶的面把喜糖吃了一块。

大厅左侧经过一短短的弄堂，是一段两三米的石板路，石板路直通我们原先的老家。左右两侧是两方天井。这是爸爸的最终目的地：让妈妈看看爸爸的老房子。但未遂愿。一看到秀子伯婆的惨状，爸爸背后凉森森的，心里倏地掠过一丝不祥的阴影。爸爸马上示意妈妈往外走，沿小厅原路返回。

我们像什么事也没发生一样，依然在晒谷坪上晒太阳、说笑、待客。不一会儿，爸爸看见一人引着村里的赤脚医生，慌里慌张地小跑着进入厅堂。在我们家帮忙的秀子伯婆的儿子和孙子停下手中的活，脚步慌乱地走进旧厅堂。没多久，赤脚医生独自一人背着褐色的方形药箱，匆匆低头退出。很快地，随着一两声压抑得几乎听不见的哭泣声传出，有人开始清理堆放在厅堂大门两侧的柴火。对这一切，不明就里的妈妈显然没有觉察。爸爸已经清楚了事情的结局，但不动声色。心知肚明的人们也都当作什么事都没发生，保持着喜庆气氛。

奶奶很快地将一个镇邪之物置于我们的洞房：一个大碗头上铺一张红纸，红纸上压着一把锋利的尖刀。妈妈似乎还不知道发生了什么。下午，我们在洞房休息时，奶奶进来好几次，每次都压低声音、略带神秘地对爸爸说："佳古，不要怕，你们福气很大，我们很旺！"直到晚上，客人散尽，外面隐隐约约传来一两声悲泣时，妈妈可能感觉到什么了，问起此事，爸爸原话相告。

第二天晚上办丧事时，我们与元汉伯伯一道在享古叔叔家，他们和勇古叔叔打牌，爸爸妈妈在旁边看着。元汉伯伯说，晚上就住他家，不然一个晚上哭哭啼啼、和尚念经、唢呐呜咽的怎么睡。踩着夜色下坡走向下村元汉伯伯家时，丧事的幽幽悲声和哀乐游游荡荡，不绝于耳。

大年初二，奶奶小声地对爸爸说，要跟广东妹伯公说说。爸爸知道，奶奶总觉得不好意思，非得安慰安慰才释怀。“说什么呢？”可我一点都没底。奶奶说：“那行，我把他叫过来，我跟他说，你递根烟给他抽。”少顷，奶奶领着广东妹伯公走到我们家门口，爸爸叫了声“广东妹大伯”随即递上烟，为他点上火。遭此打击之后，广东妹伯公愈显龙钟老态，头发几乎全白了，布满皱纹的脸上毫无表情。他极想挤出点笑容，对爸爸的敬烟表示感谢，无奈老皮松弛的脸上毫无动静，只是嘴角抽搐了两下。“我们没福气啊，我们没福气啊……”他只是喃喃自语地重复着这句话，像从痰堆里挤出来的话含糊不清。奶奶在边上一句一句地说着什么，爸爸一句也没听进去。爸爸心里很复杂，甚至有点凄凉，为逝去的秀子伯婆，为眼前晚景暗淡的广东妹伯公。

爸爸妈妈的婚宴摆了三次，另两次是同年 6 月 21 日在思南和 10 月 3 日在老爸待了十年的老根据地龙岩。

思南摆酒时，外婆提前一个月就在忙乎，事无巨细，件件亲为。去了思南才知道，小小的思南县城由几栋“楼”组成，麻花一样的道路扭来扭去。也就是说，外婆凡出门办事，就得走青石板台阶上下几层。当时外婆的身体还硬朗，也正因为感觉良好，外婆全然不顾身体的承受力，只是陀螺一样转个不停。思南的天气并不像贵阳那么舒适、凉快，而是跟顺德差不多闷热，每天顶着毒辣的太阳爬上爬下，铁打的身体也够呛呀。我们在思南老家摆完酒之后，外婆便积劳成疾，一蹶不振。直到现在，外婆和外公的退休金几乎都给了医院。

龙岩的婚礼最为隆重和正规。妈妈租了套婚纱，在婚纱店化了近一个下午的新娘妆；爸爸原来电视台的同事全程录像；傍晚婚宴开始前，特意到街心花园和中山公园走了一趟，拍了一套婚纱照；婚礼由酒店司仪主持；新郎新娘踩着婚礼进行曲和红地毯，在手托蜡烛的礼仪小姐引导下，缓缓步入婚礼大厅，全场掌声雷动，彩花四溢；司仪按程序让新郎新娘一拜天地，二拜亲朋好友，三夫妻对拜……

爸爸主要的朋友都在龙岩，这是爸爸在龙岩十年收获的最大财富。龙岩请客比较简单，就在酒家摆，只须订好酒家、散发请柬。酒家老张叔叔很快就订好了，请柬由几位兄弟分头送达，爸爸只是将宾客名单列出，发电子邮件给锦兴头叔叔。

按龙岩风俗，请客一般在中午，我特意定在晚上，便于大家好好喝酒。龙岩所请的都是朋友、同事，没有亲戚（从福州赶来的文定表叔和从南京而至的天文表叔是亲戚，但也归为朋友之列），依爸爸的说法，都是兄弟姐妹。爸爸妈妈住在酒家，没有闹洞房一说，就将第二场设在另一酒家可容纳三四十人的大包厢。爸爸要大家喝好，自己也以身作则。一般情况下，新郎有伴郎，新娘有伴娘，另有酒保，有的伴郎将酒保一身兼。新郎可以不喝酒，真要喝时，可让酒保代劳。但爸爸无需酒保，酒量极好的伴郎在第一场无法施展拳脚，第二场才得以淋漓尽致发挥。婚宴一开始，就三三两两有人举杯过来敬酒，爸爸以小杯喝啤酒，新郎兼酒保手握酒瓶不断斟酒，忙得不亦乐乎。身为新郎的爸爸那天状态奇好，只是前两三道菜垫了些底，之后全是啤酒，一刻不停地喝到第二场结束的凌晨 1 点多。

包厢的酒喝得天昏地暗。

“婚礼组委会主席”老张叔叔主持时的一番幽默而煽情的开场演讲，呼地将大家的酒兴点燃。酒保此时发挥作用了，为了减少新郎的压力，专盯住酒量好的朋友，酒杯越喝越大，最后举起了一斤装的扎啤杯。而爸爸最好的几个兄弟，也拳脚并用，使尽浑身解数找人厮杀。当然，尽管有数路英豪阻遏强敌，爸爸喝的酒一点也没少，不光招架时扎啤杯就丝毫不含糊，还频频出击敬酒。其间，陈霞姑姑和好好姐姐神神秘秘地将爸爸妈妈引到房间。她们已悄悄地将洞房精心布置了一番。爸爸睁着迷离醉眼一看，床上撒满粉红的玫瑰花瓣，很是浪漫。

凌晨 1 点多，大家才歪歪斜斜地尽兴而归。

当我们返回顺德大概一周之后，爸爸才知道，此番请客又发生了一次离奇的巧合！

耀古叔叔说，广东妹伯公于爸爸妈妈摆婚宴当日驾鹤西去——10 月 3 日，这是爸爸在国庆黄金周期间随便定的一个日子！

百年厅堂拆了

6月26日（农历五月四日）傍晚，正在上班的爸爸接到耀古叔叔的电话，他说在家过闰五月的端午节（除了春节，我们老家所有的民间节日均提前一天，缘由版本各异，其中，当时为避土匪劫掠，特意将节日提前，待劫匪杀至，已吃尽好料一说较为在理）。叔叔显得特别健谈，说过节了就要回家，陪老人家过节她多高兴啊。然后一再问奇奇乖不乖。之后，奶奶也跟爸爸说了很久，不断关切地问起她的宝贝孙子奇奇你的身体状况，乖不乖，以及妈妈的身体怎么样等等。末了，奶奶郑重其事地叮咛："佳古啊，要注意身体，酒少喝一点，酒喝多了没用的。"爸爸当然唯唯诺诺，连连称是。

"我们大家把厅堂拆了"，叔叔一句轻描淡写的话让爸爸突然感到这才是当晚谈话的主题，忙惊问何故。

叔叔说，是这么回事：近年来厅堂族人的男丁不顺，2006年连折两名青壮男子（荣明哥哥和伟古哥哥），今年堂婶的后夫离奇自尽，生北哥哥又在厦门医院命悬一线。为此，族人纷纷求神问仙，问仙的结果是，厅堂对男丁不利，必须拆除。

爸爸恍然大悟，也就明白了他们为何如此关切地问起你我父子的身体了，男丁嘛。

"我们没事的，我们很旺的，奇奇命多硬啊！"叔叔坚定地说，我们一家会越来越好，我们是有福气的。

将有百年历史的厅堂拆了，是件十分可惜的事，但爸爸什么也没说，也无须评论乡亲们是否愚昧迷信。既然它成了人们心头的疙瘩，与其让它自生自灭慢慢消亡，不如来个痛快的。爸爸只好这么无奈地想。

我们寮子背自然村主要由朱姓家族的两大房族组成，分居于两大厅堂，按建筑时间先后叫老厅堂和新厅堂。我们房族的厅堂属新厅堂，老厅堂已成残垣断壁。

一直以来，我们新厅堂的房族都比较旺，是当地的名门望族，读书人多；老厅堂则正好相反，较为贫穷。特定年代的阶级斗争一开始，我们两族便成了两个水火不容的阶级，长达十年之久。显然，身为地主阶层的新厅堂族人成了当时斗争的对象，老厅堂的族人一度扬眉吐气、昂首挺胸。而我们族的人常被押着批斗，成天诚惶诚恐、噤若寒蝉。

那时爸爸还小，记忆只有些许片断。一次晚饭后，四定伯伯在我们家颤抖地说，可能今晚逃不过了。果然，没多久，他就被几个人扭着挨批斗了。当时爸爸不知怎样批斗，也不知好好的一个人不偷不抢的，为什么就要被批斗，只能从大人们惊恐不安的惨白表情和几乎凝滞的可怖空气中感受到斗争的残酷无情。

爸爸记忆里最为清晰的部分由两块组成：一是学校师生对我们族人的歧视；二是老厅堂的大人小孩对新厅堂人的敌视。

上学时，常常会出现人们群起而攻之的激愤场面。只要有人振臂一呼，立马就有众人响应，人们高喊口号，将正在上课的爸爸的堂兄们逐出课堂，赶出校门。更有甚者，觉得如此还不足以解民愤的师生们，还一路追打落荒而逃的成分不好的学生，如驱赶正在糟蹋庄稼的牲畜般咬牙切齿。当时爸爸是特例，从未受此羞辱。因为，尽管成分不好，但我们家两代是教师，并非地主恶霸；再者，爸爸在学校是个品学兼优的好学生，深得老师偏爱。

无端的仇恨在人们心中莫名燃烧。两个阵营壁垒森严，无形而严密。路遇时，人们或昂首或低头而过，双方视而不见；或怒目侧视、口吐唾沫；重则破口开骂，直至大打出手。不光咱们两个厅堂的人们突然成了仇人，老厅堂的仇火甚至殃及离我们最近的自然村禾屋岗。小孩也一样，在两个连成一片的偌大晒谷坪玩耍时，玩着玩着就有人打起架来。一到冬天，孩子们在干燥、坚实如晒谷坪的田间地头玩时，泥块战是三天两头的事。

泥块战是爸爸的儿时伙伴诸多作战游戏的一种。受当时一年为数一两次的电影的影响（当时几乎全放着打仗的黑白电影，把我们这些小家伙惹得心痒痒的，总在模仿高大全的英雄举动），小伙伴们玩得最多的就是战斗游戏。泥块战没有正面的拳脚冲突，两队人马分列两排，一开战，灰白坚硬的土块就在两列战士中随稚嫩的喊杀声呼啸飞舞。小战士们皆偏头歪脑，既要躲避密集的土雨，又得抱头弯腰捡拾武器。战斗时间不会太久，一般半小时左右；杀伤力也不大，即便数次中弹，也无大碍，坚强的小战士们一个个硬如钢铁，从不示弱。事实上，以极少参与的小时候的爸爸看来，这种战斗的胜负其实并不重要，说是要打败对方，一进入战斗状态，有着贪玩天性的农村孩子们往往将战斗性质和目的抛诸脑后，而沉浸于投掷泥块的乐趣中了。

爸爸是一个特例，与两个阵营的大人小孩都相处甚好。一方面，爸爸与同厅堂的小孩玩成一片。另一方面，爸爸又特使一般自由游走于老厅堂，与老厅堂的桥北叔叔和天定叔叔等玩得甚是融洽。有几次，两位伯公还把爸爸叫到他们家，与在县城读书的桥北叔叔和天定叔叔一起考试。爸爸从中收获的是，儿时伙伴的多元化以及与桥北叔叔的开裆裤兄弟情谊，此情谊坚不可摧，直至现在。

特定时代莫名的仇恨之火，将新厅堂整整一代人的教育严重灼伤，除爸爸外。因此，到爸爸这一辈，只出了爸爸一个考出去的读书人（奶奶一直引以为豪），此外只有大姑和四根伯伯两位补员而出去工作的。老厅堂则因读书考出去的人数众多，斗争年代一过，便将新厅堂抛在了身后。残酷的现实逼迫人们反思过往年代的无知和无奈，风平浪静之后，深埋地底的希望慢慢地重新开始生根、发芽。到爸爸的下一辈，以考上重点大学的四根伯伯的儿子权古哥哥，以及雯芳姐姐、春芳姐姐为代表的读书群体的兴起，标志着以耕读传家为荣的新厅堂的再度崛起。

20 世纪 80 年代开始，一方面因着商品经济时代的来临，人们逐渐有了余钱；另一方面，随着人丁的兴旺，厅堂老屋已无法容纳更多人，于是人们纷纷建了新房，陆续举家迁出厅堂。到族人决定拆除厅堂时，厅堂里只住着一户人家。

我们家是比较迟搬出厅堂的，因为 20 世纪 80 年代初在厅堂旁建了两单元两层的楼房，爸爸兄弟俩睡在新居，尚未出嫁的三姑和五姑睡在大厅后的附楼，家里的房子算比较宽裕。奶奶继续睡在厨房楼上，全家人都有卧室，也就无须将厨房搬出了（厨房的转移才是真正的搬家）。

老厅堂已多年未冒炊烟，破败不堪自然不在话下；我们族的新厅堂则经过数次修葺，总体面貌完好。爸爸还没看到已遭灭顶之灾的厅堂的惨状，但心里十分不是滋味。尽管从建筑特色和文物价值而言厅堂或许没有多少保留价值，但这毕竟是几代人的出生长大之地，是我们的根的物质载体，她承载着族人从童年开始的喜怒哀乐、生老病死、沧桑荣辱、家教传统、精神沿袭，其间情结是从厅堂出来的人们永生挥之不去的。

对爸爸而言，接下来要跟你说的童年记忆，离开了厅堂便成了无源之水、无本之木。见证与呵护爸爸成长的沉默的厅堂，将始终威严地矗立在爸爸的心中，就像祖父、祖母之于爸爸的童年，之于爸爸的一生。

奇奇回到顺德

8 月 18 日晚，你和妈妈从贵阳飞广州十分顺利，从顺德赶往白云机场的爸爸则遇上了堵车和绕弯，在你们到了 40 多分种后才抵达。车是爸爸同事老张伯伯的，由钟伯伯驾驶。

到了接机口，爸爸走至 A2 区，一眼就瞅见了你们。你安静地坐在小推车上，妈妈站在小推车和高大如你的小床的行李车之间，推几步行李车，又回头拉几步你坐的小推车。走到检查行李的女工作人员处，一位姐姐帮忙推你至出口。爸爸赶快走上前弯腰看着你，轻轻地叫着："朱砚棋，朱砚棋，是爸爸！"时近晚上 11 点，是往常你正在睡觉的时间，你脸上略显困倦。爸爸一叫，你抬头认真地审视了爸爸一番，没有反应。爸爸说，是不是把爸爸忘了？钟伯伯接过妈妈的行李车后，由妈妈推着你，爸爸边走边逗你。好小子，你才愣了那么几秒，就开始冲爸爸笑了。但爸爸冲你拍着手要抱你时，你却没张开双手，收敛笑容再次审视爸爸。

上车后，爸爸抱着你，爸爸和钟伯伯跟你说着话。车一启动，你就开始兴奋了，坐下又站起，扭来转去。待你安静下来，抚摸和拍打着你的小腿和小手时，爸爸发现没原先那么粗那么圆了。你瘦了。

妈妈说你长高了，都 78 厘米了。

刚走不远，发现某个车门没关好，钟伯伯将车停在路边。爸爸说干脆抽一根烟再走。爸爸边吞云吐雾，边与由妈妈抱着坐在后排的你说话。说着说着，你张开双手，呃呃叫着。爸爸将你抱出，你扶着车门轻轻摆脱爸爸的怀抱，独自站立，并摇摇晃晃地走了起来，爸爸赶紧将才走了几步、意犹未尽的你抱住。

再抱着你时，你开始断断续续地叫着，手脚乱动，爸爸知道，你是想挣脱爸爸的怀抱，便将你抱给妈妈。妈妈抱了没多久，你就睡着了。爸爸说，离开快两个月了，奇奇对爸爸有点生疏了。算好了，一到晚上他是不要任何人抱的，只认妈妈，连外婆抱都要哭，妈妈说。

到家时，已经12点多了，爸爸将车还给老张伯伯，回到家后，你已经睡了。爸爸便从冰箱取出啤酒，坐在厨房的小藤椅上，长舒一口气，然后自斟自酌起来。妈妈一边在客厅和厨房忙里忙外，整理东西和清洁卫生，一边与爸爸感慨地说上几句，谈谈你在贵阳外公外婆家的情况。其间，爸爸几次走进卧室，得意地看着半趴着酣然入睡的你。你长高了，长大了，小奇儿。

喝着喝着，你突然醒了。一听见哭声，妈妈赶紧进去抱你出来。泪眼婆娑的你小嘴微噘，满脸委屈状。待妈妈哄了你一阵，你略为平静之后，爸爸抱过你。看着还在轻轻抽泣、眼泪汪汪的你，爸爸说，朱砚棋娇气了。“是啊，晚上一醒来，没看见妈妈就哭，”妈妈说，在贵阳外公外婆比较溺爱，养成了一些不好的习惯，不够坚强了，依赖性强了。现在回来了，要好好地矫正过来。

接下来的几天，你可来劲了，在客厅、厨房和两间卧室之间爬走自如，一不小心就不见踪影，我们须时时刻刻看着你。刚刚学会走路的你，除了对蹒跚步行有莫大兴趣外，对能接触到的一切东西都很好奇，只要够得着，什么都要动、都要拿，以至不光客厅的茶几、电视柜空空如也，厨房作餐桌用的略矮的玻璃圆茶几的整个桌面和餐厅较高的餐桌的边沿，都不能放东西。

你的好奇和好动，可把爸爸妈妈累坏了。时刻与你在一起的妈妈，基本上连喘息的时间都没有；爸爸在与你在一起的有限的时间里，也累得够呛。

除了会走路之外，不断长大的你有两大变化，第一是有意识地不断指着一些东西说着什么，尽管语音器官尚未发育好，但说的话是一句一句的，含糊不清却有模有样。家里一天到晚荡漾着你稚嫩的声音。

第二，就是你开始有记忆了。

你回来的第二天下午，几乎没时间做饭的妈妈带你到吉之岛超市买了快餐和鸡蛋饼。回到家，妈妈扯了两小片饼让你两手都不闲着，边走边吃。在客厅边丢边捡边吃地吃完手中的最后一小块饼后，你呼地从客厅爬上两级台阶，飞快地越过餐厅，直奔厨房而去。紧追其后的爸爸看到，你一到玻璃小餐桌前，就扶着藤桌脚站起，伸手去拿放在桌面的鸡蛋饼。你记住了鸡蛋饼在那儿呢。

爬到小卧室，你扶着床沿站起，绕床一圈后，发现了搁置靠窗角落的你至少要两三岁才能骑的单车。爸爸将你抱至座位上，让你双手抓住车把感觉感觉。下来后，你发现了车头上橘红鲜艳的塑料小熊，一把伸手过去。这是一个充气玩具，一捏便发出“咕唧咕唧”的声音。刚伸手去抓时，你没在意，只是试图扯下来。爸爸握住你右手，连你的右手和小熊一起一捏一捏，咕唧声一起，你便知道怎么回事了，松手，甩开爸爸的手，自己捏出声响来。之后，你一会儿走进去，双手并用地一抓一捏，发出声响后，愉快地回头冲爸爸露出胜利的笑。

当晚，刚从老家回来的马老师就叫我们去他家吃饭。马老师每次回老家，都会带上农家土鸡土鸭土鸡蛋和小吃，叫上几个老乡美美地撮上一顿。爸爸骑着电动车载你们。之前你和妈妈坐过多次郑阿姨的摩托车，爸爸的电动车倒是第一回坐。你扑在妈妈怀里，与爸爸背靠背地坐在中间，妈妈双手搂着你。电动车停在本原小学后，我们还得走上一段才到马老师家。爸爸抱着你，一直跟你说话，而还显生疏的你，在爸爸的臂弯里一言不发，只是好奇地看着周围的一切。

一到马老师家，在人多的客厅，你就活跃起来了，颤颤巍巍地走来走去，好不快活。当然，爸爸妈妈就忙了，时刻警惕着你的乱抓乱动。你抓起茶几上的糖果，一次次地分给三个大哥哥。你的友好，爸爸也享受到了。正在吃饭时，爸爸回头朝正抓着煎饺啃个不停的你笑了一下，不料，爸爸一笑，你马上将握着煎饺的右手伸向爸爸嘴边，爸爸低头歪嘴咬了一小口，然后赞许地捏了一下你的左脸。

回去时，依然是爸爸抱你，这回你略为放松，开始咿咿呀呀说话了，尽管没到与爸爸无拘无束的程度，但毕竟不再沉默了。在本原小学路口，爸爸要进学校骑车，便将你转至妈妈怀里，然后疾步向校门口走去。可爸爸一转身，你就大哭不止，妈妈说：“奇奇依恋你了，一点都不生疏了呢。”

再过两天，你和妈妈再次到吉之岛，爸爸下班后过去，我们一起吃完饭用电动车载你们回去时，妈妈想用原来的坐法，让你与爸爸背对背、与妈妈面对面坐在中间时，你反对了，一坐上去就挣扎着叫起来。爸爸说，可能他想抱着爸爸的腰坐吧。将你转过来坐后，果然你十分开心，一路上叽叽喳喳说个不停，咯咯咯咯笑个不止。

两次“老泪纵横”

吹雪叔叔先走一步了。吹雪叔叔的早去，令常号称铁石心肠的爸爸，在送他最后一程时两次老泪纵横，泣不成声。

不堪回首，却又必须面对。

爸爸是第一时间知道噩耗的。时 2007 年 7 月 25 日下午，爸爸正在办公室写时评。老张叔叔来电，声音嘶哑，瓮声瓮气地说吹雪不行了，正在抢救，已发出两次病危通知，恐怕难逃此劫。他和向村叔叔正与吹雪叔叔的父母在医院。爸爸心猛一沉，惊问何故。老张叔叔疲惫而凄怆地简略说了几句。爸爸知道此时让老张叔叔说这些是残酷的，就再致电温工叔叔，获悉：那天中午吹雪刷牙时咯血，他没怎么在意，后在其妻（已领证未请客）的敦促下去了医院。吹雪已咯血多次，自己习以为常，医生也视为习惯性小疾，每每来看，均打一止血针应对。当时吹雪常看的医生不在，等了好一阵才到，如法炮制。两人正欲离去时，吹雪突然大口吐血。急救医生护士只好在走廊上支起床架，开始抢救。温工叔叔说，血流就像水管爆了一样。

整整一个下午，爸爸魂不守舍，如坐针毡。近 6 点时，爸爸打电话给老张叔叔，一接通，便传来撕心裂肺的哭声。我们都没出声，沉默了好一阵后，好像一句话也没说，又似乎都嘟哝了一两声后，把手机关了。

爸爸乘 26 日晚广州至龙岩的火车，27 日凌晨抵岩，在从漳州赶来的老曹叔叔住的宾馆客房里胡乱躺一下后，便于 8 点多钟与来自闽西各县市的朋友们一道，分别乘车前往殡仪馆。有些兄弟已多年没见，但相互间仅重重地握一下手或轻轻地按一下对方肩膀。

我们先到吹雪叔叔家。雪妻，这位可怜的准新娘（他们已定好国庆期间结婚，请柬都已备好）抱着一束白花，悲痛欲绝地一直往外冲，说要马上过去。她的两位女友痛心地紧紧拽着她。雪母在床上干号，眼泪早已哭干。雪父，这位矮小黝黑的老农唏嘘不止，已经被残酷的现实击打得近乎麻木。大家面面相觑，欲言又止。爸爸坐着与雪父抽了一根烟后，一直在客厅餐厅走来走去，甚至走进卫生间。正准备结婚的吹雪叔叔已将房间布置一新，新添了空调、冰箱，此外，一切如故。这是爸爸和老张叔叔最为熟悉的地方，见证了我们多年的兄弟情谊和少年狂傲。如烟往事历历在目，而今物是人非，徒添伤悲。

一到殡仪馆，完全在破坏气氛的乐队如散兵游勇般散漫集合，身穿脏兮兮制服的队员开始鼓噪着让人啼笑皆非的 20 世纪 80 年代流行歌曲——“今天你要去远行，正是风雨浓……”（《风雨兼程》）、“也许我告别，将不再回来……也许我倒下，将不再起来……如果是这样，你不要悲哀，共和国的旗帜上有我们血染的风采……”在不绝于耳的噪声中，我们一一佩戴白花，缓缓移步吊唁堂。在滑稽的乐队歇息的间隙，哀乐才呜咽而起，场面重回肃穆。对着吹雪叔叔遗体烧过香后，人们退出吊唁堂，等着人到齐后的告别仪式。

我没有出去，径直走到吹雪叔叔遗体旁，默默地看着。此时的吹雪叔叔犹如一具青铜雕塑，原本饱满的国字脸因消瘦而棱角分明。我原本想说一句：“吹雪，老朱回来送你了。”但终于没张口，只在心里默念了几遍。雪父颓然坐在右边角落大声地哭着，右手不断抹着没有眼泪的肿眼。我走过去，拍拍雪父骨头凸显的肩膀，握住他鸡爪般的双手，一阵沉默。左边，已昏厥多次的雪妻还没醒，由她女友一左一右扶着。白发明显增多的雪母由两人架着，数次拖至吹雪叔叔遗体前，口中只是念叨着：“我要再看一下子，我要再看一下子噢……”白发人送黑发人，多么残忍的场面！我不忍心目睹，鼻子一酸，转身。刚转过身，一个子矮小者疾步朝我走来。是吹雪叔叔的弟弟。雪弟一把扑在我怀里放声大哭。我拍着仅至肩膀高的雪弟的头，想说一句“父母就靠你了”，喉咙却突然如被绷直的弹簧卡住，任嘴巴一张一翕，愣是发不出一丝声响，而眼泪如放闸之水喷涌而出。

告别仪式结束后，人们纷纷退出吊唁堂，站在对面一间小屋下，准备再次目送。

吊唁堂一个个告别仪式安排得异常紧凑，基本上一结束就推遗体到旁边约 50 米处的巨大烟囱下。我一走出吊唁堂就一人走到小屋下，面壁，无语。从背后逝者亲属悲惨得让人毛骨悚然的哭声中，我感觉到兄弟的遗体正奔烟囱而去，眼泪再次汪洋恣肆，鼻子剧烈抽搐。

里根酩酊大醉

那天，吹雪叔叔的好朋友好同学该来的都来了，唯独不见里根叔叔的身影。

得知吹雪噩耗当晚，爸爸在通知漳州的老曹叔叔时，就交代他一定要想办法联系到里根叔叔。里根叔叔曾“失踪”了好几年，结婚后只身到泉州打工时方接上火。不想回他宁化老家的一个小镇之后，再次断了音信。老曹叔叔几经辗转联系上了，结果他却没来送兄弟最后一程。爸爸尽管没有去电话责问，心里却已经认为里根这小子无法原谅了。退一万步说，再怎么走不开也得给老朱我一个电话解释的呀。

一年之后的 2008 年，他们同学聚会时，里根这“铁骨铮铮的家伙”（我和吹雪说他的）居然出现在龙岩，并于晚上喝酒时打了个电话给我这个老大哥。爸爸一听声音就知是他，但在他一声一声地问“你知道我是谁吗”时，我却淡漠地以“不知道”应之。爸爸清楚，里根有错，但错未至“罪”，“罪”不致死，而在他用明显带有酒气的激动话语欲与老大哥叙旧时，爸爸却扔出冰冷的“怎么现在有空了，同学聚会就有空了？”一句话。这是一句非常重的话，里根叔叔当然听出了其中之斥责，马上降低语调，沉默了会儿，伤心地连连说道：“老朱，你这样说，就无话可说了。”

著名的老朱——爸爸我在龙岩期间曾在自己的朋友词典里删去了一个人的名字。此公某晚因失恋而颓唐异常，爸爸与另一位朋友陪他喝酒。喝了一场之后此公有点“借酒浇愁愁更愁”的味道了，爸爸便决定再找地方喝，让他来个彻底的。我们三人各自骑着摩托车呼啸转移。行至一拐弯路口时，爸爸看到走在前头的朋友正停下车扭头看我们。爸爸正想减速时，此公从后面砰一声猛地将我的车撞翻，我还没来得及反应过来便飞了起来，以肩膀着地，摔了个肩锁关节脱位。爸爸住了院，挨了医生朋友陈伯伯的刀子，成就了“著名的肩膀”。在爸爸忍受伤痛的一个月里，此公竟然连一个电话都没有。因此，他的名字便从爸爸的朋友词典里消失了。

爸爸知道自己不会将里根也从朋友词典里删了，但此后好几年没联系。

而无论断绝音信多久，曾经的往事是刻骨铭心的，感情是无法磨灭的。

1991 年那个闷热的夏天，在武北一个叫石子岭的小山村，“铁骨铮铮的家伙”在吹雪叔叔家酩酊大醉。

由湘店乡政府所在地到石子岭，我们走了好半天的机耕土路。时值最热的晌午时分，这让爸爸想起数年前与耀古叔叔从湘店隔壁的桃溪步行至大禾的情景。

那时候的小村落里，啤酒还是奢侈品，人们不大消费得起。因此，那天雪父只从小店里买回仅有的两瓶啤酒，主打的是一瓶高粱酒。雪父没酒量，再好客也奉陪不了，雪弟还小，不能喝，这一白两啤自然都流入了我们三个的肚子里。作为老大哥的爸爸喝得比较多，但没事。三人踏着回转了两个折的木板楼梯，回到搭着木地板的二楼住处时，爸爸还操起吉他，自弹自唱了《多年以后》《驿动的心》《外面的世界》《烟雨蒙蒙》等当年流行的好多首歌，引得邻家小孩惊奇地趴在窗口看了我们半夜。

酒量一塌糊涂的里根则一进房间就仰面倒在床上胡言乱语，爸爸弹唱了多久，他也号叫了多久。当然，我们只记得他重复了一个晚上的一句话：“啊，我死了！你们在我墓地竖一块碑，写上‘大诗人里根之墓’吧！啊，我死了！”

时隔 6 年之后的一个最为寒冷的冬夜，在宁化县城，里根这小子故伎重演，烂醉如泥。吹雪叔叔紧步其后，也第一次醉得“突然从地平线上消失”。

当时，已成摄影发烧友的吹雪叔叔为了去客家祖地宁化石壁村拍摄，爸爸也想了却去客家祖地的心愿，便在一个最冷的天气一拍即合，乘了一个下午的车，从龙岩赶到宁化。待里根这“铁骨铮铮的家伙”从他所供职的一个小镇赶至仅有一条瘦得不成样子的街道的县城后，天已黑了。他把我们拉进一个河边的蒙古包里，就开始喝酒。呼啸的寒风一阵阵怪叫，一次一次将摊主绑上的油布门撕裂，凶狠地刮着我们的脸。我们就这样，嚼着“闽西八大干”之一的宁化老鼠干，在寒风中哆嗦着举杯喝着小瓶的劲酒，好不容易将几个菜吃完，便撤回旅社。我和吹雪叔叔显然意犹未尽，就买了几瓶劲酒回住处。

一到旅社，“铁骨铮铮”就瘫在床上，哼哼有声，却不再有当年的豪情和狂妄，我们看到的只是颓废。1993 年参加工作后，里根叔叔彻底地将诗歌荒废了，诗人心性荡然无存。另外，他跟我们说了一个晚上的感情挫败。他说，发现跟他处了三年的女友与别人有一腿后，三天就分了。他的存折、家当包括书都没带走，他已一无所有。就冲这，别说他那点根本拿不出手的酒量，即便与我和吹雪叔叔的酒量能有一拼，也得“酒不醉人人自醉”了。

时值付笛声、任静的《知心爱人》刚获央视的音乐电视金奖之际，电视一遍一遍地放着这首歌的 MTV。我和吹雪叔叔在柔得令人伤感的旋律中一口一口地喝着小瓶的劲酒，不知不觉几个小瓶就光了。看了看已鼾声大作的“铁骨铮铮”，我们不约而同地走向门外。可这是一个小得不能再小的县城，寒冷的冬夜街上几乎空无一人，要找一家小卖部是件困难的事。趁着酒意，我们执着地边走边找地逮了辆三轮车，好不容易找了家店铺。爸爸正在看柜台上的酒时，无意间扭头发现吹雪叔叔不见了，赶忙走到路边，盯着从河滩蓬勃生长到路面的荆棘丛看了半天，边喊边找。吹雪叔叔的突然出现令我一阵骇然。原来，我们下了三轮车，爸爸疾步走向小卖部时，吹雪叔叔还站在原地，一阵风吹过，酒力发作，他便双腿一软，如一片树叶一样，无声地飘下无水的沟里迷糊了，直至听到爸爸的叫声才爬起来。酒量甚好、即使喝多了也不动声色的吹雪叔叔不好意思地笑笑，自嘲地说：“我怎么就突然从地平线上消失了呢。”爸爸说，还好，幸亏没掉进荆棘丛。

吹雪渐行渐远

当年，吹雪叔叔、里根叔叔、老曹叔叔与爸爸四人均写诗，常在一起喝酒、谈诗，认识一些诗兄诗姐。

隐居漳州九湖的荔枝林深处的诗姐子梵梅，成为 1989 和 1990 年间最为浓郁的记忆。

梅姐当时在九湖一所学校任教，业余时间写诗、制作根雕（我至今还认为，梅姐的根雕是我见过的最具艺术性的根雕）。四个小年轻骑着租来的单车，穿行于浓密得没有路的荔枝林，去时披着荔枝丛中遗落的点点阳光，我们意气风发。回时一阵大雨相送，我们便在雨中大喊大叫，一任青春的喊叫将酣畅淋漓的大雨声湮没。在九湖，我们或盘腿坐在子梵梅摆满根雕的斗室，或在学校附近的湖边山冈，手执书本，胸怀诗歌，浅唱低吟，羡煞闲云。

时隔十年之后，爸爸写了一首《1990 年的荔枝林》，令梅姐感慨万端。结句“1990 年的荔枝林，静如子梵梅”更是爸爸暗自叫绝的神来之笔。“静如”双关，子梵梅原名即叫静如。

之后，他们与安琪、道辉一起更为疯狂，据说常有酒至通宵之壮举，令时已成为机关小职员的爸爸自叹弗如、羡慕不已。

不料，已成按部就班、正襟危坐的小公务员的爸爸还在坚守诗歌，他们仨步入社会之后却离弃了诗歌。“大诗人”里根背离得最快，老曹叔叔一直在企业一丝不苟地经营着他的事业，几年之后事业有成，却不再写诗了。

吹雪叔叔是例外。他也不再写诗，但诗意犹在，只是在转向。表现形式上，是向摄影的转移；内在固守上，他的诗性从未离去，反而愈发浓烈。经过多年痴迷，吹雪叔叔的摄影已具备一定的艺术水准。我知道，这得益于他来自诗歌的艺术养分。

当时，他不但在宁化拍下了一组十分精彩的摄影作品，回来时，还特地在连城下车，于傍晚上冠豸山竹安寨。竹安寨乃当年的土匪窝，地势险要，崇山峻岭之巅一夫当关，万夫莫开，寨子犹如天外之城堡。作为景点，竹安寨有诸多峻秀神奇之处，天池即其一。天池居于一块巨大的石山上，四周只有几株永远长不高的瘦小松树，池中之水却长年不断。

吹雪叔叔拍天池花了相当长的时间，一直上上下下地忙来忙去。旅途劳顿的爸爸不便打扰，竟独自枕着夕阳的余晖进入了梦境。待吹雪叔叔把爸爸从刀光剑影的梦里拉回，两人都差点惊出了一身冷汗。爸爸就贴着呈下延之势的石壁酣然入睡，若有一个大翻身，下面可是深渊啊。吹雪叔叔说，如果真那样，叫 110 都没用，我只好跟着跳下去了。

很快地，吹雪叔叔就拥有了自己的摄影工作室，可自己冲洗作品。即便数码相机抢滩之际，他还坚守传统相机拍摄，说这才是真正摄影师的本事。他的摄影作品几年来见诸多种报刊，并获得了一些奖项。可惜，几年之后他又荒疏了。

吹雪叔叔所在公司名存实亡之后，他成了少数几个留守人员之一，摄影的放弃，令吹雪叔叔的生活更为空落。

吹雪叔叔长着一副标准的国字脸（我们说，是那种想坏都坏不起来的脸型），身强力壮，却寡言细语，心地善良而优柔寡断。作为一个曾经的诗人，他本质上当属性情中人，而内敛之秉性与恣肆狂放的外显是矛盾的，他做不到后者，内心却又是狂热的，如此角力的结果，往往对两者都是损伤和消耗。

还有一个问题，就是如何对待酒精的燃烧。如果以内心的狂躁和外在的失控对之，势必烈火熊熊，难以自保；倘若以内心的死水微澜和表象的冷静克制对之，则无异于鸡蛋和石头，是不能相碰的。

吹雪叔叔对于酒精的依赖，就在此尴尬中危险地沉浮。

没有正常的工作，又无兴趣的寄托，吹雪叔叔的酒愈喝愈猛。到后来，啤酒已经解决不了问题，他迷上了后劲十足的劲酒等药酒。与此同时，他开始研究起计算机来，买了许多书，倒也把电脑弄专业了。网络永远是鱼龙混杂、泥沙俱下的，伴随电脑的精通，是吹雪叔叔对网络虚拟世界的迷恋。

酒精的过度摄入，使他的肝功能急剧下降。住了两次院后，医生郑重发出最后通牒。无奈，他已经无力控制了。

最为严重的阶段发生在我离开龙岩之后，即2004年之后的几年。我一年回不了几次龙岩，平时都是电话联系。最为担心他、对他最好的是老张叔叔。老张叔叔当时已到政府机关工作，很忙，可一有时间，就会找他聊天，希望助其化解积郁心中的块垒，走出阴影。其他兄弟也处于两难境地：喝酒时叫他吧，不对，他不能喝酒；不叫他吧，更不对。几乎每次醉酒，他都会打电话给爸爸，而爸爸一听到他的胡话，就会马上打电话给老张叔叔，让他跟进。

事实上，爸爸所说的性情中人，并非成天举着酒杯唾沫横飞、吆五喝六那种，那是假象。诗人心性，是一种根植于心灵世界的悲悯情怀、完美主义和理想主义情结。吹雪叔叔即纠缠于其间无法抽身，从而注定了他的悲剧人格。

作为完美主义者，他的几次情感挫折，没有让他更为成熟（或曰世故），反而南辕北辙。

直至他离世前一两个月的一个中午，他喝得颠三倒四之后给我电话，我真正地感受了不可救药的严重性。我马上问他在哪，他说在十方一个什么所，想小便。随后，电话里便传来所里一工作人员赶他出去的呵斥。工作人员把他当作想闹事的醉鬼了。受此羞辱，吹雪叔叔显然大受刺激，在电话里的声音颓然而愤懑。爸爸赶紧劝他就地住下，不要乘车回龙岩了。他则一直重复着令人伤感的话：“老朱，你要证明我的清白啊，只有你最了解我，我怎么了？你要证明我的清白，老朱啊。”

说完他的手机就关机了。爸爸十分担心，马上叫老张叔叔跟进。过了不久，老张叔叔说联系上了，没事，他正坐车回龙岩。

就这样，吹雪叔叔在兄弟们的爱莫能助中渐行渐远，直至消失。

墙上爸爸妈妈

不知不觉，你就一岁半了，奇奇。

今天是2010年1月26日，你已经一岁半过17天了。下午，妈妈与乐乐妈、乐乐哥哥一道，带你去打了一岁半之后的防疫针，并进行了简单的体检。打针时你只哭了一声，就冲着一旁看的乐乐说，乐乐，打针，然后收声，自己擦干眼泪。妈妈说，你是想在乐乐面前表现坚强的一面。

从一岁到一岁半，是你重要的成长阶段，其间的每一个变化都伴随着不同的惊喜。

从贵阳外婆家回来之后，你刚学会走路，新奇而愉悦，一刻不停地在客厅、卧室、厨房和书房颤颠颠地来回穿梭，笑着，叫着。而爸爸妈妈从一个地方叫你出来，说“走”时，你必挥动小手掌，边转身边“拜拜，拜拜”。从贵阳回来之后，一听“走”字，你便要“拜拜”一番。你幼小的脑子里认为，“走”就是再见。爸爸对此是备感温暖的：每次上班时一说“爸爸上班了，拜拜”，你立马就“拜拜拜拜”地舞动小手。

这个阶段，你的站立还需支撑物。从客厅爬上两级台阶你一开始就十分熟练，难的是怎么下去。

一岁之后，你便十分喜爱看电视，一看就入迷，可以一人站在电视机前一动不动，任爸爸妈妈怎样叫也不分神。同时，吃饭时，每喂你一口，你就转身咚咚咚咚地从厨房往外跑，走到餐厅与客厅之间的隔橱上，手扶隔橱继续看电视。这时候爸爸不用担心你会在台阶摔倒，因为你下不了台阶。爸爸妈妈一叫，你就咚咚咚咚地跑回厨房又吃一口。一次，爸爸叫了几声你都没反应，出去一看，你坐在客厅的地板上看电视了，一阵惊讶。妈妈说，早已会下去了，是从上往下倒着爬。这是你成长期的一种本能，无师自通。要下去时，你提早趴下去，手脚并行朝台阶方向后退，下一级，再下一级。

很快地，你可以独自站立；不久，你就可以扶着墙壁和隔橱上下台阶了。

令爸爸妈妈惊讶的是，有一次，刚学会爬楼梯的你，竟然爬完了钟楼公园上方人民礼堂的全部台阶，那可是有近百级啊。上去之后，你还意犹未尽地绕人民礼堂走了两圈。因天色已晚，爸爸强行将你抱入小推车时，你还十二分不甘地大哭起来。

小孩的变化都是在不知不觉中进行的，每一个变化，你都会表现给爸爸妈妈看，有意识地。你要在爸爸面前表演走楼梯，爸爸抱着你正要上台阶时，你就会挣扎着要下来。爸爸一放下你，你旁若无人地快步走至第一级台阶，左手扶墙壁，右脚一抬，一级；再一扶一抬，又上一级。

又有一次，爸爸从楼上下来，准备像往常一样抱你，妈妈提东西。那次妈妈买的东西特别多，好几大包放在一楼大堂的地上。爸爸一抱起你，你就扭着身子要下去。一着地，你直奔一桶油而去，抓住提手，猛一用力，提起！爸爸妈妈正惊叹时，你又拖着重达 5 升的油桶往楼梯走。你不理会爸爸的阻止，努力地上了三级台阶。紧随你身后保护你的爸爸怕油桶过重，耍了个花招，趁你不注意，抓起油桶噌噌噌上完半层台阶，放在转弯处的第一级台阶上。你不高兴地一阵大叫。但不高兴归不高兴，你很快就抬腿一步一步地直扑油桶而去。每一次提上后，爸爸都赶忙跑到你身后保护。如此循环往复，你竟然不再有被作弄的恼火，而是呵呵笑着参与了爸爸善意的恶作剧游戏。

最令爸爸妈妈高兴的，是你语言的变化。

爸爸之前说过，从贵阳一回来，你便一串一串地说个不停，煞有介事却不知所云。爸爸常常自豪地对别人说，你的语言能力相当强。

在有限的几次带你下小区花园玩时，爸爸都会边走边指着路旁的东西对你说，这是花，这是灯，这是画，这是树，这是鱼。说过一两次之后，你看到这些东西，便会指着，花、画、灯、树、鱼地一一叫着。

叫“爸爸”“妈妈”你早就会了，但就是不当面叫，令爸爸妈妈有点遗憾。有一次，我们一家三口在厨房吃饭时，妈妈想试一下你这个不当面叫爸爸妈妈的小家伙，问，爸爸呢？妈妈呢？不料，我们没有收获期望中的喜悦，你没有像指着花、树说着花、树一样，跟着妈妈的问话指着爸爸妈妈，而是一听就手指厨房门外，并边指边从椅子上翻身下地，径直朝餐厅走，走到餐厅酒柜旁的贴满相片的蓝色墙壁前，指着爸爸妈妈的相片，说，爸爸，妈妈。

爸爸妈妈一阵大笑。好小子，爸爸妈妈明明在面前，却指着墙上的照片，爸爸妈妈原来都在墙上！

现在，一岁半了的你，已经完全可以听懂话了，越来越懂事了，说的词也越来越多了。

有一次，爸爸妈妈站在餐厅大声地辩着什么时，你赶紧从客厅走上来，站在我们之间，面朝爸爸，爸爸说着什么，你也大声地说着什么，南腔北调、囫囵吞枣的声音一字一顿、有板有眼，有点义正词严。此时的你，既像在劝架，更像是对正在吵架的爸爸的斥责，令爸爸愧意立现，赶忙抱起你，说："好，好，爸爸不吵了。"

这让爸爸想起享古叔叔曾经说过的葭葭姐姐的事。有次享古叔叔和小邱阿姨吵架时，两三岁的葭葭姐姐挡在中间说"妈妈，你不要骂爸爸嘛！"，让享古叔叔的眼泪都出来了。

奇奇粘住姑姑

你离开保温箱出院的前一天，带着煜煜哥哥来我们家帮忙一周的萍凤表姑就回去了，直到一年之后的 2009 年 10 月 3 日，她才初次见到你。

这一见非同小可，你与姑姑亲得不得了，完全粘住姑姑了。他们回去时，把姑姑送到楼下，爸爸在小区北门强行从姑姑怀里将你夺回时，你号啕大哭，泪水滂沱，伤心至极，哭得姑姑含泪而去。回到家你继续折腾，哭至下半夜。

这就是亲情的力量，血浓于水啊，我的小奇古。

2009 年的国庆黄金周，爸爸休前四天，后三天加班。假期的班只须晚上去就可以了，所以，这个国庆，爸爸妈妈每天都带你玩，是最为开心、充实的七天。

10 月 1 日国庆，在顺峰山公园，你如鱼得水，纵横驰骋，近两个小时一刻不停地笑着、叫着、跑着，把爸爸妈妈累坏了。

从永旺购物中心走向顺峰山公园的那一段路，爸爸一放下你，你便"哞呢哞呢哞呢"地叫着，扭着肥胖的小屁股，一双小脚一深一浅地一路飞跑。此时，令爸妈惊奇的不是你的颠跑，而是从未听过的"哞呢哞呢"，你突然的原创。

这天阳光普照，是个好日子。在公园牌坊前仿金水桥的拱形桥面上，你又上又下循环往复，生怕你摔倒的爸爸妈妈轮番在你后面跟着跑个不停，累得满头大汗；高耸的顺峰山公园牌坊下，五个中学生模样的大哥哥在玩滑轮，风驰电掣般在人群中飞速穿梭，倏忽急停，骤然转身。你就在让人心惊胆战的滑轮阵中如入无人之境地自个叫着"哞呢哞呢哞呢"，比互拼滑技的大哥哥们还兴奋，却把一路尾随你的爸爸妈妈吓得可以；在刚搭起的铺着大红地毯的舞台上，一爬上去，你就手舞足蹈、来回奔跑，引得爸爸在台下跟着你来回抓拍相片；爸爸抱着你坐旋转木马后，你意犹未尽，待折回来时又坐了一次。这是你第一次坐旋转木马，也是爸爸第一次坐。国庆的顺峰山公园到处是手执小国旗的小朋友，进入傍晚，游人渐少时，地上到处是国旗。在刚出顺峰山公园的马路旁，妈妈捡了一面小国旗给你。嗬，好小子，一拿到小旗，你即高高举起，大步奔跑，左冲右突，简直就是一个正在冲锋的战士。爸爸抓着反应速度已偏慢的数码相机也跟着你左冲右突，抓拍了三四张，其中一张十分传神，遗憾的是，几张都模糊了。

第二天，爸爸妈妈带你到钟楼公园美食嘉年华吃美食。你与爸爸一样，喜爱烤羊肉串，吃了有两三根之多，直吃得满嘴满手是油，还频频叫嚷着要。

第四天，带你去了宝林寺。爸爸妈妈烧了香。此前去过两次，怀你前和你正在妈妈肚子里时，我们都有烧香。心诚则灵，心中默默祈祷的当然是你的健康快乐成长。

第五、六、七三天，不是带你去超市，就是在小区花园玩。你天天不亦乐乎，爸爸妈妈天天不辞辛劳。

第三天，也就是 10 月 3 日，正值农历中秋节。萍凤姑姑下午要来，妈妈就在家张罗菜肴，爸爸带你在小区花园玩。

傍晚 5 点时分，姑姑夫妇、煜煜哥哥与桥贵生叔叔一行四人在乘了两个半小时车后抵达我们小区的公交站。一直候在小区花园的我们父子俩上前迎接。姑姑一看到你，就伸开双手，小跑着过来要抱你。在抱过你的当儿，姑姑问爸爸，奇奇要不要她抱。爸爸说要的，奇奇不认生。

岂止是不认生！姑姑一抱过你，就被你粘住了。在小区道路上和上楼梯时，晕车的姑姑两次希望爸爸替换一下，均未果。你与姑姑一路有说有笑的。当然，你说的是囫囵吞枣的“朱氏奇语”。

吃晚饭时，原本都是吃一口跑到客厅，跑回厨房又吃一口的你，时刻要姑姑抱着喂你，让姑姑忙得半天吃不上一口饭菜。

席间，爸爸分别给在老家的奶奶、在漳州的四舅公和天山叔叔、在南京的四舅婆和天文叔叔、在福州的文定叔叔、在武平的大姑等分别通话，共祝节日快乐。其中，姑姑和桥贵生叔叔与奶奶通电话的时间最长。桥贵生叔叔说，每次他到我们老家的老厅堂时，一进左边的小厅就大声地叫奶奶“大姑——大姑”，就像四舅公数十年如一日地一到寮子背自然村的路口，就扯着大嗓门叫“姐——姐——”一样。而在家的奶奶一听，就会边说“我的桥贵生来了！我的桥贵生来了！’边走到门口迎接。

忆着往事，通着电话，吃着饭菜，喝着啤酒，逗着小孩…… 我们其乐融融。好久没过这么热闹的团圆节了。

晚上 11 点，他们坚持要打的回去。下楼时，姑姑一直抱着你，爸爸跟着送他们到楼下。到了小区北门，爸爸几次试图将你从姑姑怀里抱过来，都以你大哭大闹而作罢。不行了，得让他们走了，爸爸便强行将你抱过来，任凭你哭闹，转身上楼。原本以为上楼时抚慰抚慰你，再说些你感兴趣的话转移你注意力，你会很快平静，不料没有丝毫效果。

一个小时之后，已回到乐从的姑姑来电话，问你闹得怎样。爸爸说很厉害，一直静不下来，非常伤心。姑姑说不怕，分手时她已亲了奇奇的掌心，晚上应该不会做噩梦的。按民间的说法，分手时在小孩掌心亲亲，润些唾液，小孩晚上就会安心睡觉，不做噩梦。

但闹腾到了下半夜的你，还是做了噩梦，晚上惊醒了好几次。

小朱小猪真像

人的一生中，会收到许许多多的礼物，这些有形或无形、物质或精神的礼物伴随着一个个成长阶段的喜怒哀乐、得失成败。在人生的重要关头，一个微笑、一句话语的激励和温暖，往往胜于任何物质层面的礼物。而总会有作为物质载体的一两件礼物，因着其特殊的纪念意义，会有着传家宝般的价值。

你过十天就两周岁了，奇奇。在这两年来，你以婴儿的身份收到了诸多吃的、喝的、玩的、穿的礼物。爸爸着重提两件你的礼物：电视和小猪。

目前挂在客厅墙壁的你每天都在看的液晶电视，是在你大约四个月大的时候，你外叔公送你的。当时外公外婆将你的相片频频得意地展示给诸位亲朋好友，就像奶奶一样，恨不得让天下人都看到可爱的小奇奇。外叔公看到后大喜，当即表示要送价值一万块钱的礼物给你，礼物由你妈妈自己买，他埋单。得知这一消息的当天上午，妈妈就兴冲冲地直奔离家最近的电器商场看壁挂电视了。中午时分，妈妈喜悦地打电话给爸爸，说订下了一万多块钱的液晶电视。

第二件礼物小猪，是我们想让它伴随你一生的礼物。

小猪据说由紫砂铸就。紫砂不紫砂我们不懂，现在市面上假紫砂风行，大家都懵懵懂懂。我们不管是什么材料做的，重要的是此小猪的确很传神，更重要的是，它与六个月大时的你太像了，如此相像的小猪伴随小朱，有纪念意义。我们的心愿是，小时候，小猪是你的好朋友，长大后，小猪也一路伴随你，像传家宝一样。

买小猪的那一天是 2009 年 1 月 23 日（农历年廿八），爸爸妈妈的三周年结婚纪念日，我们没有庆祝计划。我们的计划围绕着你：下午带你去逛花市，给你理第一次发。依 313 路公交车的次序，我们先到金榜小区的理发店给你剪发。

你的第一次理发，是爸爸妈妈带你到最简单的夫妻店理的，没有花三百元钱将初始剪下的头发（说是从娘胎里带出的）制成毛笔什么的。由于是第一次理发，你像所有婴儿一样，是挣扎着又哭又闹的。爸爸负责手摁脚夹地控制扭动不止的你，老板娘边双手很专业地紧紧捧住你的头，边说笑着逗你。在一番满头大汗的折腾之后，师傅终于完成了这项艰难的业务。因为小孩不停在动，师傅不敢如我们所愿，给你用剃刀刮个光头，只是用电剃刀调至最短一层，理了个准光头。

从金榜站到延年路的迎春花市尚有一段车程。一上车，你晃着刚剃的小光头甚是兴奋，又笑又跳的，不时啊啊呃呃地与邻座乘客打着招呼，引得人们纷纷逗你玩。其中一位奶奶操着白话惊羡地赞叹连连。快到延年路时，你就在妈妈怀中的背带里睡着了，以至我们走在花花绿绿、人来人往的花市时不无遗憾。

此时正是国际金融危机肆虐之际，对顺德的影响尽管不如东莞等地厉害，但也颇为明显。往年的花市，人们都手提肩扛的，今年，逛花市的人不能说少，只是，人们脸上都像蒙上了一层薄雾，难见发自内心无忧无虑的笑容和爽朗的笑声，手中大都空空如也，真正地在“逛”花市。

广东的花市并不只是卖年花，各色年货、装饰甚至所谓的古玩都有。我们行经一新旧混杂的玩具饰品店时，爸爸只是漫不经心地随意扫描。待想往前走时，一回头，只见妈妈正盯住一尊褐色的小猪塑像看，并问摊主价格。爸爸走近一看，嗬，好家伙，简单太神了。这是一只大笑着的小猪。小猪后腿伏地支撑，前脚立起，高昂着圆滚滚的脑袋，高翘的鼻子上，两眼鼻孔似乎正在呼出热气；圆润鼓胀的面颊上，凹进两个深深的酒窝，让人直想摸捏一下它肉乎乎的脸蛋；再看笑得就要眯起来的眼睛，其笑声仿佛已缭绕周身。大凡猪的形象，人们约定俗成地以憨态可掬定义之，以至充斥市场的画、像均一副面孔。此小猪让爸爸心动之处，即它颠覆了憨态，显得和善快乐而灵气十足。而更让爸爸妈妈心动的是，它与当时的你简单一个模样：活脱一尊弥勒笑佛。半年以来，奇奇，白白胖胖的你总是笑个不停。一出生就会笑的你，一笑起来，圆嘟嘟的脸上就会荡漾起两个无声胜有声的酒窝，爸爸妈妈常常欣悦地说：“太像弥勒佛了！”

此时，爸爸妈妈心照不宣，你也还在妈妈怀里睡着。我们继续往前逛。待碰上爸爸正在采访的同事，他们要看你时，你适时醒了，一贯地，一醒就笑。再朝前走时，爸爸妈妈似乎都心不在焉。不经意地，我们不约而同地停下脚步，几乎异口同声地说：“这尊小猪与朱砚棋太像了！”说完，我们不由自主地往回走。

趁妈妈蹲下身子察看小猪之际，爸爸拿出相机，将小朱与小猪合了个影。时你身穿衣帽相连的冬衣，浅蓝色翘着两个兔子耳朵的帽子下，是一张粉嘟嘟的圆脸和扑闪着的大眼睛。小猪晃着大脑袋冲着你笑，你好奇地一会儿直瞅小猪，一会儿抬头看爸爸。

爸爸问小猪是用什么材料做的，摊主说紫砂。试掂量了一下，果然甚是沉重，该上了 30 斤。问价钱，说是 380 元。未等我们开口，摊主夫妻就诉苦开了：“生意不好做啊，根本没人买东西呀。过两天就过年了，我们不想把这些东西搬回去，亏些本也卖了。还个价吧。”爸爸知道，的确是这么个情况，来来往往的人流基本上只是逛，此其一；其二，今年可是农历牛年，猪显然无人问津。好不容易碰上个喜欢的买主，怎可错失机会？爸爸同样清楚，如此玩物是漫天叫价的，无论他出什么价都是不靠谱的，真要买，得看买主砍价的水平。由于实在喜欢，加之目前境况，摊主生意确也惨淡，妈妈不忍心砍得太狠，只说：“要发（谐音 18，即 180 元）。”也算是拦腰一斩了。女摊主回头问男摊主，男摊主不假思索就答应了。成交之后，一小年轻和男摊主一起，把小猪放进纸箱，在小猪周边塞满报纸，然后一横一竖用胶带交叉重复缭绕，中间接口即为提手。

接下来可就苦了爸爸了。从摊位走到交叉路，有 150 米左右的距离，还好，爸爸戴着手套，左右手轮换着提没什么感觉。可走到马路边后，才发现，花市路段实行交通管制，根本没有的士。等一段时间后，往前走一程；再等一段时间之后，又走一程。就这样，走走停停的，耗了至少有 40 分钟。而这 40 分钟，把爸爸折腾得满头大汗，手心火辣。透明胶带起初尚好，提着提着，就纠结成一条线，紧紧地勒着爸爸的手，戴着手套依然感觉疼痛。

爸爸正喘着粗气，无奈地在想，如此下去，究竟要提多远时，一辆小车停在面前。车窗开启处，是爸爸的同事王阿姨。她说她正好带儿子去大润发购物，看到我等不到车，就让儿子先进超市，她返回来载我们。到了小区，等提上七楼家里后，爸爸累得有点上气不接下气了。这东西并不算太重，主要是不好提，既勒手，又得提防着，生怕碰撞。

把你放在学步车上后，爸爸妈妈马上剪开胶带，掏出报纸，抱出小猪。然后，爸爸抽烟小憩，妈妈用湿布一遍遍地拭去小猪身上的灰尘。其间，你显得特别兴奋，我的小朱，咿咿呀呀地叫着笑着。你一笑，就完全酷似小猪了。爸爸马上拿出相机，把你推到小猪旁边，逗你笑。此时你出乎意料地配合爸爸，一直笑着，直将两个酒窝笑出了水。这几张合影极为经典，特别有一张，你们同时大笑的，小朱与小猪下巴都有发亮的口水。显然，你的是大笑之后流出的真口水，小猪的，则是妈妈擦洗之后未干所致。爸爸妈妈的同事、老乡、朋友们看到你与小猪的合影，无不啧啧称奇。

之后，你们就成了好朋友。还不会在学步车里走时，爸爸妈妈一问“奇奇，你的小猪呢？”你就会转身对着小猪，以手指之。待能哗啦啦地拖着学步车走时，爸爸妈妈一问，你就直奔放在客厅一角、上餐厅的台阶下的小猪而去，并伸出圆圆的小手摸着。爸爸妈妈就会指着小猪的耳朵说“这是小猪的耳朵”，指着小猪的鼻子说“这是小猪的鼻子”。再往后，你就不满足于摸小猪的耳朵、鼻子了，一说小猪，你就冲过去，将小猪骑在胯下，双手抓着它长长的耳朵，做骑马状地一起一伏。当然，这个时候爸爸妈妈都会说：“奇奇，小心点，不然你的好朋友小猪会疼的喔。”而每每听到这话，你就会放缓动作，轻轻地玩一会儿，然后滑下来。

在三周年结婚纪念日，爸爸妈妈没有互赠礼物，而是共同买了一件礼物给你，我们的宝贝奇奇。爸爸妈妈还需要什么礼物呢，你小奇奇便是上天赐给我们最好的礼物呀。

奇古老家过年

2010年春节（我们习惯按农历叫2009年过年），爸爸妈妈带你回老家过。这是你回老家过的第一个年，而爸爸也是此前三个年没回老家过了：2006年是搬新家，按老家和广东的风俗，都要在新房子过年；2007年妈妈怀你，不方便；2008年你才半岁多，太小，也不方便。

老家可不像顺德，天气寒冷，一般都在2—3摄氏度。当时特别冷，又下着雨，只有1—2摄氏度了。因此，你一直裹着带帽子的厚棉衣，圆滚滚地到处跑。爸爸会刻意带你到外面走走，感受老家的农村气息。当然，现在的村子已不是爸爸小时候的样子了，农田基本荒芜，有农村特点的房子大多老了，取而代之的是一年比一年增多的一家比一家高的砖瓦结构的房子，客家人聚族而居的特性荡然无存了。青壮年平时大多外出打工，平时只剩老弱病残，村子十分安静。

从家出来往右，是一条由原来的石板路改造而成可通小车的小公路，你一路小跑三十米左右之后，就到了一座不太成样子的拱桥。

小公路的前半段，之前是一丘镰刀状的瘦长农田，后半段是石砌路。爸爸平生以来打的唯一一次“伪架”就是在这水田里。当时与小我两岁的接头叔叔不知什么导了火，就从路边一直扭打到泥田里。说是打架，并没拳脚往来，实为摔跤。两人滚到水田里，在一脚可深入二三十厘米的泥田里我上他下、他上我下地滚成了两条泥鳅。由于爸爸长了两岁，似乎略占优势，扼制住他的时间多了点。这一幕，每走过已然消失的当年的水田现在的公路时，都会在我脑子里清晰地闪现。爸爸经常说，最大的遗憾是，到目前为止没打过一次真正的架。

拱桥的前身是木桥，由五六棵刨平的树木组合而成，结实而平坦。随着年龄的增长以及超负载的碾压磨损，默默地驮了我们几十年的木桥在风雨侵蚀之下日渐朽残。直至只剩两根木头，人们走在上面颤颤巍巍、战战兢兢时，才在我们寮子背与黄竹坑两个自然村村民集资之下，重修了这座没有护栏、有点像半成品的石拱桥。石拱桥的建成，也促成了进黄竹坑公路的开通。现在的拱桥是头朝黄竹坑昂起的，目的是尽量减少桥与路的落差。原来的路，木桥过后是一段上坡的石板路，石板路两边一新一旧各有两座纸寮，现在均了无踪迹。

拱桥下是瘦得可怜的小溪，溪水早已没有了往日的清秀洁净，这让爸爸一阵心酸。溪水源自张畲上面的大山，在爸爸小时候，溪水捧着就可喝，清澈见底，小鱼随处可见。随着农药、化肥的推广，人们家里喝的水只能在清晨挑回来。如今，尽管农田荒芜了许多，农药、化肥的污染轻了，但每家每户的生活垃圾大增，在农村又没有垃圾池，都成堆成堆地扔往溪里，小溪变得丑陋而污浊，而污浊，主要源于养猪场排出的污水。当然，村民或像我们家一样自掘一口井，或像三姑家一样喝由山上直接引下的水，不再喝溪水了，连衣服也都不在溪里洗了，家家几乎都有洗衣池。

奇古啊，即使回老家，你也享受不到爸爸小时候在溪里抓鱼、游泳、洗澡的乐趣了。爸爸曾设想，待你上小学以后，就带你到溪里打鱼和上山砍柴或摘野果。爸爸负责打，你拿着鱼篓收渔利。爸爸右手紧握三角形的渔网，深入石块下较深的水里，左脚伸进去咕噜哗啦地一阵驱赶，然后适时提起渔网，一串小鱼就在网中了。爸爸转向拎着(或在腰间挎着)鱼篓的你，将网中的小鱼或用手抓或直接提起尖尖的网底，抖进鱼篓。从我们家旁边一路溯溪而上，待快到张畲时，也就差不多收获了一碗头的小鱼了。其间，你定然惊叫不止，笑声不断。然后，光着脚的父子俩踩着铺了一层夕阳薄晖的石板路、青草地，昂然得胜回朝——多美的场景，多醉人的田园生活！我们既享受了大自然的馈赠，又收获了劳动的乐趣。

而这一切正渐行渐远。小溪变了模样，上山砍柴已成历史，摘野果的可能也不大，上山的路大都荒塞了。爸爸每次回老家想起这些事都会引来阵阵失落。爸爸还有一个比较具备可操作性的计划，就是带着你，重走从我们村翻越几座大山到县城的老路，希望能成行。

从老家出来，无论往哪个方向走，沿途都有猪呀，狗呀，鸡呀，鸭呀什么的。我们的奇古见什么都新奇、兴奋，嘴里不停地叫着“鸡”“狗”“猪”，圆溜溜地颠来转去、追打嬉耍，好不惬意。

在顺德，我们去鸡洲市场买菜时，妈妈去市场，我们就在外面的开阔地玩，这时经常会有一群群鸡走来走去。你一见鸡，就会咯咯笑着追来赶去。在你刚过一岁时，不光见什么都新鲜，也见什么都抓来往嘴里塞。在鸡洲玩时，你有几次将鸡毛和鸡屎往嘴里送。爸爸迅速制止的同时，也在心里笑了。爸爸常常与在农村长大的兄弟们说，我们小时候就是玩泥巴、吃鸡屎长大的。真是如此，我们小时候都兄弟姐妹一大串，基本处于放养状态，哪有像看护你一样寸步不离的，怎能不吃鸡屎呀。

对你来说，老家的一切都是新鲜的，对爸爸而言，则一草一木、一山一水、一桥一路都太熟悉，熟悉得因远离太久因若即若离而似曾相识，恍如隔世。

走着走着，爸爸就会带你到左邻右舍串串门。在太永生伯伯家，四定伯伯的孙子小你半岁，长得比你高大，但已一周岁了还不会走路，一直趴在大人背上，也不说话，眼睛定定的，总是泪水盈盈，似乎充满委屈。他们说，天气太冷，不敢让小孩在地上爬。

而爸爸妈妈对你是放手的，由你爬，任你走，放你跑，随你摔。

爸爸妈妈带你到小区玩时，摔是平常事，但我们不会一跌倒就扶你，只是说着“小心，起来吧”。慢慢地，你也就习惯了，除非的确摔痛了，会哭上三两声，一般都摔倒就起来。在小假山坡上下时，你边摔还边说“小心，小心”。往往是，你在前面跑，跑着跑着咚的一声扑倒，首先惊叫着迅速冲过去扶你的，是在路上走着的阿姨或奶奶们，爸爸视而不见。一次，你刚刚会玩滑滑梯时，又上又下地玩得正欢，爸爸在旁边椅子上坐着，邻座是一位带着小男孩的奶奶。一攀谈，小男孩小你一两个月。他一直由奶奶搂着，没有离开半步，怯生生的。见你玩得如此高兴，奶奶有点羡慕，也试图让怀里的孙儿领略领略，便将小弟弟抱到滑梯边。不料，小弟弟屁股刚挨到滑梯边沿，就睁着恐惧的双眼哇哇大哭，回到椅子上坐时，还抽搐着哭个不停，奶奶怎么哄都没用。奶奶不好意思地朝我笑笑。爸爸没说什么，其实心里在说，老不放手，到啥时候才能跑起来呢？

有一段时间，刚会走路的你突然对小区大门口的斜坡大感兴趣，总是摇摇晃晃地又上又下，折腾上半天也不累。有一次，正半跑着下坡的你突然一个马失前蹄，身体大幅度俯冲直下。这一跤，跌了三米多远。过程中，你打了两个滚，一个大回旋，身子都掉了个头。爸爸发现，跌下着地时，你即本能地双手先撑住后再打的滚。待爸爸急步上前时，你已经爬起来了，若无其事地又开始了你不厌其烦的上下循环。对你来说可能是小菜一碟之举，却让目击整个过程的初中生大小的大哥哥吃了一惊："嗬，这么摔都不会哭！"

可以说，从老家几个与你年龄相仿的小孩的情况看，你比他们更像农村的小孩。这正是爸爸妈妈所期冀和身体力行的。现在的农村小孩，尤其是男孩，由于计划生育等原因，加上重男思想依然存在，特别宝贝，有些反而成了温室里的花朵。

回到家的第二天，还下着小小的阵雨，我们带你到张畲三姑家。三姑家建了三层楼的新房子，因赶着年前的吉日前完工，还基本处于毛坯状态，墙壁没刷地板没铺，加上连天下雨，地上潮湿得厉害。因此，你玩得不疯，我们也寸步不离地跟着你，怕你摔脏。

第三天就放晴了，我们上蓝屋勇古叔叔家玩。享古叔叔一家今年没回来。太阳很大，但院子前面残留的积水还不少，勇古叔叔和他姐姐连番扫了好几遍，低洼处还是有些水。天气一好，你的心情也大爽，几乎一刻不停地在晒谷坪上跑来跑去。跑得多了，摔得也多，把鞋子袜子和包裹前面半个身子的衣服状的围裙都弄湿了。幸好有担着货郎卖衣服、鞋袜啊什么的人来，妈妈给你买了一条围裙和两双袜子，将又脏又湿的换下洗净晾晒。

享古叔叔和勇古叔叔两家保留着的家族老厅堂，比我们家族业已拆除的厅堂年轻；并且，他们祖上应是小户人家，厅堂结构相仿，却小很多，精致程度大为逊色。不像我们的百年厅堂，雕梁画栋的甚是豪华。每个屏风和窗户，都雕有精细、灵动的花鸟人物。尤其是屏风上方，雕刻的是一组组有故事的人物群像。当然，这些木雕艺术品在"文革"时都被铲平了，只能想见曾经的美和智慧。但，他们的厅堂保存完好，且至今还在使用，葭奶奶葭爷爷的厨房还设在天井右边。厅堂尽管不算宽敞，却大梁高居，空旷幽静。厅堂正中的墙壁上方，是斗大的苍劲而浑厚的四个字：

“清白传家。”我们围坐在木桌木凳上用餐，一阵风吹过，清爽宜人，并不太冷。客家民居久违的冬暖夏凉功效，让爸爸备感亲切，同时为我们家族厅堂的终结而惆怅唏嘘。

在享古叔叔家与葭奶奶聊聊天，看望瘫在床上病情日重的葭爷爷后，爸爸带你转至屋后的农田里。冬日的农田，如果天气好，硬邦邦的泥土软软的稻茬，是孩子们玩耍的好去处。那天，尽管下了几天小雨，泥土尚未完全湿透，踩在上面坚实而柔软。这是你第一次零距离地亲近家乡的泥土，表现令爸爸很是亲切。从晒谷坪到农田，是两个不同的世界，对你来说，都充满乐趣。你悠悠晃晃地踩着柔韧的稻茬，深一脚浅一脚地来回跑着、笑着、叫着，时不时一脚踩进深陷的脚印窝而跌倒在地，但随即爬起，努力地抓着田埂上的石头，向上一丘田攀缘。

吐出一口烟雾，爸爸放眼望去，近处，是几间破败的老土屋：废弃的民房和闲置的烤烟房，一条衰老的石板路孤寂地沉默着。这条路曾是爸爸小时候到享古叔叔家的必经之路，当时两旁鸡犬相闻，炊烟袅袅。远处，左边，是一片往下走势的梯田，荒芜而寂寥。视线底端，我们家隐约可见。整个东兴村呈圆形，被大山环抱，是丘陵地带。我们寮子背自然村处于丘陵中心较平坦处，蓝屋自然村则居于西边天马山与北山交界处的一大片梯田中；右边，是大山一角，雨后初晴的半山腰，是一缕缕欲散还留的白云。看着乡野孩子一样在身边跌倒又爬起、爬起又跌倒不亦乐乎的奇古，爸爸突然后悔没带相机，只是掏出手机，追着你不断抓拍。然后，感慨万端的爸爸一把抱起你，指着远处的大山，说：“看，高高的山，高高的山上有高高的树。”你跟着说：“高高仙（山）——高高兔（树）——”。

爸爸吓了一跳

从三姑家回来已是傍晚了，德开哥哥用摩托车送你和妈妈，爸爸和雯芳姐姐、春芳姐姐走路。在路上，遇到送你们到家返回的德开哥哥，问爸爸要不要送，爸爸说不用，晚上下来陪大舅喝酒就可以了。爸爸回来得早，叔叔婶婶都还在县城上班，作为长途客车司机的耀古叔叔大年三十才回家。

这是一个特殊的晚上，原本可以在老家酣畅淋漓地喝一顿酒的爸爸，被奶奶因身体不适而导致的反常举动吓了一跳。

爸爸一到家，就发现奶奶进进出出地一阵忙乎，又到附近田里摘菜，又到小卖部买东西，还打扫房间啊，洗衣服、洗菜啊，马不停蹄。爸爸帮不上忙——多年不干活的爸爸其实也懒了。两个姐姐一直在看电视，妈妈负责看着动个不停的你。

照例地，在屋里屋外来去匆匆的奶奶，一看到你，就大声叫着“哥——哥子——奇哥子——宝贝子——好孩子——”；同样地，与同年6月份第一次回家一样，你也一见到奶奶就笑。但奶奶叫你的声音有点虚脱。出奇地忙的奶奶，做事时弓着腰略显艰难，在这么个冷天，后背的汗把衣服都沁湿了。爸爸一直提醒奶奶，叫她停下来休息休息，她总是喘着粗气，先干咳两声，然后断断续续地用带着痰味的音调说，怎么停得下来呢，这么多事。奶奶已经咳了半年了，近段时间刚刚好点。

吃饭的时候，奶奶就有点不对劲了。她叫我们先吃，洗了个澡后才上桌，但并不吃饭，而是不断喝茶，额渗虚汗。爸爸问怎么回事时，她说，没事，喝点糖水就行了；又说，肚子饿的时候不能洗浴的。喝完一碗白糖水，奶奶依然没有食欲，一直吃着梨，说是梨凉，助消化。

爸爸与德开哥哥舅甥俩在喝啤酒。我们并没有推杯换盏，德开哥哥总是自己拿起杯一饮而尽，连喝啤酒算快的老爸都赶不上。很快地，我们都喝完了四瓶。欲再开时，德开哥哥却说喝不下了，他的量就是四瓶。天啊，那怎么算是陪大舅喝酒呢。德开哥哥说，他就这样，喝寡酒。

爸爸只好自己继续喝。在喝酒的间隙，爸爸一直在观察奶奶。突然，奶奶的举动有点反常了起来。她先起身，从房间拿出香，点燃后在厨房门外和厨房的神位前烧香。这不算什么，自她的宝贝孙儿奇古你出生后，她便养成了吃饭前必烧香的习惯，吃饭过程中再烧一次很正常。但接下来，却不对劲了，她进进出出三四次，且一次比一次虔诚、认真。奶奶烧香时总是口中念念有词，这爸爸早知道，问题在于，此番连续几次的烧香，她不但念叨的声音特别大，而且反反复复，一直求神保佑，还罗列着从爸爸、叔叔开始直至两个姐姐和你的名字。此外，烧香时，奶奶不光有点夸张地大幅度鞠躬，还煞有介事地拿了把小凳子，在厨房神位前跪着烧香，不时在边上燃着草纸。在厨房与客厅进进出出的奶奶，神情肃穆，表情怪异。

奶奶的反常尽收爸爸眼底。其间，爸爸问过几次奶奶，她总是说没事。爸爸从未见过奶奶如此，十分担心，马上叫德开哥哥骑摩托车去叫村里的赤脚医生。德开哥哥说他们村张畲的赤脚医生更好，就呜的一声骑车走了。不一会儿，他回来说，医生正在蓝屋给人看病，等会他会自己骑摩托车过来。

约摸过了半个小时（或许没有，只是爸爸心急，觉得过了好长时间），赤脚医生来了。一来，问了一下情况后，他就打开方形药箱，取出血压计，给奶奶量起血压来了——这一举动，让爸爸相信了他比我们村的赤脚医生更好的说法，比较专业，不是仅凭问几句后靠经验抓点药完事的。赤脚医生嗤嗤嗤地捏着血压计的橡胶球，凝神量了几遍后，说，血压太高了，你们怎么不知道呢。爸爸暗自惭愧。爸爸的印象里，从来身体就好，从未进过医院的奶奶，可能压根儿就没量过血压。是血压太高导致头晕，没事的，休息一下，明天一早上我家来，我再量量看，赤脚医生说。

爸爸悬着的心终于基本落地了。奶奶的气色也好了起来，开始用开水泡着饭，慢慢吃了起来。

在这过程中，听不懂客家土话的妈妈感受到了，雯芳姐姐和春芳姐姐也感觉到了爸爸的严肃和问题的严重。赤脚医生走了之后，爸爸对两个姐姐说，在家要帮奶奶做点事，奶奶血压这么高不太能干体力活的。

第二天，去勇古叔叔家之前，奶奶一身轻松地说，她上张畲量过血压了，正常呢。爸爸说，肯定是昨天太累了才会突然升高的。

对于爸爸看来是反常的奶奶的表现，送奶奶回来的三姑却见怪不怪，笑着说，每次一有点不舒服，她就不停地烧香，求菩萨保佑。爸爸正色地对奶奶说，任何时候烧香都是好事，但有病时要看医生，菩萨可不会治病的。

从勇古叔叔家回来后，爸爸见两个姐姐都在厨房，雯芳姐姐在电磁炉前炒菜，春芳姐姐在切青菜。基本不做家务的姐妹俩的表现不敢恭维。雯芳姐姐右手操持锅铲的动作明显生硬，左手也不懂抓住小锅的把柄，极不协调；春芳姐姐切菜的动作更是僵硬，让人一看就是没切过菜的。但爸爸很是欣慰和感动，她们在帮奶奶做事呢。

经历奶奶的反常表现之后，在春节期间，两个姐姐做的家务活明显多了。

奶奶“不要不要”

过年期间，一岁半的你与上次回老家相比，有两个明显的变化：一是你已能满地乱跑，且见东西就要拿，以致我们得把茶几上的杯、盘等易碎品以及剪刀、打火机等危险品转移到你够不着的高处，还得有人专门看着闲不住的你；二是你已经能半清不楚地说好多话了。这点最为重要。你一见奶奶就叫“奶奶——奶奶”，把奶奶乐得不得了。而当别人问你“奇奇几岁啦”，你能很清楚地说出“一岁半”。

这个年，因着奇古你的首次加盟，尽管天气寒冷，却始终热闹温馨，其乐融融。

而对外公外婆来说，正好相反，他们过了一个伤感而孤寂的年。伤感和孤寂并非由于他们两个老人家过年，这点他们习惯了，而是来自外公一位姐姐的溘然离世。大年三十那天中午，外婆打电话过来，说外公奔丧去了，大过年的她一人在家好寂寞好凄凉。外婆不断地与妈妈和爸爸说话，与奇奇你说话，一遍遍地听你的声音。外婆说，她好想奇奇；说，你们要好好地过年，要代她向奇奇奶奶问好。如果不是太远和身体不好，真想见上她一面。希望她老人家能健康快乐。

奶奶还真做到了健康快乐。在经历血压高一事之后，年事已高的她略微悠着了一些，不再什么事都急急火火、不停不歇的。而她的宝贝孙子奇古你的回来，则让她成天笑得合不拢嘴。

奶奶给你买了一套乳白色衣服。拿出来让你试穿时，奶奶很是遗憾地一直说，好的只有这套了，不够红，不够红。其实，这正是我们喜欢的，乳白色中缀满彩色图案，显得素雅清亮。奶奶一拿出来，你就连连叫着“喜羊羊，喜羊羊”。爸爸细看，果然是神情动作各异的喜羊羊。巧了，是你正在喜欢的喜羊羊。那段时间，多家电视台正热播动画片《喜羊羊与灰太狼》，精明的商家也将喜羊羊呀，懒羊羊呀，沸羊羊呀，美羊羊呀，灰太狼呀，红太狼等的形象注入商品，充斥每个角落。当时，你还不能分辨什么“羊”，统称“喜羊羊”。

说起衣服，爸爸又想起外婆了。在你四五个月大时，外婆邮来了一大包衣服，包括专门为你制作的小枕头。当晚，爸爸妈妈将大包裹拆开，一件件看外婆给你买的衣服、鞋袜时，禁不住一阵阵大笑。爸爸拿起一件牛仔衣说，这件至少要上小学才能穿。事实上，这件当时看起来大得有点离谱的牛仔衣，在你一岁半时就能穿了，并不夸张，只是略大。

奶奶也好，外婆也好，外公也好，自打你出生那天起，就一门心思在你身上了。只是外公外婆因为身体原因，已近八旬的奶奶因为年岁原因，都不能长时间与你待在一起。为此，每次有限的相聚，都是他们最快乐的时段。

这个年，奶奶享尽天伦之乐。

年夜饭开始了，是在傍晚五六点，在叔叔弄完菜，奶奶烧完香，放了一串长长的鞭炮，在硝烟弥漫中漾出一句几十年如一日的奶奶的“过年喽——”之后，团圆饭开始了。

按老家习俗，年夜饭一开始，首先动筷的，是长者，且无一例外地夹起一个硕大的鸡腿，给一家中最小的人，说着“抓鸡腿噢——快长大噢——”。待最小的人用手直接抓着啃时，大家才动筷。因为奇奇你太小，还不会吃，这一庄重的仪式就免了。然后是发红包，发完红包之后，大家正式开始吃菜。

爸爸与叔叔照例频频举杯，其间不断地打电话，与各地的亲朋好友“遥干”。大凡过年，酒喝得最多的，往往不是爸爸与叔叔在席间的碰杯，而来自“遥干”。因为除了跟比如老张叔叔“遥干”三大杯六大杯外，还要与跟他一起过年的人干，打一通关。大凡过年，奶奶从不劝我们兄弟俩少喝点，只是说，不要喝到天亮，不要耽误了“开门”。

“开门”一习俗自古留存至今。就是在凌晨时分（每年的时辰都不一样），打开大门，拉亮所有房间的灯，在一番烧香之后，放一长串鞭炮，在响亮声中进入新的一年，祈愿新年吉祥。爸爸小时候最为兴奋的，是在人家“开门”后挨家挨户地捡“跌火”的鞭炮。运气好时，会将上衣两个口兜装得满满的。如果遇上有一截没有点燃，是我们小孩最走运的时候，也是那家人最“霉”的一年。人们对“开门”是十分在乎的，噼里啪啦连贯地炸完鞭炮，寓意来年一帆风顺；倘若断断续续，不够响亮或中途“跌火”，是大大的忌讳。

当时的挨家挨户，其实只去两三个地方，我们家族的厅堂，相邻的老厅堂以及往上一点的禾屋岗。我们寮子背两大厅堂的各家各户“开门”都在厅堂正大门，轮流放鞭炮。到禾屋岗倒可以说挨家挨户，他们没有像我们一样十几户人聚集在一起的共有厅堂。一般情况下，我们这些小孩只是捡些未燃尽的或是遗落的几粒鞭炮，有些比较“坏”的小孩可不这样，常常是候在旁边，待心急的“开门”人一走，就冲上去踩灭剩下的一截，从而收获至少衣服裤子四个满满的口兜。

这个年，酒只是爸爸和叔叔兄弟俩喝，略显热闹不足。往年，至少是我们和桥子头伯伯、太永生伯伯三家是会互相走动的，也会互赠年菜。爸爸总是先到桥子头伯伯家喝上几杯，再到太永生伯伯家喝上几杯，他们也会过来。早些年，他们都喝米酒，没有啤酒，不喜欢喝米酒的爸爸便会自带上一瓶啤酒，每家喝一瓶。

客家人聚族而居概念和方式的消失，别说所有亲房叔伯，就是爸爸与两位堂兄弟的家庭之间的走动，都在渐渐地淡化，每家每户基本上都是独自一家过年。

但过年是快乐的，因有了小奇古的参与。每天，一有空，大家就逗你玩。因为行李太多，我们没有将你的小车带回来，这样一来，除了睡觉，你就像个不安分的小猴子一样，跑来跑去，攀来爬去，一不小心就会有危险。

爸爸原来带了个烧水器回家，可能因为奶奶老人家操作不顺的缘故，没再用了，烧开水就用一根电热棒直接插到热水瓶里。烧开水的地方显然是最危险的地方，是我们最该重点盯防的地方。

那天，妈妈和奶奶坐在电视机前，你在身边走来走去。插着电热棒的热水瓶就在电视柜下面。突然，电热棒“嘟嘟嘟”地响了起来，烧开的水随之从热水瓶口呼呼溢出。你飞快地冲到响声处，好奇地伸手就要去动发出“嘟嘟嘟”声响的电热棒。这哪得了，一直在边上看守着烧水的热水瓶的奶奶赶紧上前将你挡住，妈妈几乎同时抓住你的双手，将你抱住。有惊无险之后，奶奶用土话说：“奇奇，不敢动的哟，会烫到的噢。”然后，或许感觉到你听不懂老家的土话，马上改口，摆摆手，用半洋土话说：“奇奇，不要动，不要不要——”你一听，脸上马上绽开一朵花，同时挥舞着小手跟着奶奶说“不要不要——”，说完又笑，笑完又说“不要不要”，说完又笑，边说边笑，乐此不疲。可爱的模仿动作与神态，把奶奶乐坏了。

下午，爸爸在藤椅上抱着你看电视，看着看着，你就睡着了。爸爸保持着最初的姿势，一动也不敢动，稳稳地让你酣睡。睡着睡着，你突然小嘴一抿，露出一个不易觉察的微笑，紧接着挥动右手，边笑边说“不要不要——”，然后，马上又恢复了睡姿。始终紧盯住你看的爸爸目击了整个你稍纵即逝的说梦话过程，逗人的神情让爸爸忍俊不禁，但又不能笑出来，拼命将笑声往肚子里咽，以至身子在压抑中轻微抖动。如此几番之后，爸爸才艰难地将笑意转移，长出了一口气，抱着你的双手回到一动不动的状态。

此后，奇古，“不要不要”的声音和笑声就贯穿了整个我们在老家过年的那几天。你一见奶奶，就舞动圆滚滚的嫩手笑着说“奶奶，不要不要——”，奶奶也马上对着你，摇摆着苍老的右手，笑着回应“奇奇——不要不要”。

回到顺德后的近半年时间，爸爸一提奶奶，说“奶奶呢”，你马上笑着晃着右手说“奶奶不要不要”。直至有一天，你在说着“小朋友不能喝酒，不能抽烟，不能打架，不能玩打火机……”时，爸爸插了一句“小朋友不能捣蛋，奶奶说，不要不要，奶奶说不要捣蛋”，你跟着学了句“奶奶不要捣蛋”之后，你就不再说“不要不要”了。爸爸问：“奇奇，奶奶呢？”你回答：“奶奶不要捣蛋。”再之后，爸爸妈妈在教你说“奶奶在老家时”，一问“奶奶呢？”，你又多了一句：“奶奶在老家，奶奶不要捣蛋。”

爸爸“喔喔在叫”

2010 年的清明，爸爸依然一个人回家扫墓。

出门在外多年的人，年或许可以不回老家过，特别是对于父母双亡的人来说，但清明是雷打不动要回家祭祖的，客家人尤甚。爸爸说过，这就是中国人融于血液渗入骨髓的根的意识。

2009 年清明时，正逢两个姐姐放假，是爸爸、叔叔和两个姐姐 4 人一起祭曾祖母和爷爷的。当时，正是将曾祖母和爷爷的坟往上移了 30 米后的第一次祭奠。

2008 年，因墓地下方仅隔几米远的通往县城的公路要拓宽，坟须迁移。风水先生看后，将新墓地选在原址直线上移的高处。从“迷信”年代过来的奶奶，当时表现得十分顾全大局，丝毫没有因要动祖坟而阻挠或漫天要价（迁墓补偿费），只是奔来走去，请风水先生啊，请人帮忙啊，叫叔叔买“金瓮”（装尸骨的坛子）啊，身体力行，忐忑不安而庄严神圣地忙得团团转，凡事千叮咛万嘱咐的。爸爸完全可以想见她老人家的紧张，从她的口气里。

2008 年农历十月六日那天，正好是小奇古你农历四个月大。傍晚下班时，爸爸与叔叔和奶奶通了电话。叔叔说，他正从山上回来，已迁好了。“那地方真好。爸爸的尸骨也保存得非常好，头发都好好的，一根钢笔也好好的。放心，非常顺，非常好！”奶奶也迫不及待地跟爸爸说了许多话。“我们要大顺大利，大吉大利！”奶奶一直问奇古你身体怎样，乖不乖，待爸爸连连叫她放心，说奇古很乖很乖，身体也很好时，她的声音才从紧张得急促、尖锐略显颤抖中舒缓了下来。整个过程三四天，奶奶都是处于忐忑不安的状态的。

回到家，爸爸照例第一时间从客厅的小床上抱起你，逗你玩。小孩从婴儿开始成长的过程中，会有许多的玩具，而为人父母则只有一件玩具：小孩。爸爸双手攥紧你的腋窝，让你还软绵绵的双脚“站”在爸爸的大腿上，“奇古奇——奇奇奇——蛮古蛮——蛮蛮蛮——”地叫着，笑着逗你。之前，你只是微笑，笑声也只有一两声，那天，在你农历正好四个月大的当天，你竟“咯咯咯咯”地发出一长串一长串的笑声，令爸爸一阵惊喜。正在厨房忙活的妈妈听到后马上跑到客厅，满眼放光地盯着我们快乐的父子俩，然后忍不住抱起你，“奇奇，奇奇”地叫着，贪婪地吻着你粉嫩圆润的脸。

妈妈的惊喜在于你成长阶段中一个突然的变化，爸爸的惊喜与惊异之处则在于，当天正好是爷爷和曾祖母迁坟之日，你突然的喜悦似乎在告诉爸爸，所迁的坟风水好，爷爷和曾祖母感觉舒适。莫非这就是神奇的感应?

2009 年清明扫墓时，我们沿着旧坟的位置踩着杂草，越过一棵棵不规则的小树后，到达新坟。叔叔说，以前都把曾祖母和爷爷的位置弄错了，应该是爷爷在左，曾祖母在右。站在新坟高地，眼前开阔舒坦。叔叔依着风水先生的话对爸爸说，你看，前面远处左边是什么什么、如何如何，右边是什么什么、如何如何，正前方是什么什么、如何如何。爸爸举目远眺，亦感觉此位置的旷达、豁朗，连连叫好。接着，叔叔操起多年未用的已生锈的柴刀，将坟前右边两棵左边一棵小杉树砍倒，又说:“是不是好多了？”果然，视野陡然扩大。“再看，坟背后的这几棵树是风水树，要让它长大长密，成蓄聚之势。”叔叔那天的话特别多。

今年，也就是2010年的清明，因爸爸是提前回家扫墓的，只有爸爸叔叔兄弟两人，两位姐姐还没放假。

最近几年，爸爸因在外地工作，清明回家几乎都是提前，已好多年没跟着大家族一起扫墓了，每家至少一个参与的任务就交给春芳姐姐了。爸爸和叔叔从小时候开始，就跟着大人们走上半天(我们家族的坟地基本都在本村范围内)，拔草、锄草、烧香，至于祭祀的是谁，有好几个墓爸爸至今还搞不懂。

今年清明，我们只是抡锄挥镰地清理坟墓前后左右的杂草和每年都会新长出的小杂树，然后点上香和蜡烛，摆上小公鸡、猪肉、豆腐、茶叶等祭品，给几个小杯斟上酒，对着坟墓和背向坟墓面对天地鞠躬烧香之后，焚烧纸钱，待纸钱完全燃尽后，开始放鞭炮。鞭炮放完，扫墓也就结束了，因此，几乎每次奶奶都会提醒，不要太早放鞭炮，让他们先吃饱喝足。

中午扫完墓，爸爸和叔叔就坐着已当村支书的徐伯伯的车先去上杭新塘村看望大伯公。

这是爸爸回老家行程安排得最紧的一次。去大伯公家之后，当天傍晚就赶往龙岩，翌日从龙岩回到武平，乘坐第三天武平到顺德的车，加上第一天，来回只有四天。

爸爸之所以急着回顺德，在于你，我的小奇古，当时一岁九个月的你，已经会想爸爸，有找爸爸的意识了。

在前往大伯公家的路上，妈妈打了两个电话过来。第一个还好，妈妈说“奇奇，跟爸爸说话”，并将电话递给你之后，你奶声奶气地叫着“爸爸——爸爸——”，爸爸跟你说了几句话，说爸爸回老家了，过几天就回来，在家要乖什么的之后，你突然急迫地说：“爸爸，‘喔喔在叫’！爸爸‘喔喔在叫’！”——爸爸知道，你想要表达的是，爸爸陪你玩“喔喔在叫”。爸爸赶紧说，好，爸爸过两天就回来了，回来陪你玩“喔喔在叫”。过了一会儿之后，妈妈又打电话过来，这时，你正在旁边大哭。妈妈说，打完电话之后，你马上边哭叫着“爸爸呢爸爸呢”边奔向书房卧室，冲往大门边，怎么哄都不行。爸爸在电话里还是如此这般安慰了你几句，说爸爸很快就回来了云云。你再次带着哭腔说：“爸爸‘喔喔在叫’，爸爸‘喔喔在叫’……”“喔喔在叫”是指你的塑料拼装玩具大公鸡。你对大公鸡十分着迷，一有空就摆弄。但你不叫大公鸡，你叫它“喔喔在叫”。一拿回家，妈妈跟你说：“这是大公鸡，喔喔叫的大公鸡。大公鸡，喔喔叫。”你就自然而然地迸出“喔喔在叫”的自创称谓。

一开始，包括经常跟你玩的郑阿姨在内的大人们都对你的“喔喔在叫”一头雾水，须经爸爸妈妈解释才明就里。爸爸对你特别的叫法十分称道，同时，也对妈妈没有像常规的刻板教育那样纠正你的做法做了较高评价。爸爸认为这是你语言天分的雏形初显，或灵光一现，倘板着面孔好心地一“纠正”，是会被吓跑的，是对你创造力的堵截和抹杀。

大伯公八十了

爸爸与大伯公已经六七年没见面了。在回家之前，爸爸特意安排了此番行程，并带上了相机。爸爸一直觉得，已经十年没见大伯公了。

六七年，漫长的六七年弹指一挥间；一小时，我们村到大伯公所在的上杭新塘村一小时之内的车程，我们却走了两个多小时。

从我们村到陈埔，再从陈埔穿越黄埔，就到了上杭寨背，寨背再越过一座山，就到了汀江河上杭城郊段的迳口，迳口对岸就是新塘。有车，有直达的水泥路，到大伯公家也就四五十分钟而已。但那天，我们一路不顺，来来回回折腾了半天，看望大伯公的行程漫长得令爸爸回味：这是一段对大伯公的思念之路，更是歉疚之路。

我们之所以没从陈埔拐到高梧，经高梧到寨背，是因为黄埔往寨背的路铺上了水泥路，而从黄埔走是直路。从陈埔往黄埔的路上，徐伯伯的车平稳地行驶在五六米宽的水泥路上时，爸爸连连感叹变化之快，且与叔叔一起叙说着当年走路时的情景。不料，进入黄埔不远，就被卡住了。下车一问，是前方路段正在整修，得绕路。问清楚怎么绕怎么走之后，我们掉转车头，一颠一颠地行驶在当年人行的小路上。

翻越一段坑坑洼洼、几乎不成路的小坡之后，我们的车转入一座古老的石桥，布满苔藓的石桥下是比当年瘦了许多的小溪，小溪两边各有一棵苍老的枫树。过了石桥，该往左还是往右，我们一时把握不住。当年爸爸与叔叔走路时是走右边，但我们现在要与水泥路会合。停车问卷着裤腿、扛着锄头的一对夫妻，他们均肯定地指着左边。小车喘着粗气呜呼呜呼地爬上坡后，我们进入了另一个自然村。

这些路爸爸和叔叔太熟了，我们走了十多年啊。可以说，这段路的一树一木、一石一水，都印着我们当年的记忆，永难磨灭。我们在颠来歪去的车上说，看，当时我们夏天时常常脱鞋在那溪里走；看，这个村子我们渴了时还讨过不少茶喝呢……那边，哟，你们看，那丘田还在。爸爸跟他们说，在爸爸还小时，一次一伙人从大伯家返回时，经过黄埔村的一个小卖部，爸爸看中了一个指甲剪，叫五姑买。指甲剪只需两毛多钱，爸爸觉得五姑应该有。但五姑不肯买。走着走着，憋屈的爸爸突然将抱在怀里的两把粗布雨伞猛力甩向路边的水田，气愤地一人冲向前头，绝尘而去。爸爸说，就是那丘田，就是那丘田……

正说着，我们的前路又给堵了。本来这里是接上水泥路的节点，可一捆足有五六棵之多的杉树把我们的路截住了。越过刚被砍下的，每株都有碗口粗的杉木，就是新水泥路，只要将障碍挪走就万事大吉了。可我们一试，根本没可能，这些枝叶齐全的杉树被重重铁丝牢牢地绑住。我们三人正垂头丧气地抽着闷烟，一筹莫展时，右边土屋里幽幽地走出一位穿着白色背心的瘦小老农。他说，没办法，只能掉头回去啊。徐伯伯不禁一阵开骂，说黄埔人太不厚道，明知不能走这边还把我们指过来！

去寨背的水泥路彻底被堵死了，我们只得回头，从黄埔返回陈埔，再从陈埔弯到高梧，由高梧经寨背过去。这条路当然是顺了，我们很快就到了迳口。在走路年代，到了迳口，就搭渡船过对岸，可现在开着车，且由于上流建了个大水电站以及生态被破坏所致，河水已经少得可怜，渡船早就没了。打电话问伯婆，她说往右，就是去上杭县城方向走一公里左右有座新桥。我们走了一公里，边走边朝河边看，却怎么也没看到新桥，走了三四公里时，才看到远处一座桥。不对，那是老桥，去旧县的，我走过，爸爸说。只好折回，问路边的村民。村民详细跟我们说清后，我们终于拐进了过桥的路。原来那桥的确是新建成的，桥两头的路都还没整好，难怪我们找不到拐进去的路。

过了新桥，在一个有挖土机正在作业的岔路口，我们又犯难了，往左走还是往右走？叔叔问一个挑着畚箕的阿婆，说去迳口怎么走。阿婆说迳口在对面啊，你们走错了。叔叔和徐伯伯正惊讶而懊恼时，爸爸问阿婆，新塘是往前（也就是右边）走吗？阿婆说对，这里就是新塘了。爸爸对叔叔说，我们一直说大伯公那里是迳口，他们也这么说，现在才知道，其实迳口是指对面，也就是渡口的意思，大伯所在的是新塘村。爸爸之所以清楚，是因为曾经写信问过大伯公的儿子荣路生伯伯。

走没多久的岔路口，远远地，爸爸就看到了在一丛竹林下站着的，清癯如竹的大伯公。

爸爸一阵激动，车一停稳，就跳下来，一把攥紧大伯公干瘦如鹤爪的双手，拍着他削瘦的双肩，说："大伯啊，十多年没见了啊，十多年了啊！"吃饭时大伯公才纠正，应该是六七年，我们家搬新房时他上来过。当时他没说什么，只是保持着一贯的笑。大伯公，一位八旬老翁无邪如婴孩的微笑，如一股冬日暖阳，照得如雪花般轻盈飘洒的满头银发闪闪发亮。勤劳如牛简朴如土的大伯公依然穿着几十年前的粗布蓝衫，布纽扣已经掉了几颗，但洗得泛白的蓝衫干干净净。"大伯身体不错啊！"爸爸说，大伯公又笑了。大伯公的笑不但毫无杂质，而且略显羞涩，即便出现在他年逾八十的老者的脸上，也是如此。

伯婆和凤姑早就待在门口迎接。原本一直显得比大伯公年轻的伯婆也老了，一笑，脸上皱纹满而密："佳古，你太久没来了呀！""是啊是啊，太久太久了……"爸爸愧疚地唯唯诺诺。"佳古，你都不认识我了吧！"凤姑大声地招呼爸爸，责怪之中挂着大伯公家特有的笑容。"怎么会呢，凤姐还是这么年轻"，爸爸和叔叔都说。凤姑连忙说老了老了。大伯公家重男轻女思想很顽固，有一个儿子还将凤姐留在家招赘。但命运多舛，第一个入赘的夫君生了两个小孩之后撒手西去，现在家招待我们的，是新入赘者，爸爸不认识。事实上，命运的坎坷加上岁月风霜的侵袭，曾经白皙、漂亮、总是微笑的凤姐真的黑了、老了。

凤姑招赘之后，他们家就分成了凤姑和荣路生伯伯两家，大伯公跟凤姑，伯婆随荣路生伯伯。他们都建了新房，在原来的小庭院上方并列两家。多年在外做营生的荣路生较宽裕，房子也装修得亮堂，令尚未装修好的凤姑家相形见绌。

相比之下，下方破败的老庭院显得狭小而丑陋。准确地说，不能用"丑陋"一词，因为庭院已被拆得只剩门头以及与大门相连的一小截土墙，唯天井依稀可见。爸爸走下一段小坡，在原来觉得宽大而今居然小得可怜的庭院间走了几个来回，残垣断壁带给爸爸的不是大伯公两家住上宽敞砖瓦结构房子的喜悦，而是触动着爸爸的儿时记忆，温馨而疼痛的记忆。

爸爸记不起第一次去大伯公家是多大，只记得，起先是与三姑、叔叔一起，三姑出嫁后由五姑带着我们，当时还有我们村塘下自然村的石桥妹（即文化古，也叫乌鬼）家人，他有个亲戚在真正的迳口，与大伯公也有点亲戚关系。

我们村有很多石桥妹和乌鬼。乌鬼是绰号，好懂。石桥妹比较费解。当年的农村父母都喜欢将子女往贱处叫，而石桥妹似乎并不贱，是一种心愿，说是“妹”，其实都是男的，桥子头伯伯也叫石桥妹。一般情况下，贱名可以随心所欲，一叫就叫上了，但石桥妹不可以，须带着小孩到石桥边焚香的，意在让小孩跟石桥一样坚硬，好带。

起初我们都是一伙人一起走亲戚，慢慢走，二十几公里的路程基本上都要走上老半天。爸爸与叔叔长大之后，就由我们兄弟俩去大伯公家，且渐渐地从走路过渡到骑单车，从骑单车再到骑摩托车。小时候，一般都在每年暑假去，至少得住上一天。爸爸是 1993 年从武平调到龙岩的，在龙岩的十年间，前一段还好，会在过年时与叔叔一道骑着摩托车去大伯公家，尽管逗留只是一顿饭时间，甚至匆忙得连饭都不吃，只喝几杯茶，但也算在走着我们最亲的亲戚。后来，爸爸就依赖叔叔去了。再往后，连叔叔都去得少，倒是大伯公还走路上来过我们家好多次。这也是爸爸老觉得有十几年没见大伯公的原因。

我们对大伯公家印象最深的有两点：一是吃的菜，每次都是可吃一年的上杭特产鱼粄，与菜心（不是广东人叫的青菜名，而是芥菜的根部，也叫菜头，削皮之后切片而成，脆嫩鲜甜）、豆腐、猪肉连汤一起煮的大盆菜，有点像东北的乱炖，多年来一成不变。二是跳蚤。爸爸与叔叔在厅堂左侧的二楼与荣路生伯伯一起睡。没有楼梯，上下靠一把梯子。那时，一到睡觉时间爸爸与叔叔就头皮发麻，那床上的跳蚤太多了，我们基本上一个晚上都不得安宁。实在被咬得不行，我们就干脆爬起来，脱下衣服，掀起脏黑的被子，兄弟仨比赛捉跳蚤。

说实话，大伯公家并不好玩，好玩的在于村边的那条属汀江支流的河。大爸爸两岁的荣路生伯伯会带着我们，在河两岸的河滩上玩。山里长大的爸爸和叔叔，不是旱鸭子，但游泳水平也只限于在堵起的小溪里练就的狗扒式，面对又深又急的河，是万万不敢下水的。荣路生伯伯毕竟是水边长大的，游泳水平了得，不光时不时跃入河里扑腾一番，还能逆流而游。爸爸和叔叔只能坐坐渡船，然后在河滩上玩。

大伯公村子所在的那段河流，水流湍急、河面宽阔，两岸风景秀美，从那儿经旧县到上杭县城段是汀江上杭段最漂亮的河段。从村子这头，我们一路走下走，沿岸古老遒劲的树木，河滩上历经河水冲刷而坚韧多姿的灌木虬枝，在阔大透亮的河滩映衬下，墨绿中有金黄，金黄中缀深蓝，让爸爸、叔叔两个山里孩子备感新鲜，心旷神怡，常常走出很远很远，又要走上半天才能回到家。对岸，也就是迳口所在河滩的不远处，是一座长满植物的石山，石山下是一急流迂回缓至的深潭，潭水的深蓝与石山的墨绿相映成趣。爸爸那时说，真像书上看到的漓江的象鼻山，如果在石山上凿一个大洞的话。

与我们家秉承耕读传家思想不同的是，大伯公家是耕而不读，荣路生伯伯与他的两个姐姐一个妹妹，都没读完小学。有一次，荣路生伯伯在我们家表演起了劈腿呀后仰双手着地呀什么的，一问才知道，他正在跟人学武。大伯公认真而自豪地说，花了二百块钱啊（当年的二百块钱是笔大数目）。这是一个勤劳、质朴、简单而低调的普通农家。

荣路生伯伯爸爸可真是十多年未见了，甚至近二十年。从我们家出发前，爸爸打电话给大伯公家，是伯婆接的，说大伯公去放牛了，荣路生在县城开饭店，她会叫他回来。爸爸没想到，一二十年没见的荣路生伯伯，说是饭店生意忙走不开，没有回来。三兄弟最终没有相聚。

凤姑与她丈夫早就杀了头鸭子，炒好了米粉，温好了米酒。爸爸对大伯公喝不喝酒没有印象，想不到，他一直酒量不错，如今也是每天都要定量喝一些。席间，大伯公依旧一直在笑，不太说话，只是谈到爸爸究竟多少年没见到他时，他才说，没有十年，应该是六七年，搬新家时他上来过，还住了一个晚上，是在桥子头伯伯那边睡的。

离别了六七年，坐了两个半小时的车，只为了短短半个小时的相聚。走的时候，大伯公像在路口等我们一样，照旧送我们到路口。在柏油路口的竹林，爸爸拿出相机，让徐伯伯为爸爸和大伯公，叔叔和大伯公，爸爸、叔叔和大伯公合了影。

车启动了，这一刻，始终在笑的永远严肃不起来的大伯公神情突然凝重了，眼睛一直盯住我们，没说话，只是挥手。

爸爸在心里说，再见了，我的大伯，我们一定还会来看您老人家的。

一份特别礼物

“爸爸要买礼物啊！”

2010 年 8 月 6 日至 8 日，爸爸去湖南张家界旅游了一趟。出发前一天，爸爸跟你说，奇奇，爸爸明天要去旅游了，去很远的地方，要三天才能回来。你一听，马上认真地对爸爸说：“爸爸要买礼物啊，爸爸要买礼物啊。”

再前一天，妈妈已经跟你说过爸爸要旅游一事。你对“旅游”一词似懂非懂，但对礼物是不陌生的，你已经两岁了。一岁半至两岁是你飞跃性的阶段，从懂事到说话。

此前，一次爸爸傍晚下班时买了一块豆腐，一进门，你就噔噔噔地跑过来，说：“豆腐，爸爸买了豆腐！”第二天傍晚，爸爸下班回家推开门，照例叫着“爸爸回来了”，你依然迅速地颠跑过来，但眼睛一直盯住爸爸的双手，确认空空如也后，快快地说：“爸爸没买豆腐喔。”第三天下午上班时，你就说“爸爸要买豆腐呀”。当然，为了引你思考，爸爸特意追问，除了豆腐，还要买什么呢？你就边想边说：青菜……还有呢？萝卜……还有呢？肉……还有呢？……鱼……后来几天，爸爸怕你的期待变成失落，就买回一些水果。第一天买的是紫色的李子，酸，你不喜欢。后来买的是香蕉。连买两天后，妈妈说这样不好，会养成天天要爸爸买东西回来的习惯。但在爸爸偶尔会给你带些玩具类的东西后，你也偶尔会在爸爸上班时说，爸爸要买礼物呀。

但此番赴湘，是你两岁后爸爸的首次外出，也是你说话日渐清楚时的外出，因此爸爸对礼物特别放在心上。

张家界所在地以土家族为主。在上山和下山时，爸爸一再对摊上卖的土家族服饰十分留意，因为爸爸记住了要给你买礼物。第二天中午，我们从十里画廊出来时，爸爸差点就买下两套土家族服装了，只是怕在景点里面有太多消费陷阱而放弃了。当天下午，在贺龙公园前的一家服装摊点，爸爸买下了两套，不贵，总共才 35 元。爸爸对这两套衣服很满意，一直在车上“孤芳自赏”。

因为你穿上这类民族服装特别帅气。2009 年 9 月 14 日爸爸给你拍的一张你穿着一件短袖花衬衫的相片，放上爸爸的博客后，康城叔叔就打电话来，说那衣服太漂亮了，看奇奇还能不能穿，不能穿了就送给他儿子，八九个月大的闹闹弟弟。“如果你们想收藏，寄过来给闹闹拍拍相片，再还给你都行。”老康叔叔表现出无限爱意。待爸爸寄过去后，却小了，闹闹弟弟穿不了，有点遗憾。这件衣服是郑阿姨送的，是她的同事从印尼买回来的，质地相当好，如丝绸般柔软。

这趟张家界之行，爸爸给你买了漂亮的土家族服装，还买了些给你吃的当地土特产等，其中有一个由一截小竹筒制成的，在铁丝抽动下发出鸟叫的玩具，爸爸一直放在包里没拿出来，这东西你还不能玩。

但最有意义的一件礼物，是既不能吃也不能玩的，爸爸突发奇想的得意之作——明信片。

行程的第二天，也就是 8 月 7 日，我们在袁家界山上等车，欲转往下一景点时，正下着山雨。时天气炎热，但在高山上淋着山雨还是觉得凉意袭人。爸爸没带雨伞，也没像一些游客一样临时买一次性的雨衣，只任山雨淋着，甚觉酣畅淋漓。爸爸喜欢淋雨的感觉，它总给我一种浑身清澈通透、与自然融为一体的亲切感觉。淋着雨走下一段台阶，穿过张家界每处景点都有的排队的回廊，再淋一小段雨，就到了我们这队游客小憩之处，那里有着一排“7”字形的房子。

爸爸在走廊上吞云吐雾的间隙，见左边有着一张桌子，一位女工作人员正在为游客说着什么，三四个游客弯着腰在写着什么，旁边是一个绿色邮筒。爸爸有点明白了，踱过去，全明白了：是为游客提供邮寄做成明信片的天子山门票。两位刚毕业的女同事边询问提供笔的女工作人员张家界的邮编什么的，边填好明信片，继而投入旁边的邮筒。

现在门票基本上都制成明信片，可在景点所在地免费投递给自己的亲人朋友，此前爸爸似乎没有一次寄出去过，这次倒让爸爸突然有了要将门票寄出的冲动。寄给谁呢？爸爸迅速地在脑子里搜索了一遍，首先想了一下作为学生的雯芳姐姐，但马上否决了，因为当时正是暑假期间，而下学期雯芳姐姐就上高三了，班级会变。然后，自然而然地，爸爸就想到了你，奇奇——将明信片寄给其时尚不识字的奇奇，捎上祝福语，不就是一件值得珍藏的礼物吗？

待前一游客填好后，爸爸熄灭烟蒂，接过蓝色水笔，龙飞凤舞地在明信片上郑重其事地写上我们家的地址，写上你收，然后如是附言——“儿子，爸爸在张家界天子山祝你健康快乐成长！”而后，再郑重其事地投入邮筒，转身对一直在旁边的同事老魏说，如何？一向不太说话的老魏伯伯频频点头，诺诺连声。

第三天回到家的当晚，爸爸妈妈首先给你试穿土家族服装，你喜欢得不得了，我们看着有着民族特色的小奇奇，也特别开心。白色基调的那套比较有特色，但偏小了点；红色基调的那套你一穿上去，妈妈就喜爱得大笑不止，说太像一个练武的了。

但妈妈最欣喜的，是在一周之后，妈妈收到爸爸寄自湖南张家界天子山的那张明信片，爸爸给你的一份特别的礼物。妈妈会替你好好珍藏。

爸爸快来拿钱

张家界游两个月之后，你的变化再次让爸爸妈妈惊喜不已。

那天晚上 7：40 左右，爸爸照例准备上班了。

自打你出生，只要你没睡觉，爸爸上班或有事出门时，都会握着你的小手，说爸爸要上班了，跟爸爸再见，拜拜，握握手，好朋友；直至一说爸爸要上班了，拜拜，你的小手会自己伸出与爸爸握手，不会说话，微笑着看着爸爸说“握握手，好朋友”；再至你坐在学步车上，爸爸与你握过手说过“握握手，好朋友”，说了拜拜后，你哗啦哗啦地追上来，追至客厅与餐厅之间的台阶，被阻挡之后，大哭。这时，爸爸就会抱起你，跟你说着话，边走至门边说，爸爸要上班了，奇奇送送爸爸。有时你会停止哭闹，有时破涕为笑，但一转移至妈妈抱，你有时又会大哭，常常伤心得不得了。这一送就送到了现在，成为我们家雷打不动的规矩。快到两岁时，你的送就是真正的送了，爸爸一说要上班了，送送爸爸，你就会停下手中活（无论在看电视还是玩），说爸爸要扔垃圾啊，然后咚咚咚咚跑到门边，踮起脚要拉大门的把手。当然够不着，爸爸替你开了大门，再开第二道铁门，父子一起出到门边。这时，一般是爸爸抱起你，说，爸爸要上班，你在家里呢？看电视……玩喔喔在叫……搭积木……洗澡……睡觉……然后爸爸放下你，你走进去，关上铁门后，从铁门的空隙伸出手，说握握手，好朋友。爸爸也说握握手，好朋友。然后你再往里退几步，右手挥挥说拜拜，左手关上沉重的大木门。

但这天你没有马上走过来送爸爸，而是跑过来说，爸爸画画，爸爸画画。

爸爸陪着你在客厅的茶几上画了兔子啊，花啊，苹果啊，太阳啊，萝卜啊什么的之后，转身走到餐厅，说，爸爸要上班了，不能给你画了。你急了，赶紧跑到餐厅，抓住爸爸的双手，说爸爸先别走嘛，爸爸画画，并身体一直朝后仰、往下蹲。可爸爸真的不能再耽误时间了啊。你声音更大更急促了，对与你转着圈对峙的爸爸说，爸爸不要走来走去嘛，爸爸先别走嘛。见爸爸一直说要上班了，你也灵机一动，腾出一只手来向客厅方向一指，说爸爸走这边嘛，别走那边（大门方向）。爸爸只好又陪你画了一两个东西，之后说怎么地都得上班了。

这天你不依不饶的，就是不肯让爸爸走。爸爸强行走了之后，你哭了，一直说爸爸先别走嘛，爸爸不要上班嘛。

爸爸下楼，在地下停车场启动电动单车，刚走几步远，电话响了，是妈妈打的。妈妈说，爸爸走后你一直哭，怎么哄都不行，妈妈就说，爸爸不能不上班的，不上班就没有钱给奇奇买东西喽。让妈妈想不到的是，你一听此话，当即停下哭泣，径直跑向餐桌，提起妈妈的小包，拉开拉链，取出钱包，从一叠钱里抽出一张50元钱（妈妈强调，是当中最大的，其余的都是10块5块的），说，叫爸爸拿钱啊，爸爸不要上班，叫爸爸拿钱啊。爸爸一听，乐了，就叫你听电话。你一接过电话，就忙不迭地连声说："爸爸来拿钱啊，爸爸快来拿钱啊，爸爸不要上班嘛，爸爸先别走嘛……"爸爸说，爸爸已经走了，爸爸要上班了，你在家里玩，爸爸明天陪你玩。这才缓和了一下。打完电话，爸爸将手机放进裤兜后，回味着你的话，忍俊不禁。

伴着危险成长

在风平浪静的顺德生活的你，并不知道离我们忽远忽近的天灾人祸，快乐地跑着、跳着、笑着、哭着的小奇奇，在不知不觉中，似乎毫无悬念地越过了 2010 年，走到了新的一个年头：2011 年。现在是 2011 年 1 月中旬，你已经两岁半了。

事实上，在世界潜在的大危险当中，跌跌撞撞长大的你，也经历了不少小危险，爸爸称为伴随成长的必然危险。

最早的危险来自你尚坐学步车之际。那时，接近一周岁的你已经能哗啦哗啦地拖着学步车在客厅穿梭自如了。一天，一不留意，你悄悄地越过客厅，跑到阳台去了。跑到阳台没事，还在学步车内的尚不能造次，问题在于，阳台上有一盆带刺的三角梅，问题更在于，你直冲花盆而去，把圆嘟嘟的嫩脸划了几条伤痕。妈妈一发现就大叫起来，直埋怨爸爸养的老不开花的三角梅。然后，立马转身操起刀、剪，将爸爸精心浇养的三角梅一阵砍剪。之后，爸爸也忍痛割爱地进一步做了砍伐，直至仅剩三两枝不足 20 厘米的主干为止。本来妈妈坚持要消除危险根源，说将三角梅连根拔起扔了，无奈根系太发达，也就任由它存在了。爸爸随后将花盆移到厨房那头的小阳台了。

这事爸爸之前说过，现对三角梅的命运再做补充。第一次砍三角梅后不久，也就是在你即将步入周岁时，妈妈带你去贵阳外公外婆家了。这时，爸爸一人在家，也常自己在厨房弄点吃的，包括煮饭。而淘米水均则自然地浇给了近水楼台的三角梅。在淘米水滋润下的三角梅长得特别滋润，枝繁叶茂，绿意可人，在爸爸的修剪之下，有一枝还延伸到了小卧室的窗台下了。当然，还是不开花。

然而好景不长，三角梅再遭厄运。在贵阳度过周岁的你回到顺德后，已经能走路的你又一次被小阳台上的三角梅蜇到。要是刺伤眼睛怎么办？妈妈担心地说。爸爸十二分不舍而又毫不犹豫地再次将三角梅的枝叶剔除干净。妈妈要求：这次是必须扔掉了。爸爸显然舍不得，在小阳台放了几天之后，将沉重的花盆挪至大阳台左边两条铁护栏之间，原本设置成放空调机的地方。一番伺弄之后，生命力顽强而旺盛的三角梅再发新枝，将护栏装饰成了绿篱笆。尽管只开了三朵花，并且在频遭北风侵蚀的艰难岁月，叶子稀疏而皱黄（妈妈说叶子越长越小了），爸爸依然呵护有加。

如果说被树枝划伤只要把你看紧点就可避免，算不上什么危险的话，那么，2010 年 3 月份的一次受伤，是完全可以称为危险的。

那是一个上午，大约 11 点，妈妈在炒菜，你在厨房玩。你从椅子上爬向圆形玻璃茶几时，砰的一声连人带玻璃一起掀翻。可想而知，玻璃桌面四分五裂，大大小小的玻璃碎片落满地板；同样可想而知，你受伤了，你的额上被割了道口子，鲜血直流。

12 点左右，爸爸一进门，就听小清阿姨一惊一乍地说着你的惊险一刻。妈妈说，当时你满脸是血，吓死人了。而由小清阿姨抱着的你，却像什么事也没发生一样，还在笑。小清阿姨说：“真是勇敢。太可怕了！”妈妈反而平静下来了，说没事了，贴上创口贴就好了。爸爸放心不下，说那得看口子多大，说着撕开创口贴。多少毫米爸爸目测不来，只是感觉伤口深了点，说，不行，要去医院处理，怕破伤风。当时爸爸并没往破相那边想。为了稳妥起见，爸爸和妈妈分别打电话咨询谢医生和郑阿姨，她们均认为，为防止伤口留伤疤，还是去医院缝一针的好。

事不宜迟，妈妈放下饭菜活，爸爸抱起你，与小清阿姨一道往楼下走。爸爸骑电动车载你和妈妈，小清阿姨骑电动车同往。

在急诊室，医生一看，说要缝一针，一针就可以了。缝针开始了。在简易手术台上，按医生护士的吩咐，小清阿姨按住你双脚，爸爸控制你的双手和上身，护士姐姐将一张开有缺口的白布蒙在你脸上，目的是遮住你的眼睛，然后双手摁住你的头。一开始按你时，你就恐惧地“不要不要”地大哭起来，白布一盖上脸，你更是使尽全身力气地扭动手脚与身子，疯狂挣扎不止，哭声尖厉而嘶哑。爸爸按得大汗淋漓，小清阿姨连说快摁不住了。我们与护士姐姐一起不停地哄你，但无济于事。妈妈不光不敢按你，连这场面都觉得残忍，只是忐忑不安地在走廊走来走去。医生娴熟地拿起针（那针还真有点粗），一刺一挑，就将线穿过了你左眉上方的肉和皮，然后打个结，贴上纱布，完事。手术不过一两分钟而已，可怜的小奇奇却已经哭成了个泪人，抽搐不已，满脸惊恐，声音沙哑。妈妈一把从爸爸怀里接过你，抚摸着哄你。令小清阿姨奇怪的是，你很快就没事了，打完针后逗留的半个小时内，你一直在走廊的栏杆上爬上翻下的。

折腾一番之后，我们回去吃饭时已快 2 点了。小清阿姨似乎还没从惊吓中缓过神来，连连对爸爸妈妈说，你们怎么一点都不怕呢，如果乐乐（乐乐姐姐，她女儿）伤成这样，出那么多血，我们不知会急成什么样呢。我们只是笑笑，说，小事小事。其实，我们是这么想的：无论遇上什么事，大人都要镇定，如果自己都慌了阵脚，小孩怎么办？心有余悸的小清阿姨又说，不行，家里有太多危险的东西了，比如那小猪，不能放在餐厅下客厅的台阶下，它锐利的双角是危险的；茶几的边角是危险的；小孩玩筷子是危险的……

妈妈说，这事还不算什么，有一次更险。因为当时爸爸在上班，妈妈没告诉爸爸。那是之前的一个晚上，你摔倒后牙齿将嘴唇碰破了，血一直流，一个晚上还没完全止住。那晚妈妈都不敢睡，始终看着你的嘴，边看边擦，生怕血和肉将双唇黏合。

这危险不会不算什么，其实是够危险的了。几个月之后的一则新闻让妈妈着实吓坏了。广州一两岁多的小孩在家趴在玻璃茶几吃饭时，把玻璃茶几压断，被玻璃碎片割喉身亡。媒体提醒，家饰切勿使用普通玻璃，而应使用钢化玻璃。

奇奇你受伤之后，妈妈重新安装茶几玻璃，就是厚厚的钢化玻璃。此为有惊无险之后的吃一堑长一智。

紧接着的又一次危险，发生在 2010 年清明爸爸回老家期间，也就是你在电话里说“爸爸喔喔在叫”的时候。妈妈在电话里告诉爸爸，说有天下午没看紧你，结果你跑到水池边，脚底一个猛滑，整个人没进水底。当时有个爷爷马上下水拉起你，妈妈发现后，也立即冲进水池，抱起浑身湿漉漉的你，吓得话都说不出来，半跑着回家。爸爸在电话里一听火冒三丈，大声将妈妈呵斥了一番，妈妈委屈地说奇奇跑得太快了啊什么的，爸爸一概不听。

这也是 2010 年清明，爸爸在老家逗留时间短的一个重要原因。

而最为危险的一次，来自妈妈的一次大意，这大意几将铸成无可挽回的大错。

或许是危言耸听，但当时的确把你妈的魂都吓没了。

时间爸爸记不住了，应该是在周岁前。那天上午，妈妈用小车推着你去云路市场买菜。这不奇怪，妈妈已经多次单独推你外出了，尽管爸爸不断提醒。妈妈上菜市场的洗手间时，一说是将你和小车让平时有些熟悉的摊主照看（街坊说）；二说是已将你推进洗手间，是在眼之能及之处（妈妈说）。结果是，出来后发现挂在小推车上的小包不见了，内有手机啊，卡啊，现金啊什么的。

从丢包的失落中回过神后，妈妈慢慢反应过来了：如果丢的不是包，而是小奇奇呢？时下全国各地正此起彼伏地发生人贩子偷抢婴孩案件之际，能不害怕吗？一到小区门口，妈妈就用保安的手机打了爸爸的电话，说她被偷了。爸爸一听就略知一二了，听到旁边你的声音，爸爸只平静地说了声：“朱砚棋在就行了。”这是多么重的一句话！或许是听了爸爸的话后，妈妈才开始真正后怕起来。一进家门，爸爸抱过你，妈妈在换鞋。换鞋的当儿，妈妈喘着粗气说，怎么会呢？才一两分钟啊。爸爸没问怎么回事，只又说了句重话：“什么分钟，出事是以秒计的！”一听此话，妈妈真吓到了，一把抢过爸爸怀里的你，紧紧抱住，在你脸上狂吻一通，脸色煞白，失魂落魄，泪眼盈盈地喃喃自语：“如果朱砚棋丢了，我也不活了，我就跳河……”

这事爸爸一直没问妈妈怎么回事，只是有次爸爸带你到楼下小区花园玩时，一位奶奶说了个大概，说当时把奇奇妈吓得魂都丢了；又说，她们可从不敢带小孩出去的，除非好几个人一起。过了一阵之后，爸爸将小区奶奶的话转给妈妈听，妈妈说不是这么回事，是她们传来传去传偏了。但此后的很长一段时间，妈妈都听爸爸的话，不再独自带你出去，每次都和乐乐妈一道。

不生气才爱你

就像突然就能自己尿尿一样，你成长变化的惊喜如影随形。

一岁半一过，爸爸妈妈就开始嘀咕你尿尿的事，说什么时候小奇奇才能自己走到洗手间小便呢？尤其接近两岁时，这种嘀咕就成了担忧：总不能老穿纸尿裤呀。在此过程中，爸爸妈妈坚持不厌其烦地跟你说，想尿尿时要说我要尿尿了，然后爸爸妈妈就会带你去洗手间尿，知道吗？你每次都会说知道，可又每次都随地就尿出来了。

不料，一进入两周岁，要尿尿时你突然就噔噔噔往洗手间跑，边跑边说我要撒尿，边脱裤子，等爸爸妈妈听到，两团白花花的棉花一般的小屁股已经滚到洗手间去了。等爸爸跟上，想要帮你时，你伸出右手挡住说，我可以的。

在此基础上，妈妈还想将你训练成晚上睡觉也不用纸尿裤，晚上定时叫醒你两三次，起来尿尿。连续折腾了几个晚上，不奏效，倒把妈妈累成了熊猫眼，只好放弃。

而最大的变化应该是语言和动作神情的演进。

爸爸妈妈生气时你的几个阶段的反应特别好玩。

在你刚过周岁时，因长牙的缘故，见什么咬什么。一次在厨房，你把塑料筐箩推倒后，趁势扑上，双手攥着边沿，嘴随即凑上就啃。爸爸在边上阻止说，奇奇，不能这么咬，牙齿会咬坏的呀。没用，爸爸越叫你越咬牙切齿。爸爸便严厉地抓起你的手，顺手操起一根筷子，在你的手臂上轻轻地敲了一下，以作惩罚。以你啃塑料筐箩的牛劲，爸爸猜想轻轻敲一下是不会有效果的，没想到，爸爸就那么虚张声势的一敲，倒把你敲哭了。你委屈得撇着嘴呜的一声哭起来，两行眼泪紧跟着汹涌而下；泪一来，嘴巴随即张得大大的，变成哇哇大哭了。妈妈赶紧放下手头的活，转身说，怎么啦奇奇？干吗那么伤心呢？妈妈并没马上蹲下哄你。有了台阶之后，奇奇你更大声地哭了几声，就抽泣着慢慢平息了。

爸爸没劝没哄，初尝父威的爸爸有种意外的满足感，尤其在妈妈说“咦，怎么爸爸就那么轻轻地一碰你，就伤心成这样，妈妈可是怎么打你屁股你都不怕的呀”之后，更为得意。

但这种得意没持续多久。一般情况下，爸爸是不主张打的，可有些时候，在严厉有加的一再提醒你不听时，也会褪下你的裤子，啪地拍上一下或者两下，以示警告。而在有限的三次当中，前一两次你还会憋屈得哭，第三次就不行了，你会说，不要打我嘛。这招厉害，此言一出，爸爸无语。

“打”是不灵了，爸爸又想一招，你捣蛋时，就将你双手夹住或按住。起初，你依然会哭，几次之后，你会说，爸爸，你夹住我手了，爸爸，你不要按住我嘛，我以后不敢了。

通常情况下，遇上你捣蛋时，爸爸妈妈总是跟你讲道理，之后问，对不对？当你认可爸爸妈妈的说法，说对时，爸爸妈妈就会说，以后不能这样了，不然爸爸妈妈会生气的哦。如此一来，也就化解了。在你实在耍犟时，爸爸就会拉下脸，说，爸爸生气了。你一见爸爸真的表情严肃，就会软下来，说，爸爸不要生气嘛。再演变下去，只要爸爸妈妈真生气或说要生气了时，你都说，不要生气嘛，不生气我才爱你。这招更绝，你一说不生气我才爱你，爸爸妈妈就会笑起来，伪装的生气也就荡然无存了。

再往后，你学着妈妈的样子，在爸爸妈妈说要生气时，你先“生气”了，环抱双手于胸前，朝左或右扭过头，板着脸说“哼，我生气了！”。这时，爸爸也以同样的动作和神情说“哼，我生气了！”。但僵持不了多少秒，总是你先下台阶，放下双手，看着爸爸说，“好了，我不生气了”，或者说，“好了，我们两个都不生气了吧”。

在小区的妈妈们中，妈妈和乐乐妈的关系较好，因此，乐乐哥哥也就成了你最常在一起的玩伴。起初，大你半岁的乐乐总是时不时推你搡你，乐乐妈怎么呵斥都没用，常常把你弄哭。这些都是听妈妈说的，爸爸只看到过一次。

那次，爸爸带你到楼下小区花园玩时，乐乐妈也正好带着乐乐在玩，你们哥俩也就自然而然玩在了一起。在滑梯旁边的草地上玩时，乐乐老是在背后推你，一推一个倒，你不哭也不恼，只是跌倒了就爬起来，往前走，再跌倒再爬起往前走。在旁边看着的爸爸不会在意孩提们的嬉闹，小孩不闹就失去天性了。可爸爸感觉到了潜在的危险，在草地上推倒没事，也摔不疼，可这周围都是灌木丛，落了叶子的小树枝丫毕露，万一扑倒在树枝上，脸啊眼睛啊不得刺伤？爸爸不好制止乐乐，就抱起你回家了。事后听妈妈说，待回家拿毛巾的乐乐妈返回，见爸爸和你都走了，便意识到可能乐乐打你而把爸爸惹生气了。

妈妈说，你和乐乐在一起时，总是或争玩具或争零食而打打闹闹，这个哭了那个哭，乱作一团。可一分开，又都惦念着对方。你们的打闹爸爸不知道，可你对乐乐的感情爸爸是亲身感受到了的。爸爸带你到小区花园玩时，连着三天，走到南门方向时，你都拉着爸爸的手，说要到乐乐家玩。爸爸不知道乐乐家在哪，只说乐乐不在家呢，他跟他妈妈出去玩了呀。而你还是拉着爸爸的手，走到一幢楼前，进入大堂。在你马上右转，又想上楼梯时，爸爸抱起了你，说乐乐出去玩了，不在家呢，我们到那边玩吧。

2010 年夏天和秋天间，乐乐和他妈妈回了趟四川他外婆家，一个多月之久。刚回来，我们又在小区游乐区碰上。那天，我们正在西门进来右侧的滑梯玩，爸爸发现乐乐跟他妈过来了，马上告诉你。你一听，一骨碌颠扑着跑离滑梯，一见乐乐，就大叫着“乐乐——乐乐！”，兴奋地狂奔而去。可回外婆家一个多月之后，乐乐一可能是有点认生了，再就是满口四川口音，交流不畅，他并没什么反应。你并不受任何影响，依然保持着你的激动，他到哪你跟到哪，乐乐乐乐地叫着。待乐乐走到秋千前的一个健身转盘上坐着时，你也蹲在旁边，饶有兴致地看着在转盘上扭动身子的乐乐。突然，令你意想不到的是，乐乐伴随着一声四川话“你不要看我嘛”，伸手就将认真地蹲在一旁的你推了一下。一屁股坐在地上的你，满腔热情遇冷之后，伤心得大哭起来。哭声将乐乐妈风一般引来，大叫着，乐乐，你是不是又打奇奇啦？爸爸扶起抽泣不止的你，说没有，奇奇自己摔倒了。

从这件事，爸爸对妈妈说，足可看出奇奇兄弟情谊的深重，爸爸自豪地说，是个肝胆之人！

没想到，大家还在思量着怎样不让乐乐打你时，慢慢长大的你反过来打乐乐了，弄得妈妈很不好意思。妈妈说，打乐乐，是从你口气强硬开始的。由于一直在看电视和电脑上的动画片，你的语言较同龄孩子丰富，比如“嘿，等等我”这类原话，说得爸爸妈妈心里甜甜的。可放在乐乐身上，你就变成了“你给我站住！”。打乐乐更是比乐乐打你有过之而无不及，妈妈说，不光动辄一把将乐乐往边上推开，还用脚踹乐乐，用巴掌扇乐乐耳光。

小孩之间的打架不算打架，可你的变化也的确太一百八十度了。妈妈说甚至连外公都打了。爸爸妈妈便心平气和苦口婆心地对你说，打人是不对的，不能打乐乐，不能打小朋友，不能打外公外婆，不能打所有的人，小朋友不能打架的，知道吗？之所以心平气和，是因为每每跟你道理时，你总是认真地听着，说，知道，是，对，好，并重复着我们的话，说，不能打乐乐，不能打小朋友，不能打外公外婆，不能打所有的人，小朋友不能打架的。

可有一天，你在客厅“驾驾驾”地骑你的小红马的间隙，打了小红马一下，还说了一句打外公的话。爸爸一听不对了，说，过来。你乖乖地过来了。爸爸说，不是跟你说过不能打外公，不能打乐乐，不能打所有的人吗？你不是知道吗？自知失口的你无言以对。其时，爸爸觉得应该要严厉点了，就问，爸爸要不要生气？你说不要。爸爸说不行，爸爸生气了。爸爸便褪下你的裤子，在你拱起的右屁股上轻轻地拍了一下，见你没反应，又在左屁股上啪地来了一下。这一下不得了，你又大哭起来了。爸爸说过，你两岁以来，爸爸“打”你总共也就三四次，而这次更是久违的一“打”，令你始料未及，委屈得泪花飞溅。

爸爸写这章的前几天，妈妈说，你们和乐乐出去玩时，你又打乐乐了，用双手扯着乐乐的脸往外拉。妈妈说，看来爸爸要管管了。同样地，爸爸对你说，不能打乐乐，不能打小朋友，不能打外公外婆，不能打所有人，小朋友不能打架的，知道吗？不然爸爸生气了。你也同样说，知道了，不能打谁不能打谁地跟着说。然后，爸爸在书房的电脑上看小说。其间你进来过几次，爸爸都叫你出去客厅玩。

一会儿，你又来了，抬头对爸爸说，爸爸，给我开电视看动画片吧。正看得入迷的爸爸一抬头，淡淡地轻轻扔出一句："爸爸生气了，爸爸不理你了，你出去。"爸爸不愠不火的话音未落，你旋即转身朝厨房走。妈妈在厨房。爸爸突然觉得有点过了，随后跟出来。呀，坏了，不经意说出的话，居然把你大大地挫伤了。你一走出书房就撇嘴大哭起来，大口大口地抽泣，伤心程度前所未有。你泪水滂沱地对迎出厨房门口的妈妈说："爸爸生气了。"妈妈抱紧你，问，爸爸为什么生气呢？是因为你打人了？你跟爸爸说以后不打人了，我要改正，爸爸就不生气了。这时爸爸正站在餐桌旁。只见你听了妈妈的话后，很快平静下来，走到爸爸身边，说爸爸我以后不打人了，我要改正。声调还一顿一顿的，眼泪流个不停。爸爸马上蹲下来，捧着你的泪脸说，好的，你以后不打人了爸爸就不生气了，爸爸给你开电视，我们看《小小智慧树》吧。随后拉起你的手，走到客厅茶几前，爸爸扯了纸巾给你擦干眼泪，开了电视之后，将你抱在膝上，右手拿着遥控器，前往少儿频道了。之后爸爸没再回书房看小说，一直陪着你看电视，看完电视玩踢球。

今天是 2011 年 2 月 21 日，现在是晚上，爸爸在办公室正写着，妈妈来电话，说给你穿纸尿裤时，你坚持要穿自己选中的，而且将妈妈拿出来的纸尿裤撕坏。妈妈一气之下打了你的屁股。不料被妈妈打屁股后，你蹦跶出一句从来没听你说过的话："你这个大家伙，我不爱你啦。"让一点思想准备都没有的妈妈一阵惊喜。

三舅公病倒了

2010 年是个悲伤的年份。

这一年，在连着送别爸爸的老领导以及一位同事的丈夫之后，享古叔叔的父亲葭爷爷也在痛苦中走了。

说葭爷爷痛苦离去，并非是生理上被疾病折磨的痛苦，也不是儿子不孝的痛苦，相反，却因享古叔叔的孝心而痛苦。

葭爷爷已卧床 5 年。5 年前，葭爷爷突发急病，好在远在福州的享古叔叔马上叫元汉伯伯连夜开车送往县医院。医生说，如果迟一个小时，恐怕就没救了。老人家因而开始偏瘫，不能说话。起初他还可以借助板凳下床透透气，随着病情的恶化，慢慢地就只能躺在床上，生活完全不能自理，由葭奶奶一人照顾着。

爸爸每次回老家都会上蓝屋看他老人家，并每次都会拨通享古叔叔的手机，让他听听儿子的声音，而不能出声的老人家总是老泪纵横——这正是老人家的痛苦所在。享古叔叔三兄弟，弟弟生活尚艰难，哥哥几乎置之不理，享古叔叔几乎是一人承担起了照顾父亲的全部责任。作为儿子，这是尽孝的义务，天经地义；作为父亲，我完全可以理解老人家自发病之后无法对儿子亲口说一句话的遗憾，这遗憾，其实是相当痛苦的。

事隔没多久，爸爸从天山叔叔处得知，三舅公因脑大面积溢血住院了，文定叔叔、武定叔叔和红英姑姑都赶回武平了。傍晚，爸爸下班后给文定叔叔打电话时，他说大姑和耀古叔叔也过来了，并让爸爸与他们通了电话。听完大姑的话之后，爸爸的眼眶一下子就湿了。

骑着电动单车回家的途中，爸爸的脑子里一直闪现着三舅公昏迷在病床的苦痛以及小时候与三舅公在一起时的情景。电动车在车流、人流的夹缝中踽踽独行，喧闹的街市沉默如爸爸的哽咽。爸爸一路泪眼滂沱，以至好几次停下来擦拭模糊的双眼，平息内心起伏的波澜。那天，从报社到家里的三四公里路程，成了爸爸迄今为止最漫长的一段路程。

在武平医院治疗 7 天后，情况不妙，县医院让家属决定，要么等最坏的结果，要么冒险，于两个小时之内送往市一医院。爸爸的表兄弟们表现冷静，决定冒两个小时的险，迅速用救护车送往龙岩。最终，三舅公在儿女亲人们心悬巨石的压力下挺过了这惊天一关，有惊无险地到了市一医院。其间，爸爸都会轮流着每天与华定伯伯、文定叔叔和武定叔叔通电话，了解三舅公的病情。

三舅公转移到龙岩之后，值完一周班的爸爸赶回了龙岩，在市一医院从重症监护室的门外看到了罩着氧气罩的三舅公。到了市一医院之后，文定叔叔找了一位在福州的脑科专家，每天通过电脑监看病情，给出意见，因此，三舅公的病情一度好转，并做了颅脑手术。

爸爸下午到重症监护室时，红英姑姑、华定伯伯、文定叔叔和武定叔叔都候在病房外，持续熬夜加上心理煎熬，使他们面容疲倦、神情憔悴。爸爸到后，我们彼此间的神情都是凝重的，偶尔说上一两句，更多的时候在沉默。进入重症监护室之后，每天下午有一小段家属探望时间，他们四个便轮流进入与昏迷中的三舅公说话。那天是华定伯伯与武定叔叔与三舅公说话，其间，爸爸与红英姑姑一直在门外看着。

从广东赶回的爸爸，只能远远地看着一动不动的三舅公，默默在心里与他说着话，为他祈祷，希望他老人家挺住。

晚上，华定伯伯他们在龙岩的表姐过来，一定要请他们兄弟姐妹吃个饭，说再怎么地饭总得吃，何况你们那么累了，有护工照看着，先舒口气也好。在表姐的一再坚持下，华定伯伯几个出去了，文定叔叔决意留下，说没心情，吃不下。

在爸爸出去吃饭之前，文定叔叔跟爸爸说了好多话。文定叔叔神情凝重，语气歉疚。在楼梯间的抽烟处，我们一根接一根地抽着闷烟。文定叔叔一贯沉稳的语调里含着深深的自责。他说，本来在三舅公这个年龄，正是该好好享福的时候，儿女们也都稳定了，有了一定经济基础。疏忽啊，疏忽，一直认为父亲身体尚好，不想血压这么高。“所以，佳古，你一定要注意，一定要定期给大姑检查身体，现在那么方便，万万不能再落下遗憾啊”，文定叔叔说。爸爸连连点头，若有所思，继而心沉如铅——作为子女，这遗憾就是终身遗憾啊。老人身体好，是儿女最大的福气。

在龙岩半个月之后，出于照顾的方便，三舅公转移到了厦门的医院（红英姑姑和武定叔叔都在厦门，文定叔叔从福州坐动车到厦门也快）。

时间仿佛凝固了。我们都期待着奇迹的出现，希望三舅公能从昏迷中醒过来。这期间，远在顺德的爸爸，只能三天两头地与表兄弟们通电话，询问三舅公的病情。

感受过年气氛

2010年的时光就这样迅疾而缓慢地移动着不慌不忙的步子，旁若无人地走到了年底。

无论如何不幸、悲伤与贫穷，年还得过，这是中国人无法稀释的情结，自古至今，坚如磐石。

三舅公的几个子女，爸爸的表姐表兄弟们在厦门的年，注定是过得凄凉的。

除夕当晚，沿袭以电话遥控问候、举杯传统的爸爸，在吃完年夜饭之后，独自在厨房遥举时，没有忘记在医院的表兄弟们。接通文定叔叔的电话之后，文定叔叔与爸爸只说了一句“在医院”，便哽咽了。无语，挂机，爸爸潸然泪下。

还有外公，也是独自一人在贵州过的年。

此前，外公外婆来顺德大姨家，为怀着双胞胎的大姨帮点忙。尽管外公外婆身体极度不好，但买菜、做饭什么的随便帮点什么，对大姨丈在外地上班的大姨来说，也是难得的缓解。因身体不适，以及没有朋友交流等原因，外公实在撑不住了，于年前回去了，留下外婆继续照顾大姨。这个年，是外婆和我们两家一起过的。

妈妈十分重视这个年，因为奇奇你已两岁半了，她要让你好好地感受过年的气氛，像我们这样在异乡城市生活的家庭在家里的过年气氛。

年前，妈妈彻底地搞了一下卫生，弄得窗明几净；买了一对喜庆的大红剪纸，对称地贴于客厅的玻璃门上；还买了副对联贴上。大红的春联与铁门正中硕大的中国结相互映衬，使气氛一下子红火起来了。

过年前一天晚上，你在客厅看电视，爸爸在书房的电脑上看电影，妈妈和外婆则在厨房忙着做酥肉。很快地，爸爸老家叫炸肉的酥肉香味便弥漫了家里的每个角落。在这个过程中，你活蹦乱跳，如小鱼般快活地游走于厨房和书房之间。其间，爸爸将对联贴上了，在你的帮忙下。酥肉炸好之后，你吃了两块，又给爸爸送来了一碗。吃着香味沁人的酥肉，看着身边满嘴、满手油腻腻，不停地笑着、叫着的奇奇，爸爸心里暖流涌动。

这就是年味。

我们老家过年都是这样。过年前一天，奶奶白天做豆腐，从泡黄豆开始，到磨豆浆、煮豆浆、放卤水、形成豆腐脑、舀在方形木格上、封上木盖、在木盖上压上重重的石块，柔软而结实的豆腐就这样做好。一整套程序下来，需要差不多一天时间；然后，奶奶又要花上一整个晚上炸豆腐，做年糕（我们叫煎粄）、炸年糕。这些活当然不是奶奶一个人干，在爸爸童年和少年时期，是尚未出嫁的姑姑与奶奶一起干；五姑出嫁之后，是婶婶与奶奶一道。之后，年事已高的奶奶不再炸年糕，不再做豆腐（向村里专门做豆腐的乡邻买），但炸豆腐一直延续到现在。

从小时候一直到现在，奶奶炸好第一锅豆腐之后，都会用大碗装上两块冒着热气的豆腐，撒上葱花和盐，冲上开水，让爸爸先吃。咬开香气四溢的豆腐皮，美滋滋地品尝后，再更大口一点地将金黄香浓的豆腐皮与白嫩可口的豆腐一起咀嚼，混合着葱花的香味，把爸爸吃得唏嗦有声、满头大汗、忘乎所以。这也是客家豆腐成了爸爸最喜欢的食品之一的原因。

同样的时间，左邻右舍都在做着同样的年活，油炸香味充满了偌大厅堂和村子的天空。这就是年味，它与鞭炮声响、鞭炮燃烧之后的硝烟香味、相互祝福的话语、主人与客人推杯换盏的笑声与菜香酒味一道，构成了浓郁的年味。

年味是靠辛劳换来的，比如妈妈和外婆的忙乎；年味也离不开一家人的共同参与，比如爸爸贴对联时，就让你帮忙递对联、递胶带啊什么的。可现在的城市人普遍害怕劳累，喜欢在酒楼里吃年夜饭，图个简单。我们与大姨两家在顺德的酒楼吃过两次年夜饭，爸爸都觉得索然寡味。

畅快大年初二

大年初一下午，天气晴好，暖意融融。妈妈与外婆在家忙乎，爸爸牵着你到钟楼公园玩，来回走路，与平日无异，只是沿途的车流、人流少了许多。

傍晚回到家，爸爸觉得在几近空城的顺德过年太冷清，应该带你出去走走。于是打电话给马老师，问他有没有空找个周边地方玩玩。显然，同样在顺德过年的马老师也是无聊的，当即同意，经一番小讨论后，他提出去南海的南国桃园。

大年初二，阳光灿烂，我们一家三口与马老师夫妇坐着他们的车前往南国桃园。

南国桃园作为佛山的知名景点，的确不错，想不到珠三角居然还保留着这么一块清净的山水。乘车穿过林间小道，吹着清凉的自然风，我们立马心旷神怡。我们没有做太多停留，直奔四面环山的碧波湖。此湖实为人工湖，与其他山塘不能同日而语。湖也不大，比顺峰山公园的青云湖小多了。但湖边的竹林煞是迷人，清风过处，婆娑弄影。湖中灰鹭白鹭悠然漂游，引出条条时光般若隐若现的水带如影随形。

说是桃园，沿湖岸栽种的桃花却不敢恭维：桃树不多，稀疏排列，不成其园，更不成林。况且，这是广东的观赏桃，与其他地方自然生长的桃花相去甚远。自然的桃树，其叶稚嫩如水，青透如纱；其花粉红羞涩，不忍亵玩。初春时节，一场不经意的春雨过后，桃花悄然绽放，不日即彤霞满天，招蜂惹蝶。而观赏桃花叶呈深绿，老气横秋；花为红褐，暗淡失色。

走出桃园，发现南海影视城就位于南国桃园旅游景区之内。南海影视城爸爸一直想去，几年未遂愿，如今竟然就在眼前，便当即买票进入。

也有湖。绕湖右行，我们先到了“旧香港澳门一条街”。徜徉于影视剧里常见的20世纪二三十年代香港街区和葡式建筑风格的澳门景观当中，爸爸对这些中西合璧、亦古亦今的建筑饶有兴致。可作为小朋友的你，兴趣可不大，之后“江南水乡”的亭台楼阁、小桥流水倒激起了你的玩兴，于回廊、台阶间上蹿下跳。妈妈对此特别喜欢，特意照了好几次相，包括我们的合影。

一路边走边玩，我们不知不觉走到了影视城的表演区。南海影视城是中央电视台直属的四大影视基地之一，曾在此拍摄过电视连续剧《三国演义》和《太平天国》，因此，其最大的卖点在于表演。根据指示的时间，我们紧赶慢赶地到了一处水战表演场地。水战表演采取的是滑稽手法，全场笑声一片。奇奇你也在阳光的暴晒下看得津津有味。可真正让喜欢动物的你激动的，是马战表演，这也是影视城的金牌亮点。

在特技人员一番让人一惊一乍的惊险马术表演之后，是一段《三国演义》的作战场面。据说表演者大都是替身。表演一波三折，高潮迭起，让观众大呼过瘾，现场沸腾不止。整个过程你完全抛开了走路的劳累，全神贯注地看着，与观众一道拍手欢呼，笑声不断。

高潮之后，便进入了景区的主题。卸装后的六七位黑黝黝的骑手再次展示一番骑术之后，勒马慢步至观众席前，提供骑马服务，20元一次一圈，大人自己体验，小孩由骑手带着。此举得到全场响应。大人们在笨拙地驾驭着马匹，胆大者双脚猛夹马背，扬鞭疾行，胆小者几近踽步。

爸爸问你，奇奇敢骑吗？你说敢，并迫不及待地要上前。爸爸带着你，考虑到你还太小，找了个骑着黑色大马的姐姐骑手带你。爸爸牵着你问姐姐，这样的小朋友可以吗？姐姐说没问题。姐姐先让我们照相，然后起步。第一次骑上高头大马的你果然一点也不害怕，但毕竟马太高大，兴奋之中还有点小心翼翼。相比于强悍的男骑手带着比你大的哥哥姐姐，放马驰骋，并时不时昂起马头搞点惊险动作而言，姐姐骑得四平八稳，以至一圈之后下马时，你还意犹未尽，还想再骑一圈。

这是当天最大的收获，奇奇你包括我们四个大人都觉大开眼界，畅快备至。

从马战表演场出来，兴奋过后的你真的累了，你脚步不再轻快，最关键的是，你已少言寡语，这是困了累了的表现，只是你从不赖着不走或要求我们抱。马老师十分惊讶，走了大半天的路，奇奇居然没有发出一声抱怨，一直跟着大人走。在前往太平天国城的路上，马老师不忍心地抱起了困顿异常的你，在炎热中走了好长一段的路。

晚上，我们在离影视城不远的狮山马老师同学刘老师家吃饭。刘老师夫妇做了满满一桌地道的客家菜，让我们感受了一番在老家过年做客的气氛。

爸爸与刘老师在马老师家有过一面之缘，当时他正要到南海狮山一学校面试。一晃几年过去了，如今，刘老师夫妇都过来了，分别在知名学校任教，工作、生活都还不错。刘老师对爸爸当年力挺他出来的话记忆犹新，也对爸爸的酒量印象深刻，因此，刘老师特意准备了许多啤酒，像老朋友一样，陪爸爸喝了很多。爸爸也酒兴甚浓，一是犹如他乡遇故知，千杯不嫌少，另外，更重要的是，这场酒，让在顺德过冷清年的爸爸有了在老家过年喝酒的感觉。

当晚尽兴而归，畅快异常。

几年没有说话

去南海影视城途中，爸爸接到开裆裤兄弟传定叔叔的电话。传定叔叔在北京工作，好多年才回一次老家。今年他正好回家过年，不料我却没回去。他刚刚到我们家看望了奶奶。爸爸首先劈头盖脸地斥责他，你都几年没回了！儿子都多大了还没带回来过！他自然认骂，不敢大声。由于他家信号不好，断断续续地没说多少话。之后，他发来一个短信："咱妈身体不错，她很为你骄傲。"一个"咱妈"，顿时让爸爸一阵心暖：传定叔叔、享古叔叔和爸爸是小学时最要好的同学，成绩也是最突出的，工作之后各奔东西，回老家之后，见到双方的家人都很亲切，视为自己的家人。

爸爸小时候的友情很有意思。一般情况下，爸爸跟谁都好，成绩好的和成绩不好的都可以一起玩，只是跟不喜欢读书又经常打架惹事的人玩得少。而我们小伙伴们之间，如果谁跟谁闹别扭了，唯一的表现形式是两人不再说话。

传定叔叔和享古叔叔是成绩好的，爸爸跟他们都很好，而他们之间因为在学习方面都比较好强，关系却有点微妙。这种微妙甚至一直到了我们都参加工作多年之后，我们在老家相聚时，他们也时不时会爆发点小冲突。爸爸没有这个问题，与他们和平相处，一是性格使然，再就是，一进入五年级，爸爸就没有在成绩方面好强的本钱了：偏科，数学滑得厉害，只是语文依然是三个中最好的，尤其作文，曾获全学区作文比赛第一名。

爸爸跟东古叔叔也很好，常常到他家，和他一起制作捕鼠工具，一起到田里捕鼠。可东古叔叔却不喜欢传定叔叔，常常吵架，甚至打架。爸爸记得最清楚的一次，是传定叔叔从教室黑板和讲台之间走过时，东古叔叔突然飞出一个玻璃杯，击中传定叔叔之后哗然破碎。顺便说一句，当时玻璃杯对绝大多数孩子来说，连看都没看过。

爸爸与传定叔叔好得几乎形影不离，每次上学时，我们都准时在两个自然村分界的碾米厂前等候对方，然后一起上学；放学也是一直走到这儿分手。

我们有着相同的爱好，喜欢看书。当时我们的阅读十分有限，爷爷留下来的书，似乎只有一本泛黄的鲁迅先生的《呐喊》，繁体字的。封面愤怒而忧虑的鲁迅先生雕塑般的头像，一直烙在爸爸脑海里。平时，爸爸常借当老师的广东妹大伯公的《人民文学》来看。传定叔叔家也有一些书，他的父亲是个喜欢读书的农民，他们家繁体字版本的《西游记》，就是爸爸在小学四五年级时连蒙带猜地看完的。

当时最好的读本只有连环画，也叫小人书。爸爸记得，当时学习较好的同学手里，都会有不少的连环画，大家都交换着看。也有一些比我们年长一点的，自己不喜欢看，却买了一两百本用于出租。

爸爸和传定叔叔对连环画的喜爱程度达到痴迷状态。在一个炎热的暑假，奶奶给了爸爸 5 毛钱，爸爸当即邀上传定叔叔，两人徒步十里路，到乡里的书店买了四本连环画。当时连环画的价钱以毛和分来计，有一毛多的，也有 5 分钱的。回家之前，爸爸用剩下的 5 分钱买了一块西瓜，一人一半切开，两人边啃着清凉的西瓜边看连环画，美滋滋地踏上了冒着热气的沙土路返回。

爸爸最喜欢看的是与历史有关或名著改编而成的连环画，除了《红楼梦》《三国演义》《水浒传》《西游记》这四大名著，隋唐、说唐、说岳的历史故事也令爸爸着迷，程咬金、秦叔宝、李世民、杨家将、岳飞、金兀术等历史人物，就是在那时刻在爸爸脑子里的。在阅读饥饿的年代，爸爸小时候有限的历史知识和文学养分都是从连环画中获得的。

四年级的时候，一次莫名的赌气，使我们两个如胶似漆的朋友不再说话了。当时我们每个人都有一顶草绿色的军帽，常常把军帽拧成一团，当作球抛来抛去。那是一个傍晚，我们边走边玩往上抛帽球的游戏，相当开心。走过拱桥之后，因为传定叔叔一直在玩着爸爸的帽球，想一起玩的爸爸便摘下了传定叔叔的军帽。不料，爸爸刚将军帽卷成团，传定叔叔突然冲过来，一把抢过他的军帽，将爸爸的帽球塞到爸爸胸前，气呼呼地急步走了。

就这么一走，爸爸便不再与传定叔叔说话了，每次上学放学途中，双方都很微妙地避开。这种冷战持续到五年级之后不久，班主任兼语文老师大全老师便发现了，着意要说合。军人出身的大全老师瘦骨如铁，总是腰板挺直，走路方方正正，铮铮有声，眼睛有神而威严，再加上时不时猛敲讲台的教鞭，班里没人不怕他的。但成绩好的我们，由于经常出入他的办公室兼宿舍，对他从没畏惧过。

一天放学后，大全老师把我们叫到他的办公室，问了原因，讲了一通道理。当时爸爸一言不发，依稀记得传定叔叔在承认他的不是。一番劝和的话之后，大全老师将我们两个的手攥在一起，说，好了，你们现在又是好朋友了。然后，我们都没说什么，默默地走了出去。走到操场时，传定叔叔在前，爸爸故意慢步走在后面。这时，我们双方心里都泛着波澜，一方面，希望对方主动伸手，握手言和，一方面也很想自己主动向前，但都没做到。传定叔叔看爸爸在后头，也刻意慢下了步子，十分期待爸爸能赶上，两人手一拉，或许就冰释前嫌了。等了几秒钟之后，见爸爸还是在后面蠕动，传定叔叔的耐心没了，自尊心也必定受到了伤害，突然加速飞奔。爸爸愣在那儿很久。大全老师用心良苦的调和宣告失败。

爸爸小时候就是这样的拧脾气，这一拧，将多年的友情无声地毁了，没吵架，更没打架，我们的不讲话从小学四年级一直持续了七八年，直到传定叔叔先写了封信给爸爸，我们的冷战之冰才融化。经过一段时间的书信往来之后，回到老家，我们彼此心里的疙瘩已彻底消除，并似乎要弥补早年流失的友情，经常彻夜长谈，抵足而眠。

清明好不热闹

春节一过，清明转眼就到了。

2011 年清明，是我们一家三口一起回的老家。3 月份我们家已经买了车，但爸爸开车的时间太短，不敢开长途回家，还是乘坐新会到武平的客车。

傍晚到武平县城，大姑听说我们要回来，跟耀古叔叔说好了一起回，正好当时五姑也在武平，我们就一同回家，坐着叔叔开的锦定头伯伯的车。

知道我们都要回来，三姑和三姑丈已提前到了，三姑丈这个民间厨师已经在厨房忙开了。见一下子兄弟姐妹全齐了，孙子也回来了，奶奶可乐坏了，弓着身子走来走去，口中念念有词，喃喃自语，每走到奇古你身边，总要冲着你，咧着只剩几颗牙的嘴笑着，“奇哥子，宝贝子，乖哥子”地叫个不停。而奇古你，也“奶奶”“奶——奶”地叫着奶奶，嫩声嫩气的语调特别亲热，把奶奶心都叫酥了。由于我们去年过年没回来，这次的大聚会相当热烈，热闹程度不亚于过年。

按老家惯例，大鸡腿是给一桌中最小的人吃的。但可能是由于这是奶奶自己养的家鸡，肉质坚韧，不太嚼得动，奇古你不吃，草草吃了点东西，就在楼上楼下跑来跑去，很是激动。奇古你有一个好，不认生，易适应环境，也不娇气，不光在老家，带你去哪里、吃什么都没问题。

从旧厅堂搬过来时，房子只有一层，去年叔叔加了一层，二楼有一小厅，四间卧室。奶奶住一楼，说老人家着地睡着舒坦。第二层建好之后，奶奶说客厅内那间卧室归爸爸。原先爸爸每次回来，奶奶就让出她的卧室，自己到旁边已经闲置的房子里睡。那房子闲置了几年，楼板和阳台木板已损坏不少，其实是有危险的，这让爸爸很过意不去。这下好了，房间充足，大姑、五姑来了都各自有一间卧室。二楼扩建之后，奶奶很有成就感，十分爱惜，一有时间就在楼上每个房间走来走去，拖拖地板，摆弄一下茶几上的茶具，到处拭来擦去，把个二楼侍弄得干净亮堂，丝毫不比城里套房差。

吃饭时，爸爸的几个兄弟姐妹心情都空前的好，整个晚上都在谈着往事：说爸爸和叔叔从县城乘车到桃溪之后，因为没钱，在大热天走了十多里路到当时大姑所在的大禾；说一次爸爸上山砍柴时把柴刀丢了，一路哭着回来；又一次爸爸用绳子拖着沉重的木头经过田间小道时，木头偏离小道，把爸爸拉下了两三米深的田里，与木头一同滚落的爸爸头上起了个大包，又一路空手哭着回来；说爸爸、叔叔与三姑、五姑去遥远的山上采摘砂仁和金银花（中药，晒干后可卖点钱）时，奶奶一早起来烧香，保佑我们丰收而归；说爸爸与五姑从上杭迳口回来经过三峙村时，爸爸看中村里小店铺的一把两毛钱的指甲刀，缠着五姑买，五姑说没钱，爸爸赌气了，在经过水田时，狠狠地将手里抱着的两把布伞抛向水田，怒冲冲地一人先走了；说五姑上初一没多久，就自己挑着箱子回来了，不读了，理由是家里在建房子，怕奶奶和三姑太累；说爸爸与叔叔从小如同双胞胎，衣服基本上都同时做，一次，大姑给爸爸做了一条裤子，叔叔愤怒地握着菜刀，站上高高的独脚凳，从餐桌上方的杂物大篮里揪出刚做给爸爸的、还没穿过的裤子，大叫着要砍掉它；等等。

奶奶一直笑呵呵地听着，偶尔插上几句，以她过人的记忆力纠正一下往事的细节。但她的兴趣和关注点似乎不在于我们讲的老事，而在她的宝贝孙子——奇古你身上。你之所以在楼上楼下蹿上跳下，是因为妈妈先上二楼客厅看电视了（她听不懂我们的老家话，插不上嘴，而我们又谈兴正浓）。奶奶得意地看着跑来跑去的孙子，你一到身边，她便“奇哥子，宝贝子”地叫个不停。其间，她老人家当然没忘烧香。点燃香火之后，奶奶保持一贯的虔诚，口中念念有词，听大意，一是告诉在天堂的爷爷家里幸福的状态，保佑孙子平安，二是求观音菩萨保佑全家平安。

三舅公去世了

清明回来不到两个月，爸爸接到噩耗，三舅公老了。

三舅公是2011年5月12日回武平的，5月27日，被病魔折磨了近半年的三舅公，终于撑不住了，走了。

第二天，爸爸还是到乐从坐车，与在乐从的萍凤姑姑、天桥叔叔一道乘车回去奔丧。

三舅公的灵位已摆好，给三舅公烧完香之后，爸爸一直肃立一旁与三舅公的彩色遗像对视。

追悼会和法事都定在第二天举行，当晚，爸爸就叫天山叔叔开车，一起先回老家看奶奶。

怕年事已高的奶奶受不了，华定伯伯说，他不敢第一时间直接打电话给大姑。我们都清楚，三舅公、四舅公与奶奶三姐弟的感情是最深的。

奶奶在我们回家之前已经知道了。奶奶还算平静，思维清晰地一直讲着老事。

奶奶说，三舅公发病前一个月，特意来看奶奶，并住了一个晚上，然后又去了十方他的结拜兄弟（也就是五姑的公公）家以及到高梧看了已经闲置多年的老房子。

三舅公可能有预感。

奶奶说，三舅公来时精神和气色都很好，乐呵呵的，也健谈。他们老姐弟还在村里走了一趟，三舅公在村部的小卖部为奶奶买了小蛋糕，说这种蛋糕不上火，也软，适合老人家吃。还说去年大年初三，他与文定叔叔一起来看奶奶时，奶奶祝文定叔叔高升，过完年，文定叔叔就高升了，奶奶说话灵着呢。

或者说不是预感，而是冥冥之中注定，三舅公必须要完成与至亲之人道别的仪式，只是这种仪式自然得如同每一个日子中发生的每一件平常事，让人不易觉察。

第二天上午爸爸一到华定伯伯家，便先给三舅公烧香。今天是正式接待亲朋好友吊唁的时间。爸爸一进灵堂，穿着白色孝服，头顶白帽，男左女右跪立两侧的三舅公的儿孙们，便齐刷刷地双手伏地，磕头致谢。仪式之庄严肃穆令爸爸震撼。焚香，作揖，插上，鞠躬，退下，站在灵堂边，在哀乐声中凝视三舅公的遗像，听着红英姑姑的嘤嘤哭声，爸爸的眼泪一次又一次地夺眶而出。

爸爸就这样任由哀乐浸濡，看着一拨又一拨的亲友来吊唁，看着三舅公的儿孙们匍匐叩谢，脑子里闪现的全是如电影放映师三舅公当年所放的镜头，爸爸与三舅公在一起的场景历历在目。

三舅公十分偏爱爸爸这个外甥，其中或许有着对爸爸幼年丧父的恻隐之心，但更主要的，是爸爸喜欢读书，小时候成绩一直不错。

大约在爸爸小学三年级时候的国庆节，到在县城工作的大姑处玩的爸爸和叔叔，一到位于红卫广场毛主席像后面的三舅公宿舍，他就拿出一个装着硬币的纸盒子，给我们几个表兄弟（好像天文叔叔和天山叔叔正好在一起）一人抓了一把硬币，让我们到楼下百货大楼买东西。获得一笔难得的“巨资”的兄弟们欢呼雀跃着下楼，四散而去，寻找自己心仪而平时又没钱买的东西。

爸爸没有去百货大楼，而是直奔旁边的新华书店，在里面买了六七本连环画后，很快返回三舅公宿舍，坐在宿舍外靠近红卫广场的窗口，旁若无人地看了起来。三舅公走过来，惊喜地翻看着另外几本连环画，满意地微笑着，若有所思地点着头，摸着爸爸的头，好久，好久。

奇古，你有五个舅公，大舅公很早就走了，爸爸从没见过；二舅公被酒所困；对我们家最好的，就是三舅公、四舅公和五舅公。五舅公也是四十出头就突发恶疾撒手西去了。爸爸与五舅公待的时间很少，只是过年时匆匆见上一面。每次爸爸到五舅公家，他都会下鱼塘捞上几条鱼，自己下厨，煮上一盆鱼汤，煎几条下酒的鱼，他喝着小酒，与小外甥爸爸单独进餐。军人出身的五舅公体形瘦高，浓眉大眼，声若洪钟，炯炯有神的双眼威严锐利，让许多人不敢直视。奶奶与邻居有纠纷时，五舅公一到就让人畏惧三分，他有理有节、掷地有声的调解无人不服。

只可惜爸爸当时还小，也胆怯，很少与五舅公交流。

从小到大对爸爸关心最多，与爸爸交流最多的，就是三舅公和四舅公。三舅公儒雅，四舅公质朴；三舅公温和而清高，四舅公平实而憨厚。

舅公们原先在六甲田坎段，因建水库而移民，大舅婆、二舅公、三舅公移居十方高梧，四舅公迁至四舅婆的娘家袁畲。每年大年初二初三，作为外甥的爸爸和叔叔都会给舅公拜年。爸爸最喜欢去的，就是三舅公、四舅公家。高梧的几个舅公家都在一块儿，穿过高梧中学，上一段石砌路，首先到的是三舅公家。爸爸总是先到三舅公家，然后与文定叔叔一起玩。三舅婆精明能干，伶牙俐齿，把个家庭操持得井井有条；加上儿女又会读书，在当地十分出众，深得邻里羡慕。按礼节，爸爸是得先到大舅婆和二舅公家，之后才能到三舅公家的，可爸爸就是喜欢在三舅婆家待着，在三舅婆家吃饭。三舅婆知道爸爸的心事，每次爸爸一到，总是第一时间将礼物先送给大舅婆和二舅婆。

令人哀伤的是，三舅婆搬到高梧后没几年就离奇去世了。

三舅婆去世后，三舅公一家就住在县城了，高梧的房子只是定期打理打理。从那时开始，爸爸就与叔叔约定，过年做客时一人去一处，叔叔去高梧，爸爸去袁畲。袁畲处于大山的包围之中，路途不算太远，也就十几里路，可环着六甲水库走到了大坑尾之后，还得翻越两座大山，是比较累的。但爸爸就是喜欢去袁畲四舅公家，喜欢他们家的热情，喜欢他们家的气氛，喜欢他们家的一切，就像喜欢三舅婆家一样。

爸爸对意大利电影《天堂电影院》特别偏爱，看了三遍、写了影评还觉不够，其中有一个重要原因是，三舅公就是电影放映师。小时候，爸爸和叔叔每年假期都会到县城大姑那儿玩上一阵子，其间常常与三舅公在一起。三舅公工作时，也会拉着我们到他的放映工作室，审看和剪辑电影胶片，剪下的电影胶片就给我们玩。当时爸爸对这神奇的玩意儿很感兴趣，也大为不解：剪下的胶片每一帧的画面都是一样的！这时，三舅公就会耐心地跟爸爸简单普及一下电影的一些知识。

爸爸在漳州读书期间，去上学的时候每次都提前一天到三舅公家。这个家在电影公司平房的二楼，一二十平方米的空间由一道屏风隔开，各摆一张床，窄小的阳台就是厨房，三舅公父子几个就挤在这么个条件简陋的宿舍里过了好几年。第二天四五点钟，爸爸还在迷迷糊糊的睡梦中，三舅公就开始在阳台为爸爸煮米粉啊什么的早餐了。吃完早餐，三舅公再骑自行车载着爸爸到车站坐车。刚开始爸爸老晕车，一坐车就吐，甚至严重到一到车站，一闻到汽油味，一听到汽车发动机的声音都会反胃。爸爸就对三舅公说，不要再煮早餐了，反正会吐掉。三舅公说不行，吐掉也要吃，不吃肚里空空的更难受，吐就让它吐，吐几次就好了。果然吐几次就好了。

现在，从不吃早餐的爸爸一提到早餐，就会想起爸爸每次出远门时，奶奶早早煮好的一碗加了两个荷包蛋的面条，以及三舅公在他那小得不能再小的阳台厨房里为爸爸煮的米粉。

“舅婆”来接舅公

在为三舅公办丧事期间，一件犹如传说，难以置信，却又让人找不出不信的理由的事，诡异地发生了：从设灵堂开始，一直到移柩，一只彩蝶一直停留在灵堂正中大大的“奠”字上。四舅公和表叔们都说，是三舅婆来接三舅公了。

设在灵堂前两栋楼之间空地上的追悼会结束后，爸爸大部分时间都站在灵堂侧面，陪着三舅公的骨灰瓮。站累了，就到灵堂对面，找张凳子坐下。

见四舅公在灵堂对面，邻居家的屋檐下坐着，爸爸便走过去一起坐下。爸爸给四舅公一根烟，我们分别点上后，四舅公眯着的眼睛放着亮光，盯住灵堂，用手指着灵堂正中，郑重其事地对爸爸说，看到了没，洋翼子（蝴蝶），就在“奠”字正中。透过刺眼的阳光，爸爸蹙眉细看，果然有一只彩蝶一动不动地站在“奠”字上。吐出一口长长的烟雾，四舅公又说：“这是三舅母啊，来接三舅了。”爸爸暗自一惊，特意回到灵堂前，认真地看着那只彩蝶。

再次回到对面坐下时，忙里偷闲地从灵堂出来透透气的武定叔叔指着三舅公的彩色遗像说，看，是立体的。然后他说：“昨天晚上一设好灵堂，‘妈妈’就来了，一直到现在，位置一点没移动，就站在‘奠’字中间的右边，男左女右。”之后，红英姑姑和华定伯伯、文定叔叔也都说，是他们的“妈妈”接爸爸来了。三舅婆的外甥也一本正经地说，是他小姨来接姨父了。

没人认为是巧合，也没这么巧的巧合。对此，爸爸没悚然之感，倒备感温暖，有种神圣的感动。

对于化蝶，中国古代四大民间传说之一“梁山伯与祝英台”的凄美爱情故事几乎妇孺皆知，自古至今，人们都愿意相信，人死后化蝶是可能的。而在我们老家，也认为美丽妖艳的洋翼子是鬼变的，以致我们小时候看到蝴蝶就害怕，尤其是大大的黑蝴蝶。

傍晚，丧事正式开始。

按我们老家的传统，大凡有长辈逝去，出殡前一夜，都会请上和尚或道士诵经作法，鼓乐队彻夜奏着哀乐，凄凉的唢呐声一阵接着一阵，奏哀乐的间隙，女亲属们扎堆蹲于灵柩前哭丧。哭丧这一口耳相传的技法，恐怕已经失传，年轻女子最多发出哭声，而不会“唱”——哭嫁是离开娘家的新娘一直哭到夫家，只是哭，无论真悲伤还是假呜咽，只要有哭声即可。而哭丧是有讲究的，一声对长辈的称呼“某某某啊”之后，无师自通的农家女子们便从逝者为何狠心丢下我们；老天为何如此不公，让他就这样走了开始，以有唱词的哭腔追述长辈之好，内容包括怀念、感恩等内容。女人们边哭边唱，有的涕泪四溅，有的哭而无泪，而所哭唱的内容，悲呼的长调短声，此起彼伏的呃呃声，听者无不为之动容。其间，最重要的一环节，是和尚（道士）领着捧着牌位的子孙们，边诵着自编的“孝经”（一般分父、母两个版本，细数亡者带大儿女之艰辛，抚育儿女之恩），边绕着棺材走几圈。

为三舅公办的丧事，按的是县城的仪式，与农村有所区别。

先念祭文，跪拜天地与亡者。跪拜之人是亡者最亲之人，穿戴着孝服孝帽的大姑、爸爸和叔叔也在其列。道士操着间杂一两个普遍话词语的土话，长呼短吁地大声念着祭文。经束句“呜呼——哀哉——”（道士念成“哀哉——呜呼”）之音未落，道士大声的“跪——”音已至。我们三排人齐刷刷地下跪、磕头，少顷，一声“起——”，我们就起。就这样，我们进行了九跪九拜：对天，对地，对亡者。仪式庄严而神圣，第一次经历过的爸爸内心虔诚，一跪一磕一起做得一丝不苟。

晚上，亲人男左女右坐于灵堂两侧，其间，亲人不断焚香作揖。道士有条不紊地进行着他的仪式。

爸爸一直关注着彩蝶。在烟雾弥漫得呛人眼鼻的小灵堂，在鼓乐声、木鱼声、诵经声、哭声混杂的小空间里，“三舅婆”丝毫不受影响，旁若无人，一动不动。爸爸备感神奇，对彩蝶精灵，对冥冥中的感应，对爱情和亲情的圣洁。

丧事最悲切感人的一笔，是道士所诵的“孝经”，听得爸爸泪流不止，红英姑姑等女人们肝肠寸断，低泣不止。旁边的文生姑丈问我能不能全部听懂，爸爸说大部分。他说，真好，这东西要把它留下来。爸爸说是，这就是民间文学，有时间的话，真该找找这些专办丧事的人（叫和尚和道士无所谓，民间很多人也分不清，也觉得没必要分清），把这个“孝经”记下来。当然，也希望他们能跟上时代，一些表现长者艰难和爱心的，是困难年代才有的，比如没菜配，赖菜傍（没菜配饭和吵着要菜配饭）等情况现已不存在，应该充实些与当下吻合的情景。

丧事由一个团队组成，没有以唢呐为主的乐队，倒有一个表演队伍，几名女子在唱着歌、跳着舞，与悲伤、严肃的氛围格格不入。爸爸在为丧事仪式保留完好欣慰之余，也对此破坏传统仪式的“革新”深表遗憾。

翌日，送三舅公上山。爸爸一直在注意落在“奠”字上的彩蝶，来接三舅公的“三舅婆”。出殡之前，先移柩。真是神得让人不容置疑：三舅公的骨灰瓮一移到门外的路边，彩蝶就飞走了。

生离苦，死别难，出殡仪式同样一停三拜，撕心裂肺。在长长的送葬队伍中，听着不绝于耳的哀乐，爸爸一次次地任由眼泪汪洋恣肆。

送殡队伍由五六辆车组成，其中最重要的灵车由职业司机耀古叔叔驾驶。出殡车队在恍若凝固的时光中缓慢前行。三舅公的墓就设在离高梧老家不远的山上。我们顶着烈日，扛着花圈，从山脚下走过一片农田，经过横跨高速路的一座桥，再翻越两个山凹，便到了三舅公的长眠之地。

一到目的地，放下骨灰瓮，拿出香，文定叔叔就指着右边的一个坟墓对爸爸说：“这就是三舅母的墓，佳古，先唱个揖（作揖）吧。”原来如此！他们早就为三舅公预留好了墓地，让他们夫妻俩在一块的。爸爸上前，双手合十，鞠躬作揖三次，然后说，等会再烧香。

此处风水真好！山脚下一马平川，远处，群山逶迤，犹如天造的巨大笔架。背靠树林，面对笔架山，三舅公三舅婆这对历经苦难，阴阳相隔了近30年的结发夫妻，今天，随着三舅公的入土，终于会合。

幼儿园好开心

做父母的因为天天跟孩子在一起，总觉得孩子长得慢，时光也在父母对孩子快快长大的期盼中，不紧不慢地踩着自己的节奏。待父母在某个节点一回首，猛然发现孩子突然长大了，才感到日子其实过得很快。

爸爸妈妈也是这感觉。在与小奇奇嘻嘻哈哈中，在小奇奇的哭哭笑笑、跌跌撞撞中，不知不觉地，我们就一起走到了你上幼儿园的年月了。

听说要上幼儿园了，你异常兴奋，天天盼着 9 月 1 日早点到来。

开学前一周，三位小三班的老师来家访。三岁的奇奇不光不怯场、不认生，反而叽叽喳喳说个不停，还不时与老师抢话。

开学前一天，我们去给你领园服、书包，提前熟悉教室。因为幼儿园只有大门口一小块停车位，怕停不了车，爸爸妈妈是走路带你去幼儿园的。一领到书包，我们就给你背上。你一背上书包就神气十足，昂首挺胸地很是自豪。回到家，爸爸提出给你照几张背着书包的相时，原本已经不喜欢摆姿势照相的你空前地配合：坐在客厅与餐厅之间的台阶上；与总是憨笑的紫砂小猪合影；在书房的书架前留影；正面，侧身，比着手势，做着表情，你乐此不疲。

开学第一天，爸爸妈妈牵着你，走路送你去上学。一路上，没怎么睡足的你略显倦意，却还是一丝不苟地走得那么昂首挺胸，兴奋之情溢于言表。

爸爸没上过幼儿园就上了小学，两年之后村里才办起幼儿班，叔叔是第一批赶上的。我们家离村里的小学才一公里的路程，爸爸已记不得奶奶在爸爸上小学一年级的第一天，有没有送爸爸到学校。也就是说，爸爸的开学记忆不知道从小学几年级开始形成，但非常深刻而牢固。开学第一天，奶奶总是起个大早，洗脸洗手之后，先隆重地焚香烧纸，口中念念有词，虔诚而神圣。然后，煮上一碗面，加两个圆圆的红蛋，放上筷子，寓意100分。在爸爸开口吃面之前，奶奶都会大声地说："吃红蛋喽，考100分喽！"像是对爸爸说，也像对神灵说。爸爸在家里的开学仪式简单而温馨，在耕读传家的客家传统里，却又虔诚而神圣。

爸爸妈妈并没有像奶奶给爸爸煮面、加鸡蛋一样庄重，我们送你开学的仪式，在你日后的记忆里，应该就是爸爸妈妈牵着你的手一起走路上学了——在大家都很忙却又不知所忙的今天，一家三口一起走路上学这种平常得不能再平常的情景，都似乎变得奢侈了。因此，爸爸妈妈这样送你上学，也同样如奶奶送爸爸上学一样，简单而温馨，这种简单和温馨，会比开车送孩子上学更为日久弥坚。

幼儿园的开学仪式十分隆重。园长一大早就和老师一起，站在大堂前迎接上学的孩子。大堂左侧还为孩子们准备了一份礼物，由自己挑选。幼儿园热闹非凡。

很快地，热闹的幼儿园更为热闹了，孩子们的笑声和新入园的孩子呼天抢地的哭声充斥幼儿园上空。

在小三班教室门口，蹲着拉住一位小朋友双手的陈老师，见我们来了，马上放开那位小朋友，抱起了你。可她刚松开小男孩的手不久，小男孩略愣了一下，就大哭着转身，朝走廊那头飞奔。陈老师见状，赶紧放下你，与小朋友的奶奶一道追上小朋友，拉着往回拽。小朋友大声地哭叫着"妈妈——妈妈——"，伤心欲绝，久久未能平息。而你十分平静，一直好奇而不解地看着这突如其来的一幕。待叶老师和郑老师过来牵着你的手，带你进入教室，你都丝毫没有表现出要首次离开爸爸妈妈的不舍、伤感和害怕，叶老师向小朋友们一介绍完你，爸爸妈妈从窗口望进去，就发现你很快地与同学们谈笑风生地融在一起了。

事后妈妈说，回到小区，有几个奶奶一直在哭，舍不得孙子孙女。第一次将离开你一天的妈妈，也觉得心里空落落的，在小区茫然地走来走去，鼻子酸酸的。

第二天，爸爸从幼儿园网站的小三班论坛上下载了四张你在幼儿园第一天的照片，不错，一是右手握着小汽车，左手休闲地搁在课桌上，一脸认真地目视前方；二是握着汤匙一丝不苟地吃饭；三是在自己的小床上睡得很香；四是与你的新同学、邻座小女孩谈笑风生。爸爸将四张照片发在了博客上，分别取名《正襟危坐》《兢兢业业》《非诚勿扰》和《谈笑风生》。

第二天，因为小三班是在一楼，妈妈没有直接送你到教室门口，一进大门就让你自己走进去。一年之后的中一班时，我们也是送过两次你上三楼，第三天，妈妈便放手了。妈妈悄悄地跟在后面，直到你准确无误地进入三楼右侧最后一间教室。爸爸妈妈在你上中一班的第一天，带你上楼时，就一路跟你说，要怎么怎么走，自己一个人走时，如果忘记了，就问老师或其他小朋友中一班怎么走。这也是老师希望家长们这么做的，你做得不错，令爸爸很欣慰，妈妈很自豪。

将“把唯一的童年留给孩子”作为办园理念的机关幼儿园，并不像大多数幼儿园一样，以教孩子们读拼音、识字、背古诗、记英文单词等知识为主，而是呵护小朋友们的童真，培养兴趣、情感和思考习惯，因此孩子们普遍阳光、开朗、活泼、快乐。爸爸妈妈十分认可这个理念，活泼好动、爱交朋友的你在幼儿园也如鱼得水。

总体而言，你的特点是，能说会道，性格开朗，与所有小朋友关系都好，你也天天很开心；上课时积极大胆发言，无论懂不懂，总喜欢抢着回答，爱表现。但不太喜欢动手，做手工和画画时常常叫其他小朋友帮你；自尊心强，小班时一遭到老师批评就大哭；心急，对不会做的事不是耐心学，而是跟自己着急，等等。

最值得一提的，爸爸妈妈认为你有极好的人缘，老师和同学们都很喜欢你，这点爸爸妈妈在接送你时感受很深。

陈老师和叶老师还分别带过你回家吃饭呢。

陈老师的女儿璐璐姐姐刚上小学，几乎每天放学后就到幼儿园，而爸爸妈妈接你的时间总是比较晚，璐璐姐姐就经常带着你玩。那天妈妈去香港，要晚上才能回来，而爸爸那天下午因为开会，傍晚快 6 点了才出发去幼儿园。路上，爸爸接到陈老师电话。爸爸以为太晚了，马上说不好意思，我马上就到了。其实陈老师是想把你带回她家一起吃饭，与璐璐姐姐一起玩，问爸爸同不同意。爸爸当然同意。吃完饭，已经 9 点多了，爸爸打电话问陈老师奇奇要不要回家了，不料璐璐姐姐舍不得了，对爸爸说，叔叔，能不能让奇奇在我家住一晚上？爸爸说奇奇从来没有单独在别人家住过，可能会不习惯呢。果然你很快就想家了。陈老师和璐璐姐姐送你下小区时，你们还一起玩了好一阵子，璐璐姐姐才依依不舍地把我们送到大门口。

陈老师带你回家的时间爸爸忘了，而叶老师带你回家的时间好记，正好是 2012 年元旦前夜。爸爸妈妈就在新一城旁边吃晚饭，然后逛沃尔玛等你。吃完饭后，叶老师把你带到沃尔玛。看着作为姐姐的叶老师牵着你的手，边走边聊地从熙熙攘攘的商场远处走来，那股亲热劲儿，那种温馨情景，爸爸妈妈的心头暖流涌动：一个小朋友能让老师喜欢到这程度，真是太幸福了。

中班第二学期，你左手受伤须休学（受伤的事稍后再细说）。爸爸将休学申请交给副园长后，便在李老师带领下，到你班上取你的东西，被子、书本、衣服什么的，因为你下学期就上大班了，不再在这间教室。

爸爸一经过中一班教室的窗前，就被你的同学们发现了，“朱砚棋爸爸来了！”“朱砚棋爸爸来了！”一阵阵惊喜的喊叫声此起彼伏，教室里一下子炸开了锅，乱哄哄的，叶老师赶忙制止，说，知道了，知道了。然后，几位比较大胆的同学走到门口，问爸爸你受伤的情况。

当时爸爸一阵感动，这感动来自两个方面，一是你的人缘，再就是小朋友们关心同学的这份情谊。爸爸感动之余欣慰不已：这正是小孩所需要的学前教育，真正的学前教育，它胜过任何所谓“知识”的灌输。

当时是 5 月初，紧接着就是六一儿童节，当晚全幼儿园在体育中心有个演出晚会。由于你手术后手吊着绷带，怕人多碰伤，爸爸妈妈就没带你参加。几天之后有个叫《厨神总动员》的话剧在演艺中心演出，老师邀请了，爸爸妈妈决定让你参加，你一个月没跟同学们在一起了。

当天中午所有小朋友在幼儿园集中，后乘大巴前往演艺中心，四点半结束后家长到新城区演艺中心接自己的小孩。

下午一点半，爸爸送你到幼儿园。我们刚走上三楼左边走廊，走了四五米，尽头教室门口的三四个同学就发现了我们，开心地大声喊着你的名字。你马上一路小跑过去，与三四个同学一起冲进了教室。待李老师、叶老师和郑老师分别向爸爸询问了你的伤情之后，爸爸正要跟你道别，发现你已淹没在同学们中间，找不见了。

爸爸又是一阵感动和欣慰。

装了一车土产

2011 年悲喜交加，悲的是三舅公走了，喜的是，三舅公走的前三天，你可爱的双胞胎妹妹出生了。

妹妹的到来，让你有了更清晰的当哥哥的感觉。听妈妈说，一次刚去大姨家看完妹妹，在她家楼下游乐园与小朋友玩时，一听到“与妹妹一起玩”，你立马认真地纠正：“她不是我妹妹，我已经有两个妹妹了！”

这年过年（2012 年春节）我们是回老家过的，爸爸第一次开车回家。有车就方便了，它让爸爸找回了久违的做客的感觉。大年初一，我们一家三口和叔叔以及两个姐姐一道，先到十方五姑家，然后到县城大姑家，中午回到邻村三姑家吃饭。大年初二，我们先到县城华定伯伯家，之后拉上他们一家三口前往高梧五舅婆家，接上五舅婆的儿子——蛮古叔叔，满满一车人前往须翻越几座大山的袁上村四舅公家。

一个难得的大团聚！天文叔叔一家三口从南京回来了、天山叔叔一家三口从漳州回来了，萍凤姑姑一家四口从广东回来了，天桥叔叔从龙岩回来了，加上我们一车过来的七个人和四舅公四舅婆，整整 20 个人，热闹气氛将大山包围着的寒冷山村的冷意驱走了不少。小你半岁的可可和源源性格各异。可可怯生，一直由她妈妈抱着；源源顽皮好动，一不小心就从厨房里抄起火铲，如握冲锋枪一样从客厅呼啸而过，把大人们惊出一身冷汗。你与源源不打不成交，在推搡中认识了。

年初五，我们就要回顺德了。

初四晚上，奶奶已经将七七八八的东西整理好了。陆陆续续装上车时，才发现，东西居然这么多。

都是些什么呢，基本上都是奶奶自己种养的。两笪（不是谷笪的笪，是专门装鸡蛋用的防震工具，由一个个凹进去的蛋坑组成，一笪可盛 30 多个鸡蛋。爸爸取客家话的“笪”音）鸡蛋。鸡蛋只有少部分是自家的，其余都是向舍不得吃卖点钱的邻居买的；两只土鸡，一只是奶奶养的，一只是向邻居买的；之后就是地瓜、紫薯、白薯、芋头、萝卜干、黄豆、黑豆等等，这些全都是奶奶自己种的。

爸爸最喜欢的萝卜干，奶奶用大塑料油桶装了满满一桶，雪白的食盐星星点点夹杂在萝卜干当中。可以想见，奶奶制作萝卜干得花多少时间。先从地里拔下萝卜，洗净之后切片，晒干，再将萝卜干腌制。腌制在坛里时，铺一层萝卜干，撒一层盐，然后将坛密封，半年左右取出，即可食用。而将腌制好的萝卜干从腌坛里一一取出，再将一根根萝卜干塞进口子仅鸡蛋大的油桶里，或许就要花上奶奶大半天的工夫。用萝卜干炒蛋、炒肉或煮汤面，这种一直伴随爸爸成长的味道，就是妈妈菜的味道，故乡的味道，是爸爸至爱的天下最美的味道。

奶奶尽管年事已高，但一直保持着劳动的习惯，没有一天停下手脚，总是忙个不停。爸爸和叔叔经常劝她不要去种什么了，可没用，她老人家是闲不住的。我们只好说随便种一些简单的蔬菜就行了。没想到，近 80 岁高龄的奶奶居然种了那么多作物，叔叔回来时，也常带一些奶奶种的蔬菜去县城。

在没有任何污染的村里长成的蔬菜作物现在可是稀罕物，尤其给奇古你这样的小孩吃，那可是极品。叔叔说，这是用钱都买不到的。带这些东西回去，是十分难得的。可装着装着，爸爸心情突然复杂了起来，看着佝偻着身子走进走出家门，恨不得把家里所有的东西都装上车的奶奶，爸爸鼻子有点酸酸的。

这就是你奶奶，爸爸伟大的母亲！没有任何索取，对子孙永远是源源不断的奉献。而对于爸爸这样多年来总是渐行渐远的游子来说，唯一的回报就是一年回那么一两次家，看看老人家。特别是带上孙子你，让老人家开心几天，仅此而已。无论在家的叔叔还是远行的爸爸，作为儿子，我们只能永远活在对奶奶的歉疚当中。

车后备箱塞满了，连副驾室也用上了，装得满满当当的。一袋硕大颀长、白净可人的萝卜实在挤不出位置了，我们还要预留一点空间给连城的一对夫妇坐呢。正好享古叔叔下来玩，开着车，爸爸就将这袋萝卜给了他，说：”我太想要了，顺德可吃不到这么脆甜的萝卜啊，可实在装不下了，你把他带回福州吃，这可是好料啊。”

年初五上午 9 点半，我们要出发了。奶奶雷打不动地焚香、祈祷、放鞭炮。在香与硝烟的香味中，我们的车启动了。奶奶在烟雾氤氲中喃喃自语，爸爸让你用客家话叫媪，你，奇古对奶奶大声地叫着“媪！——媪！——媪！”车子慢慢驶离老家，带着一车奶奶亲手种的土特产，我们踏上了回顺德的行程。

小小动物学家

一天晚上，我们父子俩照常在小区花园的树下、灌木丛、草丛中，用爸爸手机上的电筒照着找鼻涕虫、蜗牛和蟾蜍。这时，你的好朋友，小你一岁的琴琴和她妈妈过来了。琴琴问，奇奇你们在找什么呀？你说，找鼻涕虫和蜗牛。什么是鼻涕虫啊？琴琴好奇地问。你很专业地回答，就是没有壳的蜗牛一样的软体动物。琴琴惊叹：知道这么多动物，你们一定是科学家！你马上说，我爸爸不是，我才是动物科学家！

以动物科学家自居的你，对动物的确相当痴迷，兴趣程度几近研究了。

比如鼻涕虫，大约从2013年4月份开始，一直找到现在，已4个月了还乐此不疲，大凡晚上下小区花园玩，你总要雷打不动地找它，每次找到也总是兴奋不已。

爸爸恶补了一下，这学名叫蛞蝓（也叫蜒蚰）的鼻涕虫，因体表有黏液，爬行过的地方会鼻涕一样的黏湿而得名。鼻涕虫与蜗牛一样，会啮食花朵和菜叶，属害虫之列。这种黏糊糊的恶心东西，居然牵引着你，数月兴致不减，让许多小朋友和家长们大惑不解。

爸爸再恶补了一下蜗牛，这在水中为螺、陆地称蜗牛的软体动物，我们只看到其爬行和啮食叶子时的两条小小的触角，嘴小得像针尖一样，却竟然是世界上牙齿最多的动物，长着多达26000多颗牙齿！

找着找着，我们的眼光都很犀利了，基本上都能精确分辨枯叶和有着枯叶保护色的鼻涕虫；同时，它们出没的规律我们也摸透了。鼻涕虫和蜗牛都生活在潮湿肮脏之地，一般在下过雨之后才出现。在我们小区，蜗牛特别多，一场雨之后它们就会爬到路上。当然，这种危险之举因经常被人踩死而如同自杀。鼻涕虫比较少，往往须寻觅好长一段时间才有收获。收获最大的一次，是爸爸晚上临上班前带你和乐乐找的那一次，找到了 22 只鼻涕虫，让你激动万分，说一定要把收获告诉妈妈和乐乐妈。可惜那次你们都把数字说错了，两人说的也不一样。对鼻涕虫，你不光知道有黑色和棕色两种，还注意到了它与蜗牛的区别：鼻涕虫脊背上有一条明显的线，蜗牛没有。

妈妈说，小时候大人跟她说把盐撒在鼻涕虫身上，鼻涕虫会变成水而死。于是有一天，我们特意带了一包盐做试验。我们撒了两只鼻涕虫。撒上盐之后，鼻涕虫立即涌出许多水，身子随着水分的流失而慢慢萎缩。在小区玩了一个多小时之后，回去时我们再看，脱水的鼻涕虫尸体小了许多，且变得僵硬。两只鼻涕虫尸体在一周之后才消失。

至于你是怎样迷上动物的，爸爸妈妈都不太清楚。或许这是一种与生俱来的兴趣吧，就像有的小朋友喜欢车、有的小朋友喜欢枪、有的小朋友喜欢公仔洋娃娃一样。你的玩具中，最多的就是动物，各类动物基本上都有。其中最多的是恐龙，因为恐龙的种类繁多。但你与其他小朋友又不完全一样，或者说有质的差别，因为你的兴趣已经上升到了研究个究竟的份上了。但不管怎样，对一种事物或某个方面有兴趣是好的品质，它至少会引领你思考和钻研。

如果真要试着找找你立志长大后成为动物科学家的动力和渊源，或许可以从你从小看的动画片开始。

一岁之后，你开始看的是《花园宝宝》。这是部具有相当高水准的动画片，从纯净、温馨的音乐到极具磁性的中文解说都充溢感染力，特别是片头语，一下子就把孩子带入了童话世界："天黑了，星闪烁，大海静悄悄……宝宝乖，乖宝宝，快快睡觉……转啊，转啊，一只小船漂浮在大海上，渐渐地越漂越远。收起小船帆，点亮小灯光，带你去和花园宝宝一起玩……"多美的画面和音乐，多宁静的意境。当时，你常常学着画面上用一根手指在掌心转啊转的情景，开心极了。汤姆布利柏、唔西迪西、玛卡巴卡、依古·比古、小点点和哈呼呼等可爱形象，以及飞飞鱼、叮叮车等交通工具，让小奇奇你喜欢得着迷。当时买的汤姆布利柏布娃娃，至今还摆放在客厅沙发靠背之上，与章鱼、毛毛虫、小熊黛比一起列阵。

再就是《天线宝宝》。而最有趣味性的当属米老鼠、唐老鸭系列，每次都让你看得咯咯咯笑个不停。经典就是经典啊。接下来就是更进一步的《米奇妙妙屋》。爸爸认为米奇最大的优点不是机智、聪颖，而是大气和风度；动画片最大的养分不是知识，而是对思考习惯和思考能力的培养以及坚韧意志等模糊概念的形成。于是，米奇、米妮、高飞、布鲁托、唐老鸭、黛丝等形象在你幼小的心里可爱着。

而《大耳朵图图》尽管也契合小孩子的心性，也蛮可爱的，可想象力和美感明显逊色，看完几集下来，除了片头曲之后图图妈妈“图图，刚买的巧克力呢！”的那声尖叫，似乎没给你留下什么难忘的印象；《喜羊羊和灰太狼》则缺乏童趣，所讲述的故事和对话偏成人化，无论之后推出了多少多少续集，羊和狼的动漫商品也充斥各商场、地摊，它终究算不上一部优秀动画片，与国外经典动画片相去甚远。当然，这些想象力、审美情趣、童真与幽默明显欠缺的国产动画片，也没在小奇奇你的心灵中占据什么位置。

动画片中可爱的动物形象可以成为一个小孩兴趣之源。但你最喜欢看的动物，是真正的动物，几部动画片下来，你就开始看央视的《自然传奇》一类的，讲述动物起源、特性、生存的科教片。这些科教片可是成人看的，解说词都是书面语，可你喜欢看，看得入迷，也看得懂。

一次，你突然跟爸爸说到史前动物犬熊和恐猪，大谈这些曾经跟恐龙一样称霸地球的凶猛古兽的特性。爸爸吃惊之余，赶忙查找这类业已灭绝的巨兽，以便跟上你的思维或回答你颇具专业性的提问。还有巨型短面熊、巨型狮子、袋狮、剑齿虎、恐狼、猛犸象等等爸爸之前根本不了解或连听都没听过的灭绝动物，你都保持着浓厚的兴趣，经常叫爸爸在手机上查这些古老的猛兽。

因此，两岁之后，每到一个地方玩，你都会问有没有动物，你最感兴趣的也只有动物。我们去三水森林公园玩时，那儿正好有个鳄鱼湖。昏昏欲睡的鳄鱼一旦有鸭子或鱼在旁，会突然张开布满利齿的大嘴，用你的话叫“昂”的一声，就将可怜的鸭子和鱼吞进可怕的嘴里。除了鳄鱼之外，还有少量的孔雀、猴子、鸸鹋、鸽子，但这已足够了，整个过程你都倦意全无，惊喜阵阵。随后去的大卧佛等景点，你就心不在焉了。这次，爸爸在鳄鱼湖的商店里给你买了一组恐龙玩具。之后，经过几次补充，你的动物玩具就渐渐有了规模。

同时，你也拥有了自己的动物书：妈妈给你买的厚达632页的硬皮书《动物大百科》、两册《恐龙世界历险记》，大姨送你的一套分上中下三册的硬皮书《动物世界百科全书》以及豪华立体版百科全书、内附丰富的学习卡片和大型立体场景的《恐龙》等。《动物大百科》这本图文并茂、以图为主、号称野生动物世界的权威视觉典籍、涵盖地球上迄今最齐全的野生动物物种的大书，是你最为喜欢的一本动物书。而《恐龙世界历险记》以漫画和文字为主，你目前还看不了。

有了以图为主的动物书，你这小小动物科学家可来劲了，买回来之初，一有时间就摊开逐一翻看，不断提出一些问题。而爸爸妈妈也因此而认识了更多平时没在意更谈不上了解的动物以及相关知识。在《自然传奇》等电视纪录片和书本的结合下，你“研究”的范围更广了，不但要了解动物的种类、同科动物种类与属性，还开始深入动物与动物间弱肉强食的链条，比如某动物的天敌是什么，它们的近亲是什么，某动物是从史前时代的哪种动物进化而来的等等。尽管还根本谈不上研究，但你的认真劲儿以及浓郁的兴趣，令你显得颇有动物科学家的精神和特性。

同时，也让爸爸恶补了许多知识。当你问什么问题时，爸爸就会马上在智能手机上搜索一下。你受伤住院时，爸爸带你在医院鱼池边散步时，看着鱼池里游来游去的鱼，你突然说起了一种叫“鹗”的飞禽，说是鱼鹰。来看你的石头叔叔一听，说，不对，鱼鹰是鸬鹚。石头叔叔是广西人，广西有许多捕鱼的鸬鹚。爸爸也从没听过叫“鹗”的飞鸟，就马上在手机上搜索，根据读音 e 和鸟字旁，爸爸很快就找到了“鹗”，果然，是一种专门捕食鱼类的大型鹰，俗称“鱼鹰”。

又一次，你说到海纳螈，说是从头甲鱼进化而来的两栖动物。根据读音，爸爸准确地百度出来了这种古老的生物后，又吃了一惊，这东西居然据说是所有陆生动物的共同祖先！

你就这样，常常会突然冒出一种在电视上看到过的新认识的动物，有板有眼、头头是道地对我们讲述着。你的记忆力和观察力在这方面表现得相当突出。

你曾经有一条软塑料小鱼，身子细长，怎么看都像鲨鱼。可我们对这个玩具就这么叫着叫着时，有一天，你说是鲸鱼，是抹香鲸。你从《动物大百科》上找到抹香鲸，爸爸一看，才发现，这条我们错叫为鲨鱼的抹香鲸，头大而钝，所以也叫巨头鲸，是齿鲸中最大的一种。

有一段时间，妈妈从图书馆借了一本好像叫《动物百科全书》的书给你看，这一看，你找出了这书的一个错误——把虎鲸说成蓝鲸了。对照《动物大百科》和《动物世界百科全书》以及网上搜索，的确应该是虎鲸。蓝鲸身躯瘦长，背部是青灰色的；而虎鲸头部略圆，身体呈黑白两色，背部是漆黑色，鳍后面有一个马鞍形的灰白色斑，两眼后面分别有一块白斑，腹部大部分是雪白的。虎鲸可是海上霸王，有时连鲨鱼都敢袭击。当然，你的描述没有那么专业，但虎鲸的黑白特征你倒是讲得十分清楚，所以你一下就辨别出了虎鲸与蓝鲸的区别。

再有一次，那应该还是你小班的时候，你发现教室墙上挂的一幅动物图应该是山魈，而不是老师所讲的狒狒。你跟老师说，山魈脸上有红色和蓝色，而狒狒没有。老师经搜索证实确是山魈后，把图换掉了。

待 2012 年带你去广州香江野生动物园时，你这小小动物科学家真可谓如鱼得水了。我们是驾车去的，所以有自驾游和步行游两个部分。自驾游特别引人入胜，我们恍若穿行于西亚、南亚、非洲、美洲、澳州和欧洲的森林、河流、山地、沙漠与草原之间。其间，一些像鸵鸟什么的动物会走到车窗前，接受游客的食物。这可把你给乐坏了，一路惊叫着，大声叫着一种种动物的名字。可以说，除了湖里游的一些鸟类你认不全之外，你基本上把动物园里的动物都认全了。显然，有一些动物爸爸是不知道的。比如在行进过程中，你突然指着一种似牛似马的动物兴奋地叫着的“貘”，爸爸可是第一次见到，也第一次听说有这么一种动物；而长相丑陋怪异的食蚁兽，你有玩具，爸爸见过这样子，却以为是传说的怪兽，不想真有其物。

人造的侏罗纪森林是个恐龙世界，环境营造得甚是逼真，恐龙的吼叫声不绝于耳，整个行程神秘而恐怖。这是你的强项，剑龙、甲龙、三角龙、双冠龙、蛇颈龙……你一路如数家珍。待进入巨大的霸王龙洞穴时，面对庞大的霸王龙，以及让人毛骨悚然的吼叫，爸爸以为你会最为兴奋和激动，不想，可能是年龄太小，我们的小小科学家有点害怕，连连催促早点离开这可怖之地。

其间，我们看了三处动物表演，尽管很是逗人，但除了巨大的秃鹫和金雕如黑云罩顶般掠过头顶，让人心生震撼之外，还是动物真实的表情和动作更为吸引人。按着游览线路图，我们在傍晚 6 点闭园前把时间安排得满满当当，也觉得所有区域都光顾了。

可在回来的路上，我们的动物科学家说，还有山魈没看到！说这次不算，还要再去一次，把山魈看到才算全部看完。

有点语言天分

在你零到 5 岁的过程中，除了对动物特别着迷之外，也显现了有别于同龄孩子的语言天分——这是一种天赋，与艺术天分一样是与生俱来的。

根据遗传，爸爸认为你的语文是绝对没问题的，只是没想到语言天分显现得那么早。

这首先跟电视有关，对于一般小朋友来说可能听来云里雾里的科教类纪录片，你看得十分来劲，而且，关键的是你能听懂，有些懵懵懂懂的词语，囫囵吞枣地听下去后，连蒙带猜地就能理解它的意思。最重要的是，你能活学活用，平时说话常常夹带一些词语和成语，而这些词语和成语通常不太可能出自幼儿园小朋友之口的，你却张口就来，听得一些小朋友一头雾水，而大人则很是惊讶。

其次应该是爸爸妈妈给你的影响。从一出生开始，爸爸妈妈就没把你当成什么都听不懂的小婴儿，而是把你当成能听懂话的小朋友。因此，一方面我们总是跟你说话，只要你没睡觉，从没停止过交流；另一方面，爸爸妈妈的用语也比较规范，都用普通话，而且从不用 BB、宝宝、饱饱、烫烫、饭饭这些人们约定俗成对婴孩说的叠字。以至于有一天，你突然用非常柔软的嗲声说了一句“爸爸，我给你喝水水”时，让爸爸妈妈听着很不习惯。

因此，你给人的感觉是，除了奔放、外向的童真可爱，还有像大人一样说话的老成可爱。

爸爸没有刻意记录你独有的“奇语”，就凭印象略举几例吧。

比如，你骂人时会冒出“卑鄙小人”这个词（当然骂人是不对的），当时让一位伯伯大为吃惊，说这词他大你近一岁的儿子连听都没听过。

用细小的树枝追赶、扑打着小动物、小飞虫什么时，你会大叫“不是你死，就是我亡！”。

在小区玩时，你在阿姨们面前左跳右颠地表现时，你会说“我很敏捷的哦”；

与小朋友玩球，用手掌击打时，你会边打边叫“降龙十八掌”，手脚并用时，你边玩边叫“降龙十八踢”“降龙十八脚”“降龙十八拳”。

有一次跟妈妈一起买菜，帮妈妈提菜时，你突然说“妈妈，我这样是不是吃苦耐劳啊”。

琴琴是小区里语言表达的规范和流畅较为出色的小朋友，与你不相上下，你们在一起总抢话，常常要猜石头、剪刀、布来决定谁先说。但她的词汇不如你。那天我们与琴琴一起找鼻涕虫时，找了好久都没找见，你就说“奇迹会不会发生呢？”。琴琴问“什么是奇境啊”，你说不是“奇境”，是“奇迹”，奇迹就是不可能发生的事终于发生了，就像找鼻涕虫，找了很久很久终于找到了就是奇迹。

一天下午，在顺峰山公园玩时，你把手上的枯莲蓬丢进湖里。一阵风吹过，轻飘飘的莲蓬被波浪荡漾至荷花丛中时，你兴奋地大叫：“看，它回到群体了，回到荷花的群体了！”

语言天分不是对语言的记忆力，不是记住了某词生搬硬套，是对语义的精准感觉和把握，是想象力和感悟力的结合。比如有一次一位小朋友也想像你一样说说成语，结果把想表达的干干净净的意思说成了一干二净，就是因为没有理解成语的意思。

除了善于用词之外，你的想象力和艺术感觉也略显山露水。

一次，你与一位小朋友一起荡秋千，爸爸推着，一次次又上又下的飞荡，自然让两位小朋友开心极了。你大叫，哇，好快，像风一样快！旁边的小朋友想了一下说，我像飞机一样快！

有次吃饭时，爸爸说你最近瘦了，要多吃点，不然脸尖尖的就丑了，你接过话茬说，那脸就像钉子一样瘦啰。爸爸当时心里一惊，你不假思索脱口而出的“脸像钉子一样瘦”的想象多么大胆，简直就是诗歌的语言！

你在左手骨折手术后的康复训练时，对受伤处隐隐的疼，你说“苦苦的，弱弱的”。你与一位小朋友玩小汽车，第一次车盖脱开是爸爸帮忙压实的，第二次，你们两人怎么压都压不回去，那位小朋友就说，这要巨人才能做。你马上指着他说，你就是巨人！你的朋友说，我不是巨人，你坚定地说：“对蚂蚁来说，你就是巨人！”

你的艺术感觉也犹如小荷露出了尖尖角。

一天晚上，妈妈去练车，爸爸便带你去上班。车行至凤山中路红灯停下时，车里正播放着钢琴曲《命运》，跌宕起伏的音乐，正弥漫着凶险的意境，你忽然开口说，爸爸，这歌听多以后，感觉坏人与英雄在打架，感觉坏人打赢了。爸爸心中一阵欣喜，但不露声色，《命运》之后音乐播放至第二曲《献给爱丽丝》，风平浪静，舒缓、温情的音乐氤氲整个车厢时，爸爸问你现在什么感觉，你说，感觉坏人和英雄都打赢了。

清明亲情之旅

在中国传统节日中，清明节是最具人情味的。春节最大，俗称过年，是外出人员回家最多的，亲人团聚最为齐全、热闹的节日。持续时间也最长，春节并不是指某天，而是整个春节期间。在我们老家，一般从腊月廿五入年界开始，一直到正月十五元宵之后，才算过完年，才会有人下地干活。甚至有延续到正月二十的说法：有吃没吃，玩到正月二十。当然这是早年的说法，当年平时大家都累，也没什么吃的，只有到过年时，才吃好、穿好、玩好。现在随着洗脚上田、外出打工的人员增加，农田已大面积废弃，不存在过完年即下地春耕的情况了。真正的团圆节八月十五中秋，其团圆味已经越来越淡，外出人员回家与亲人过节团圆的不多。而清明节则不同，在“路上行人欲断魂”的清明节，即便因父母双亡等原因没回老家过年的，清明节也是必定要回家扫墓的，因为这是一年一度缅怀先人的神圣日子。

爸爸就是属于清明雷打不动要回家扫墓的那一类人。

今年清明，外婆与我们一道回老家。去年过年（今年春节）外公外婆都是在顺德过的，年夜饭就在我们家吃的。过完年外公因身体不好和不适应这边的生活，一个人提前回贵阳了。此前，爸爸妈妈就一直想找个机会带上外公外婆一起回老家看奶奶，让双方亲家认识认识，这次机会正好。

外婆与奶奶难得相见，自然分外高兴。因外婆稀客的到来，叔叔特意调了几天班陪我们。民间厨师三姑丈也下来掌勺。鸡是爸爸的一位老堂哥家养了很久的，很难找的真正的家鸡，可外婆不能吃，倒是兔肉可以吃。三姑丈就说明天到他家，他有兔子。

第二天，我们与外婆一道走路到三姑家，叔叔随后骑摩托车上来。一路上享受的，自然是乡村春天怡人的绿色和清新的空气。

三姑的孙子刚满月，大部分时间在睡觉。妈妈特意从顺德带了一些你小时候穿过的衣服给三姑的小孙子。三姑的二儿子德峰哥哥，就是婴儿他爸在厦门打工，老家陕西的嫂嫂在家带小孩。德开哥哥为了让他女儿颖颖妹妹在县城上学，已在县城买了一套房子。

坐了没多久，一早就做准备的三姑和三姑丈就弄好了满满一桌菜，鸡、鸭、兔都有，为了让外婆多吃点兔肉，三姑丈还将兔肉分成两碗头，分别是姜为佐料和薄荷为佐料两种做法。

走的时候，妈妈觉得你喜欢坐摩托车，就让你坐着叔叔的摩托车先回。坐摩托车让你很开心，跟叔叔的关系也更亲密了。晚上吃完饭，爸爸和叔叔还在喝啤酒时，你就一直缠着叔叔玩，要叔叔帮你找动物。大晚上的一般不会有什么动物，可叔叔还是和你一起认真地找，结果真的找到了一只有点像蟋蟀的虫子。你兴奋地找了个矿泉水瓶，装上半瓶水，把小虫子放进去。爸爸提醒你别把虫子淹死了，你说不会，它会游泳呢，你看，它是一种两栖动物！这事让你印象很深，酷爱动物的你回来好久了还在提与叔叔一起找虫子的事。

第三天清明，各自扫完墓后，下午四舅公过来了。看着已长大了、活泼可爱而又懂事的奇古，四舅公十分喜爱，连夸奇奇很乖，并说他在漳州的孙子源源可就皮了，只有做爷爷的他比较威严，能镇得住。

奶奶与四舅公两个老姐弟自然少不了唠叨上半天老事。四舅公说，姐你都 80 岁了，今年要做生日啊。奶奶说，不敢，不敢，做了不好。

晚上在华定伯伯家吃饭时，四舅公提起给奶奶做寿的事，五舅婆也认真地跟爸爸说，一定要做寿，现在除二舅外（二舅公食道癌晚期，当时正在医院。两个月之后去世），大姑（奶奶）最长寿，80 岁呀，多不容易，一定要定一个时间我们大家一起祝贺祝贺的。

当晚是亲戚大聚会，除四舅公、五舅婆外，还有福州回来的文定叔叔和蛮古叔叔，从厦门回来的红英姑姑、武定叔叔，在武平的华峰叔叔，还有享古叔叔，再加上有外婆这一稀客，气氛甚是热闹、融洽。

爸爸的表姐、表兄弟们也都赞同给奶奶做 80 大寿的事，爸爸说再跟奶奶沟通沟通，奶奶是说不要，不敢。五舅婆他们说，老人家是不会自己索要做生日的，都是子女定下来做的。爸爸这点倒不懂，说一定跟她老人家再说说看。

事实上，就奶奶做寿一事，奶奶不是老家那种客套的推让，而是真正觉得不敢做。事后大姑也认真地跟奶奶提过这事，说我们是小范围的，不要大张旗鼓，我们几个兄弟姐妹和舅公、舅婆、表兄弟姐妹聚聚即可，也不放鞭炮、不烧香应该可以的。但奶奶依然坚决地坚持不做，说村里几个老人家都说做了不好，还说黄竹坑一个 90 岁的老人家，原本身体很硬朗，走路还咚咚响的，一做生日就蔫下去了。这事就这么过去了，爸爸、大姑和叔叔决定尊重老人家的意见。

第二天下午，我们与四舅公一道，前往漳州天山叔叔家（四舅公在天山叔叔家带源源），第二天去厦门。

外婆此行除了认识奶奶，最主要的是想去厦门，亲近大海是从云贵高原大山里出来的她多年以来的向往。

武定叔叔已在厦门候着。由于时间关系，我们在厦门只玩两个地方：鼓浪屿和环岛路海滩。本来想先去鼓浪屿，在市区转悠了许久之后，武定叔叔说先到环岛路海滩，他带着女儿一起在海滩玩。

我们玩的海滩并不是环岛路最漂亮的一段，但也不错。最主要是天气晴朗而凉爽。昨天厦门倾盆大雨，今天却放晴了，是天公的好心，也是我们的运气。

在海滩上，外婆不怎么说话，更多的时候是一人独自眺望远处的大海，若有所思。

你可来劲了，与一岁多的小妹妹依依玩着沙——准确地说，基本上是你一人在玩。依依还小，不太会使用那套挖沙、装沙的工具，似乎兴趣也不在此，只是在旁不停地跳着。你也不客气，一人玩得忘乎所以，一会儿用塑料铲子装满一桶，倒掉，再装满一桶，再倒掉；一会儿堆起一座小沙山；一会儿将某个工具埋进沙里；一会儿制作出了一个沙冰淇淋，兴奋地向大家展示……不亦乐乎，把一把铲子都弄断了。

由于武定叔叔和阿姨过于隆重，午饭花了比较多时间，吃完后已是下午两点多了。也就是说，我们在鼓浪屿的时间就很紧了。此前爸爸去鼓浪屿时，都是在轮渡乘船直线抵达鼓浪屿，正好这次天山叔叔买的是票比较贵的那趟船，可以绕岛半圈。外婆心情很好，脸上绽放着笑容，一直在甲板上站着欣赏“中国四大名屿”之首的鼓浪屿的美丽风景，妈妈则负责给外婆照相。游客也普遍激动，上下两层的游轮上一片欢声笑语，惊叹与尖叫声不绝于耳；相机和手机在扎堆拍摄。对面就是金门，岸上一堵白色标语墙上红色的“三民主义统一中国”八个大字近在咫尺。

我们是在内厝澳码头上岛的。我们走的这条路线没什么景点，是岛内居民区。当然，我们也没时间看景点了，上日光岩肯定时间来不及，而菽庄花园、“钢琴之岛”的钢琴博物馆、郑成功纪念馆、海底世界什么的也不在我们走的路线上。爸爸倒觉得这趟鼓浪屿之行的收获，正在于感受到了居民区如世外桃源般的静谧与原生态，与火热景点截然相反的难得的超然与恬适。

与在环岛路海难一样，外婆还是沉默着，若有所思。

在停留时间最长的一处有着礁石和渔船的小海滩上，你还在玩着沙，我们要和外婆一起合影时，可能有点累了，你心不在焉。叫了你几次都没有走到外婆旁边，爸爸就拉你，不料这一拉，可能下手有点重，你哇的一声哭了起来。你又困又烦了，爸爸有点过意不去。因为作为“动物科学家”的你，兴趣点并不在大海和岛屿的风景，而在动物，可这边没什么动物。乘游轮过来时，爸爸指着远方小如白点的几只白鹭让你看，可太远了，你没什么感觉。厦门是鹭岛，可我们在游玩过程中并没有发现多少只白鹭，除了远处偶尔掠过的一两只，近距离的，只在快到轮渡的海滩上发现了一只独自行走、似在觅食又像在散步的白鹭，这才让你兴奋了一阵。

快走到码头时，你一直说好累，天山叔叔就抱起你，一直抱到乘船到了轮渡。

开车返回龙岩时已是晚上 8 点多了，把爸爸在龙岩的一帮朋友等急了。

从顺德到武平，从武平到漳州，再从漳州到厦门，从厦门到龙岩，又从龙岩回武平老家，从老家返回顺德，行程紧凑而充实，温馨而开心。

你的儿时玩伴

城里按部就班成长的孩子和乡村放养般野生的孩子的最大区别在于，城里长大的孩子普遍缺少玩伴，尤其是独生子女，陪伴他们的基本上只有亲人。这是城里孩子的一种缺陷，尽管是隐性的。玩伴的缺失，让城里孩子容易自闭、自大，在家长过于严实的翅膀遮蔽下，分享和分担的概念难以形成；玩伴的缺失，也使孩子玩的权利被现实无情地剥夺了，无情得合情合理、毫无痕迹，童真与童趣随之苍白。而童真与童趣的削减，是一个完善人格形成的大忌，过早地成为小老头，会扼杀一个人想象的天性以及性格的坚强；玩伴的缺失，友情必然大打折扣，而连友情都不真实，实然会对亲情、乡情和爱情形成消解。当今社会之所以冷酷、冷血、自私、狭隘、张狂、跋扈的孩子越来越多，成长环境是罪魁祸首。农村长大的爸爸一直认为，儿时玩伴是一辈子的财富，对一个人的性格养成、心胸开拓和爱心培育等诸多方面都有着极大裨益。

如果是本城原住民，祖屋也是相连串通、街坊同住，则与农村差不多，邻居孩子们都可以玩在一块。城里环境的限制，主要是指在某块缝隙中或空旷地里凭空竖起一幢或几幢的大楼，这些楼里的套房被人们称为鸽子笼，住在鸽子笼里的居民，处于“鸡犬之声相闻，老死不相往来”的状态。行色匆匆的邻居们最多只是在相遇时彼此点个头、微个笑、招个呼，连停下脚步交流几句都是奢侈的。而回到家，各家门一关，互不相识，互不干扰，邻居间的串门一词就此消亡。

之后，封闭式小区的兴起是一种有着人情味的进步。封闭式小区开发商喜欢取名某某花园，小区内也都有着偌大的花园，这是小孩玩乐的天堂，也是大人交流的平台。

我们就住在被称为现代化小区的封闭式花园里，因此，可以说，你的儿时玩伴是不缺的，因为你基本上每天晚上都要到小区花园和小朋友们玩，你的性格也喜欢交朋友。这是爸爸妈妈比较欣慰的。

从小一起长大的玩伴中，乐乐是你最好的朋友，是最经常在一起，在一起时打打闹闹，分开却又会彼此挂念的，谁有好玩的好吃的都会想到对方的好朋友。

你与乐乐在一起的时间主要在白天，即妈妈和乐乐妈带你们一起上街什么的时段，晚上乐乐很少下来小区玩。在小区玩得最多的，起先是心仪和家瑞。他们由于双方母亲常在一起，也自然而然地总在一起，一女一男，犹如青梅竹马，两小无猜。他们的圈子主要以两人为主，你的介入，就是三人。此外，还有一两个可以一起玩的小朋友。他们的方式比较简单，每次都是两人一起玩就足够了，有比较熟悉和玩得来的小朋友加入也行，但他们不会主动与其他小朋友玩。

你一两岁时，无论什么都好玩，只要下到小区或其他什么环境，见什么都新鲜，动什么都兴奋。进入三岁之后，没有玩具不行，再更进一步，就是认玩伴了，无玩伴没劲。

下小区玩的时候，由于总是先找心仪和家瑞，一旦他们不在，你便很失落。因为其他好朋友，比如你幼儿园的同学梅洛和子宁，以及小你一岁的琴琴，不经常在晚上下来玩。在小区玩的时候，大部分时间都是妈妈带你，爸爸只在不值晚班时陪你。经历了一两次找好朋友的失落之后，爸爸说，你要交新的朋友，见到小朋友玩，你就可以征求他们的意见，问他们可不可以一起玩，如果可以，玩几次之后不就成了好朋友了？你便照着做了，并且做得还不错，其中龙浩就是你开拓的，后来玩得很好的朋友。

那时爸爸带着你，沿小区走了一圈都没发现熟悉的朋友，第二圈走到西门的滑滑梯玩乐区时，正好发现一位小男孩在玩，他爸爸在旁边长椅上看手机。爸爸说，你自己去跟他玩吧。于是，你便走过去，问，我们一起玩好不好？小朋友说好，就将他的七八辆小汽车玩具从单车篮子里取出，每人三四个地玩着。之后，小朋友又从百宝箱式的单车篮子里拿了一个蓝色的塑料软球，两人掷啊，踢啊，打啊，玩得不亦乐乎。就在那次，你在玩球时，边玩边喊出了“降龙十八掌，降龙十八脚，降龙十八踢，降龙十八拳……”。也在那次，一次抢球的碰撞中，小朋友一屁股坐在地上，随即哇哇大哭起来，很是委屈。他爸爸把他劝到一旁，他还是余怒未消，哭着坐到旁边。他爸爸说没事，一会就好了，以前闹得更厉害。爸爸赶紧问你，是你推倒他的吗？你说不是，两人一碰他就倒了。爸爸说，那你要道歉，安慰他一下啊。于是，你走过去，说对不起，并试图用手抚摸他的脑袋。小朋友马上将头扭开，并起来躲到另一处；你又走过去，他又走开。如此几个回合之后，在小朋友单独安静一会儿之后，云开雾散了。小朋友破涕为笑，两人换了一种玩法，又开始一起追来逐去，玩得忘乎所以。玩到差不多要回去的时间，爸爸对你说，你要问小朋友叫什么名字啊，你的名字也要告诉他啊，这样你们不就是好朋友了吗，天天都可以一起玩了吗？就这样，你知道了他叫龙浩；就这样，你们当晚约定第二天再下来玩；就这样，你们成了好朋友，每天下来都要寻找对方，每次一起玩了之后都要约定明天再一起玩。

在慢慢开拓中，你的新朋友多了，且除了自己主动认识的，还有妈妈和小朋友妈妈认识而间接认识的，你的朋友越来越多。

玩的方式尽管略显单调，但只要有伴，小朋友们都很开心，因为你们既在玩，也有交流。孩子们无邪的玩法很多，很有意思。

一次你和梅洛哥哥等小朋友和两位大一点的哥哥一起玩，玩着玩着，另一位大哥哥因为经常吓唬性地追逐你们，打你们的屁股，梅洛有点意见了，又不敢直接作对，就附在你耳边嘀咕开了。完后，爸爸看你站着发愣，一副犹豫不决的样子。不一会儿，你走过来，对爸爸说，梅洛让你骂那大哥哥，说大哥哥的坏话，不然就不跟你说话了，在幼儿园也不说话。但你觉得骂大哥哥不好，问爸爸怎么办。爸爸说骂人和说人坏话是不文明不礼貌的。几天之后，你说梅洛跟你绝交了，就因为那天他没听她的话骂大哥哥。爸爸妈妈都笑了，说不会的，梅洛跟你开玩笑的，怎么可能绝交呢，你们还是好朋友呀。

那天爸爸值晚班时妈妈打来电话，说你被子哲拉着转圈时摔伤了膝盖，当时哭得好厉害。爸爸在电话里问已回到家的你怎么回事，你说，家瑞一直叫子哲给我点颜色看看，我知道给点颜色就是打的意思，就和子哲打了。子哲小你一岁，却长得比你高大，你肯定拉扯不过他喽，你的伤就是这么受的。爸爸说没事，搽点药就行了，以后玩时小心一点，不要玩打架的游戏就行了。

子哲与子钰是孪生兄妹，他们也是你的好朋友。子钰妹妹比较文静，子哲好动，喜欢玩拉扯和扭打的游戏。那晚，爸爸带着你绕小区走了近一圈，正愁找不到好朋友玩时，子哲和子钰在他们妈妈的带领下出现了。扎着两条小辫子的子钰背着个小背包，很是乖巧可爱。子钰牵着你的手，你们三个小朋友一起走向西门玩乐区。不久，更小的新朋友彤彤妹妹也来了。你们玩了一会滑滑梯之后，就开始玩追逐的游戏。可好动的子哲一直摸你的头、抓你的双臂，并时不时一掌朝你手上打下去，说是“劈”；追着追着坐下时，子哲也用他的双脚压住你的脚，让你不得动弹。面对比你高大的子哲，你只能大声说，我不喜欢“劈”的游戏，你不要老是压着我的脚嘛。子钰也说，哥哥你再欺负奇奇的话，包里的巧克力就不给你吃了。可子哲玩兴正浓，依然缠绕着你动手动脚，你气愤地大声说，我不喜欢玩抓来抓去的游戏！我不喜欢老是作弄我的游戏！在这过程中，爸爸注意到，瘦小的彤彤一直拉着你的手，轻轻地往外拽——小妹妹要解救你呢。

你们玩的时候，是爸爸最为安静的时候。孩子们一会合，便开始三五成群地追逐嬉戏，笑叫不止，无论是否有共同参与的游戏，小朋友们都不亦乐乎，不知疲倦。这时，阿姨们凑在一起，总是有说不完的话题；而爸爸除了在手机上看小说，更多的时候是坐在一旁的长椅上，抽着烟，看着小鸡一样跑来跑去的小朋友们，什么都想，或什么都不想；或者，偶尔起身，在灯影婆娑的林荫路上踱上那么一小段，与以锻炼为目的的急行散步者、倒行者、推着婴儿车的阿姨奶奶们、蹒跚学步的婴儿、急驰而过的单车擦肩而过，在小区花园的热闹中享受一份难得的安静。

我们小区的人气还是不错的。2006 年刚住进来时，基本上看不到什么小朋友，就在 2007 年妈妈怀你时，也如此。在你出生之后的几年，不知不觉地，小区一下就冒出了一大群咿咿呀呀、叽叽喳喳、哭哭闹闹、嘻嘻哈哈、左冲右突、上蹿下跳的小朋友，一到晚上便热闹得不得了。再加上西门外和小区内两拨每天跳舞的奶奶们、充斥小区内外的音乐，以及相互认识的人们之间的招呼与攀谈，小区的晚上总是那么休闲而温情，充满生气。

这种氛围，会让人忘记了这是在喧嚣都市，恍若回到了爸爸儿时的乡村夜晚……

月光下，偌大的晒谷坪上，一群小家伙分男女不同阵营在玩着各自的游戏。男孩可以分两个对列玩“红军白军”：一军一次出一人，此军先站到中间，彼军开始追，追上抓一个俘虏，敌军就少了一人，直至一方将对方士兵抓完。女孩则可以围拢在一起踢毽子，或唱童谣。女孩子唱的童谣爸爸只能记住几句，男女老少都会的童谣《月光光》则爸爸到现在都记得。这是几代人口耳相传的民间文学，有着《三字经》《弟子规》等相同的教化功能的童谣——

月光光，走四方；四方暗，走田坎；
田坎尾，捡枚针；针有眼，换把伞；
伞有头，换头牛；牛有角，换条桌；
桌有桄，换口瓮；瓮有口，换只狗；
狗有尾，换只鸡；鸡有髻，两子叔婆学搬锯；
搬锯唔奈何，不如学补箩；补箩手会蜇，不如去睡目；
睡目难天光，不如蹲屎缸；屎缸里会跌，不如学打铁；
打铁会生污，不如学宰猪；宰猪难讲价，不如学叫化；
叫化难挎筒，不如烧簕蓬，簕蓬窝里两只蛇，吓得叫化目讷讷。

这是爸爸用我们老家的客家话记录的，不知有没有民俗专家收集整理规范、权威的武平版《月光光》。《月光光》就爸爸所知的，有广东粤语版，有广东客家话版，有福建客家话版。广东客家话版与福建客家话版是完全不同的两首童谣，广东客家话版各地也略有不同，而福建客家话版的版本也不尽相同，比如武平和上杭的就有区别，甚至武平的不同乡镇也有微小差别。

童谣和玩伴都是儿时记忆十分重要的组成部分，它使童年天真、真实、充盈而美好，是足以保存一辈子的记忆。遗憾的是，在城里长大的你，没有这种以方言形式朗诵的原汁原味的童谣。

五一那天受伤

2013年五一那天，你受伤了，左手骨折，伤得有点离奇，是在迪士尼蹦蹦城堡的气垫上摔成骨折的。对此，爸爸只能对惊讶的朋友同事说，摔得不好。

今年的五一小长假与往年一样，我们没什么安排，我们一般不会在假期去凑人多的热闹，在路上找堵车的苦。4月30日下午本来要带你去顺峰山公园玩的，因为你发烧了两周，好久没出去玩了。可那天天气不好，下着阵雨，爸爸妈妈就带你到大良河边的凤城食都，先在河岸上走了一会，然后带你到山西面馆吃了面和饺子。当天答应你第二天带你玩。

第二天，天晴了，下午爸爸如约带你去顺峰山公园，妈妈有点不舒服没去。

顺峰山公园人山人海，偌大的停车场停满了车，甚至在一些过道上也横七竖八地停放着车。爸爸转了好几个来回，才见缝插针地找到了一个车位。

此前连续几次去顺峰山公园，你必玩的，除了吹泡泡，就是在迪士尼城堡蹦上一个半小时。对此，爸爸妈妈也是十分支持的，这是有助于身高增长和身体平衡的一种锻炼。蹦蹦城堡位于顺峰山公园牌坊前右侧。我们经过了熙熙攘攘的人群，闪过了猛然呼啸而过的单车、滑板，越过了卖唱吸引的人圈子，就到了城堡前的路边售票点。你特别兴奋地说，爸爸买票。爸爸从钱包里拿出两张五块的钞票给你，你对卖票阿姨说，阿姨，买一张蹦蹦城堡的票。阿姨把票给你后，你说谢谢，然后蹦蹦跳跳地往城堡而去。一切都那么顺利，那么欢乐，如身边每一位游客一样。

你在蹦蹦城堡每次至少要玩一个小时，爸爸带你时，一般就是先看着你一会儿，之后就坐在旁边从手机上看小说。一般二三十分钟，爸爸就会走到城堡边上，看你一会儿，问你要不要喝水。其间会朝城堡看几次，在穿梭奔跃的小朋友中寻找你。

这天小朋友多得爆棚，整个城堡挤满了蹦蹦跳跳的小朋友。而奇怪的是，之前记得有一次周日，玩的小朋友远远没这么多时，都有两个身穿黄马甲的女工作人员在城堡内照看着，当天这么多人玩却不见工作人员的影子。对此爸爸也没在意，气垫城堡嘛，就是用来摔的，而怎么摔都不会有什么大碍的，只要不摔出外边。

但爸爸这次错了。仅过了半小时，爸爸就听见你哭叫爸爸。爸爸走过去，见你哭得非常伤心，眼泪大颗大颗地涌出来，挂满了胖胖的圆脸。爸爸问怎么啦，你指着左手说受伤了，从上面摔下来，刚说完又大哭起来。凭感觉，爸爸知道这次不是小伤，应该是真的很疼的，不然坚强的你不会哭成这样。爸爸就让你下来，穿好鞋，到旁边找了个花基坐下。

爸爸具体地问是哪里疼，你说是左手臂里。手臂里面疼，应该就是压伤了，爸爸当时认为是跌打损伤，搽点狮子油什么的就会好的，就牵着你的右手走向停车场。可在这过程中，你一直喊疼，说受不了了。爸爸安慰着你，说我们先回家搽点药，看能不能好，不行就上医院。在车上，你还说痛，并对爸爸说，车开慢点。在河边停好车，走回小区的路上，你的痛感更厉害了，一直说不行了不行了，你的手不行了！

回到家，你向妈妈哭诉了情况。坐在沙发上，爸爸再问你准确的受伤情况，并要你弯起左臂，你说不行时，爸爸才觉得可不是骨头压伤那么简单了，至少是脱臼。妈妈埋怨爸爸不应该回家，要马上去医院的。爸爸认为到和平外科医院好点，是骨伤的专科医院，就下楼驱车赶往医院。

在急诊处，你当然还是一直哭着喊痛，左手略有一点动静就痛得不得了。急诊值班医生说先拍片。在拍片室摆位置时，你痛得简直难以忍受了，左手稍有挪动就大叫。

很快地，片子出来了，两名医生把它挂起来让我们一起看，说是骨折，是靠近左肘关节处的尺骨鹰嘴骨折。爸爸很吃惊，在气垫上也能摔成骨折？医生也认为不可思议。医生说先住下来。然后医生凭感觉将骨折部分捏正，打上石膏固定，用绷带吊着。不用说，在这过程的痛是作为一个大人都很难忍受的，你的哭叫几近撕心裂肺。医生的意见是，能不手术尽量不手术，视明天的情况而定，待会诊后决定。

医生说，这几个晚上可不好受了。果然你基本整个晚上都痛得不能睡。

第二天再拍片，骨折部分正了一点，但不理想，必须动手术，决定次日手术。

5月3日上午9点手术，9点前爸爸在手术室陪你说话。你一点都不害怕，很是乐观地与爸爸交谈，爸爸当然说些会打麻醉、不会痛、手术很快就结束这类话，说你是坚强的小朋友，没事的。

这是小手术，很顺利，一个半小时就结束了。在休息室等候的爸爸妈妈可就觉得时间过得很慢了。10点左右，乐乐妈过来了。术后的麻醉药效过后是最痛、最烦躁的。一出手术室，你就开始发作了，哭着，叫着，说着麻醉没有完全消失状态下的胡话，手又甩又扯，脚乱蹬乱踢，我们几个人手忙脚乱地摁住你的手脚，一直安慰你。到了病房，妈妈甚至不敢直接按你，怕你会撒娇。实在闹得不行时，医生看过之后，叫护士打了止痛和安定针，说可以睡上四五个小时，这才平息下来，让我们都喘了一口气。

傍晚，乐乐妈带着放学的乐乐过来，给你买了你喜欢吃的水果和蛋糕、面包，以及玩具——能发光的圆圆粗粗的指环，你和乐乐玩得十分开心。

当然，止痛与安定药效一过，又不得了了，白天尚好，一到晚上就无法忍受了，不停地叫着、哭着，厉害时护士就在你屁眼上用棉签塞些有安定成分的药水，说这样对小孩比较没影响，这才能让你平静下来，并很快睡着。如此折腾下来，整个晚上陪在旁边的妈妈都没法睡。这种晚上，爸爸只经历了一次。基本上都是这样：一痛起来，你受不了时，爸爸就叫你先忍着，坚强点。你就会说，怎么忍嘛，根本忍不住的呀；不行了不行了，我的手完了。痛到你再也无法忍受时，就叫护士给你塞一下棉签。可护士准备和过来是要时间的呀，你有点急了，烦了，就会烦躁地说这护士怎么慢吞吞的呀。

四个晚上之后，痛才慢慢消失。爸爸就用推车推着你到楼下花园散步，透透新鲜空气；再往后，就可牵着你的手走路散步了。

你的住院，牵动了许多人的心。手术当天，郑阿姨一大早就买了排骨炖好汤，坐了一个多小时的公交车送到医院；大姨和姨父带着优优和佳佳来了两次，两个妹妹都发烧了，先是佳佳额上贴着退烧贴，然后换成了优优头上贴着退烧贴；爸爸的朋友黄伯伯、翅膀叔叔和石头叔叔、小清阿姨一家也分别过来看你了。

事后，你回忆起受伤的情景时说，当时不是摔了一次就摔伤的，是摔了三次。第一次有哥哥从身旁跑过，你在高高的桥梁上被颠下来后，不服气，又跑到桥梁上，结果又被颠下来，第三次才摔伤。

5 岁生日礼物

5 岁是一个重要的年龄段。此前爸爸妈妈一直在谋划该怎样给你过 5 岁生日，买什么礼物，不料，你的 5 岁生日是在医院过的，并且是那天动的第二次手术。

你的左手骨折手术分两次，第一次是给骨折部位用钢针和钢丝固定，一般情况下，三个月之后恢复正常后再动手术，将钢针和钢丝取出。7 月 5 日星期五那天，爸爸妈妈带你去例行检查。主治医生张主任看了片子后，高兴地说，长得很好，不要等到 8 月份了，下周就可以动手术了。因此，你于下周一再次住院，经过各项检查之后，定于次日上午手术，那天正好是 7 月 9 日，你的 5 岁生日。

术后的疼痛、烦躁依旧，只是不清醒的时间更久，老说胡话，甚至在左手还麻醉着没感觉时，哭叫着“我的左手没了，我的手怎么没了”。但毕竟第二次手术没有骨折那种痛，切开表皮的痛感会比较快消失。因此，在打了安定成分的针，你睡了几个小时之后，下午就不怎么疼了。

清醒了，不疼了，你又恢复了笑声，问我们蛋糕呢，生日礼物呢？这时爸爸才想起没提前给你订蛋糕，便开车出去，到超市买了生日蛋糕，并在兰州拉面馆给你买了你喜欢吃的饺子，在鸡洲市场买了你喜欢吃的香蕉。爸爸本想给你买个生日礼物，可在超市看着琳琅满目的商品，一时竟不知该买什么，也就作罢。

这个生日特别简单，就在病房切着蛋糕，与两位病友叔叔、护士姐姐、医生叔叔一起分享。

吃完饺子，傍晚时分爸爸带你下楼散了步，天色一晚，爸爸妈妈便张罗着取出蛋糕。可拿出刀叉之后，发现没有蜡烛——爸爸疏忽了，想当然地以为肯定会像刀叉一样配备好的，忘了多问一声。没有蜡烛就将就吧。我们拉灭病房的灯，爸爸打亮打火机，就着打火机微弱而温馨的光亮唱着生日快乐歌，然后你许愿，然后让你吹灭打火机的火，然后拍手，然后开灯，然后切分蛋糕。

分别分给了爸爸妈妈、两位同病房的叔叔之后，我们将剩下的一半给医生和护士分享。于是，穿着有点夸张的犹如长袍一样的病服的小寿星，便端着蛋糕，来到医生与护士的值班室，说护士姐姐、医生叔叔来吃蛋糕喽。然后，你将蛋糕放在桌上，举着刀叉有板有眼地切着，切一块端一块，其间不忘开心地蹦跳着，笑靥若花。

张主任正好晚上值班，听说你今天生日后，他拍着爸爸的肩膀说，你怎么把手术时间定在今天？爸爸说，还是小孩的伤要紧，生日怎么过无所谓的。

事实上，你 1 岁到 5 岁的所有生日，我们都是简单给你过的，并没有像一些爸爸妈妈十分隆重地又请一批小朋友吃饭，又开派对什么的，我们最多就叫些好朋友一起在家过。你的生日基本上都是在家过的。爸爸妈妈认为，形式固然重要，但更重要的是一家三口要在一起，大家要开心，尤其是要营造让小寿星快乐、温暖的家庭气氛。

蛋糕吃完，安静下来之后，你还是在想着你的礼物，问怎么没有生日礼物？

此前爸爸妈妈准备给你买的生日礼物是一个大篮球，并以此为诱惑，让你做跑步等锻炼，说只有经常运动，才能给你买篮球的喔。可你一受伤，这篮球就买不成了，这可不是玩具篮球啊。

出院之后，大姨带你出去，买了《恐龙》和《我 5 岁了》两本书作为你的 5 岁生日礼物。喜欢动物的你对《恐龙》这本大书喜欢得不得了，一回到家，便展开内页硬纸做成的恐龙在丛林的立体场景，同时，将你所有的恐龙排列在丛林外围，场面甚是壮观。

而当时爸爸妈妈倒没给你什么生日礼物，我们想着待你养好伤之后，补送一辆自行车给你。此外，爸爸心里有数，爸爸要给你的生日礼物是一份大礼，就是截止到你 5 岁的、爸爸与你的长篇“对话”《奇奇的世界》。

《奇奇的世界》在你出生不到五个月，也就是 2008 年 12 月开始动笔，在写了

17万多字后，由于工作岗位变动、杂事所扰和自己懒惰等原因，停了一段时间。2013年6月底续上后，状态很好，并且，写着写着，对何时结束心里慢慢地有了谱。

你生日当晚，爸爸回到家里，在厨房小桌上喝着啤酒，一遍一遍地听着手机里的童声合唱的《祝你生日快乐》，感慨万端。爸爸对在切蛋糕时没想到打开手机播放生日快乐歌懊悔不已，同时，爸爸在心里默默地说，奇奇，爸爸一直没跟你说，其实爸爸要送你的5岁生日礼物，就是在你5岁时要完成的《奇奇的世界》。

2013年9月7日一稿

2014年7月9日定稿

后　记

每个人心中都有一件传家宝

传家宝的概念已经在很多人心中渐渐淡去。而我要说，每个人心中都有一件传家宝，这传家宝不一定是实实在在的物件，而可能是一句家训式的话，只要代代相传，那就是传家宝。

我的母亲给予我的传家宝，便是她老人家在我小时候对我的叮嘱和期许："要把书箱子挑下去。"

父亲的藤书箱还在，但我指的传家宝不是这一具体的载体，而是母亲的那句话。小时候，母亲常对我说，你爷爷和父亲都是教书先生，你要把书箱子挑下去。

现在，我给予儿子的传家宝便是这本与儿子的"对话"——《奇奇的世界》，它是我留给儿子的一份珍贵礼物，也是家族的精神财富。

另一家传的财富是陈老师的墨宝。大年初四拜谒书法大家陈坚樵先生，呈上给先生书写的文字，摘自我胡诌的唯一一首四言诗《游南粤苑偶感》之几句："少自图强，方成栋梁；秉义持毅，充盈学养。凛冽正气，天地文章；混沌独当，慨当以慷。"并表示，此幅书法作品既是我的镇宅之宝，更是给儿子的家训般的传家宝。先生几天后即书就，且题曰："朱子佳发先生立命箴言，堪后世躬行永葆也。"

至此，我就有了两件传家宝了：《奇奇的世界》和陈老师的墨宝。

这种可怜天下父母心的中国式用心良苦，是在我为人父角色转换之后本能的责任使然。

开始写作此书的2008年之前，我一直感觉自己会写一本书，它不是诗集，也不是零散文章的集结，而是专门写的一本书。随着儿子的出生，这本书自然而然地来了。

儿子奇奇出生后，从坐月子开始，都由他妈妈一手带大。奇奇妈妈也是伟大的妈妈。

我始终认为，亲情是由时间培育的，从这点而言我没有遗憾，甚至引以为豪。从小孩出生至今，我基本上天天与孩子在一起，没有应酬的工作性质，给了我很多时间。比如饭基本在家吃，就可以保持一家三口在一起的氛围。这点，小孩在婴儿时我们便这样做，吃饭时小家伙就在婴儿车上与爸爸妈妈一起。当时婴儿大部分时间都在睡觉，没事，睡觉也一起在厨房，一醒来，小婴儿就开始笑，开始咿咿呀呀地乱说，我们也就与小奇奇一直在说话。

而横跨5年的每一个独处的写作时段，就是我与小孩在一起的甜蜜时光，因为我一直在与小孩“对话”。

过年前与一位西北来的朋友在一起时，他总是在听着手机上一岁多的小女儿的哭声和笑声，迷醉其中。聊起孩子的事，并听说我为小孩写了一本记录小孩成长的书，老兄颇为感慨地说，他都不知道已经20岁的大女儿是怎么长大的，当时年轻，一听到小孩哭声就烦，现在想想，作为父亲，亏欠孩子太多。

从这个角度来看，我琐琐细细、喋喋不休地记录孩子成长，是一件多么伟大的事，我是在为孩子保存0—5岁尚未有记忆阶段的记忆（我认为小孩可能要5岁以后才有比较完整的记忆）。

当然，本书并不完全在记录小孩的成长，取名《奇奇的世界》，就是与奇奇有关的世界——亲人，我母亲奇奇奶奶和英年早逝的我父亲奇奇爷爷等的故事，尤其“苦大仇深”的奇奇奶奶，我的总要冠以“伟大”两字的母亲，以“把书箱子挑下去”这样朴素的家训，传承着客家人“耕读传家”的文化传统；以勤俭、坚忍、清高的品质支撑家庭、养育子女的行为，诠释着质朴的客家精神。以及作为父亲的我的处世和为人，包括我的故乡、童年经历和我的朋友等，我认为必须要让孩子知道的世界，与孩子有关，却又不属于他的世界。

这正是我作为一个父亲的良苦用心之所在，是想给予孩子足够的父爱。

对，我要给儿子足够的父爱。这当然有我幼年丧父的最为重要的原因，同时也有在这个城市扩张、乡村消亡的特殊年代对孩子成长的焦虑和隐忧。

我们无力改变时代前行的趋势，无论它是否南辕北辙；我们也无法为孩子留住故乡的概念，我们唯一能做的，是让下一代留住精神之根，就是文化传统。有精神家园的人，无论如何漂泊，无论身居何处，都不会成为浮萍。而我能做的，就是将承载着文化传统的故乡的一切，尽可能多地告诉孩子，而这，才是终极意义上的父爱。

离开家乡二十几年来，有了小孩之后，我才越来越感觉到故乡是回不去的缥缈存在。

单身一人时，一年回去那么三两次，与一干老友吆五喝六地疯上几天，倒也没有时空相隔的感觉。那时，我在家陪老母亲的时间少，而把大部分时间都给了兄弟们。随着小孩的慢慢长大、母亲的渐渐苍老，以及自己年纪的增长，热闹之后，常有怅然若失之感。也就是说，与兄弟们在一起时，酒量依然居高不下，推杯换盏时依然能慷慨激昂，可冷静下来之后，心情开始复杂起来。

这心情之复杂有两个层面：一是自豪。我有一帮儿时玩伴，至今都是兄弟关系，这是很重要的人生财富。而儿子即便小区里也有好朋友，但与我小时候的童年经历相比，他们的童年显得千人一面。许多年之后，他们回忆童年时，基本上都是一个底色。

二是自责。可能是上了年纪的原因，现在我常想，这么多年来离开家乡离开母亲渐行渐远究竟为了什么？如果为了自己更好的所谓发展，那也未免太自私了。这是一对矛盾，一方面，我们农村的孩子都在拼命读书，考出去才不会一辈子扛三斤半（锄头），才可能改变我们的生活，包括给下一代更广阔的平台；另一方面，这样就得背井离乡，一年才回一两次家，对于留守的亲人是残酷的。我留守村里的母亲已经 80 多岁了，尽管目前身体尚好，手脚也利索，在县城工作的老弟也三天两头就会回家，三姐家也在相邻的村子，随时联系，可我的歉疚与日俱增：一直以来是母亲的骄傲的我，却离她老人家最远。

因此，我现在常常想的是，我为什么要离开家乡？如果当初在县里一直工作下去，离家近，可以近距离地尽孝，不是很好吗？二十几年这么飘来荡去，不能说混得失败，可也不见得得到了什么，一路上丢掉的东西或许更多。

罢罢罢，人生本身就是由缺憾构成的。

去年清明节刚过，奇奇外婆溘然长逝，操劳一生的外婆未能在有生之年看着外孙和两个外孙女（奇奇表妹）长得更大，当是她老人家最大的遗憾。唯一聊以慰藉的是，奇奇外婆长眠于顺德，如我《外婆的十月》一诗中所说的："她要在顺德 / 看着他们长大。"

愿奇奇外婆在天之灵安息。

祝奇奇奶奶健康长寿。

祝可爱的奇奇快乐成长。

朱佳发

2015 年 3 月 29 日